Micol Ostow

RIVERDALE • Tod auf dem Festival

RIVERDALE

TOD AUF DEM FESTIVAL

Aus dem amerikanischen Englisch
von Doris Attwood

Sollte diese Publikation Links auf Webseiten Dritter enthalten, so übernehmen wir für deren Inhalte keine Haftung, da wir uns diese nicht zu eigen machen, sondern lediglich auf deren Stand zum Zeitpunkt der Erstveröffentlichung verweisen.

Dieses Buch ist auch als E-Book erhältlich.

MIX
Papier aus verantwortungsvollen Quellen
FSC® C014496

Verlagsgruppe Random House FSC® N001967

1. Auflage
Erstmals als cbt Taschenbuch Dezember 2019

German-language edition published by Verlagsgruppe Random House GmbH/ cbj Verlag, by arrangement with Scholastic Inc., 557 Broadway, New York, NY 10012, USA.
Die amerikanische Originalausgabe erschien unter dem Titel »Riverdale. The Maple Murders« bei Scholastic Inc., New York.

Aus dem amerikanischen Englisch von Doris Attwood
Lektorat: Catherine Beck
Umschlaggestaltung: init | Kommunikationsdesgin, Bad Oeynhausen

Cover art by David Curtis
he · Herstellung: UK
Satz: KompetenzCenter, Mönchengladbach
Druck und Bindung: GGP Media GmbH, Pößneck
ISBN 978-3-570-31347-3
Printed in Germany

www.cbj-verlag.de

PROLOG

JUGHEAD

Riverdale: unsere Stadt. Frei übersetzt bedeutet ihr Name »das Tal am Fluss«, und tatsächlich schmiegt sie sich an den sich dahinschlängelnden Sweetwater River, der auf seinen Stromschnellen die aufdringlich süßen, klebrigen Reste der Ahornsirup-Ernte davonträgt.

Was der Fluss noch mit sich trägt? Geheimnisse.

Wenn wir seit Jason Blossoms Verschwinden damals eines gelernt hatten, dann dass der Sweetwater River Geheimnisse für ein ganzes Leben birgt.

Mehrere Leben, um genau zu sein.

Unsere Stadt wurde offiziell vor fünfundsiebzig Jahren gegründet, doch wie auch die Gründerfamilien wissen, existierte die erste Siedlung hier schon lange zuvor. Unser Land, seine Erde, bewahrt ein jahrhundertealtes Erbe – und ein Großteil davon ist, wie wir nach und nach erkennen mussten, widerlich faul und vernichtend. Die düsteren Geheimnisse und blutgetränkten Seiten unserer Geschichtsbücher reichen bis zu den allerersten Bewohnern zurück: von der Capulet-und-Montague-artigen Familienfehde zwischen den Coopers und Blossoms – ein Cousin erschießt den anderen, ein Bruder mit dem Blut seines Bruders an den Händen – bis hin zur Auslöschung der Ureinwohner.

Unsere Stadt kennt Finsternis, Gewalt und Leid, meist ausgelöst durch ihre eigenen Bewohner. Durch die *Menschen* hier – falls man sie überhaupt noch so nennen will, nach allem, was in letzter Zeit ans Licht gekommen ist.

Wir, die Jugend von Riverdale, haben gelernt, dass ein Echo lange nachhallt, durch den Mord an Jason Blossom – nur eins der jüngsten Anzeichen dafür, dass vielleicht doch ein Fluch auf unserer Stadt liegt – und, natürlich, Black Hood, einen Sünder verfolgenden Serienkiller.

Und erst vor Kurzem durch eine örtliche Einrichtung mit dornenreicher Vergangenheit, in die man einst mehrere unserer Mitschüler eingesperrt und gezwungen hatte, traumatisierende »Therapien« zu durchleiden. Oder durch Griffins und Gargoyles, ein Rollenspiel mit extremem Suchtpotenzial, das seine Spieler zu Opfern machte und viele von ihnen in eine zwanghafte Selbstzerstörung trieb.

Und durch einen Neuankömmling, der uns ein herzliches Willkommen und offene Akzeptanz auf seiner Farm versprach, die er allen als Zufluchtsort anbot –

mit einer Anhängerschar, deren Absichten vollkommen unklar und höchst suspekt waren.

Diese geheimnisvolle, vielschichtige Dynamik spannte einen Bogen zurück zu den frühesten Anfängen unserer Stadt und erwies sich als das Fundament, auf dem sie errichtet worden war. Aus dem unsere Legenden und unsere Geschichte erwuchsen, verworren und verwoben wie dichte Kletterranken. Ein verrottendes Fundament und rissige Bruchstellen – *das* war das Riverdale, das sich uns allmählich immer deutlicher zeigte.

Doch die Schatten unserer eigenen Geschichte offenbaren sich uns nur langsam, in einer Enthüllung nach der anderen: Die heutige Rivalität zwischen den Blossoms und den Coopers geht auf eine gewalttätige, tödliche Fehde zurück, in der sich Bruder gegen Bruder stellte, und die gegnerischen Seiten sehnen sich noch immer nach Blut – verlangen bis zum heutigen Tag danach.

Barnabas B. Blossom schlachtete einst vierhundert Angehörige des eingeborenen Stamms der Uktena ab, um sein eigenes Imperium zu bewahren. Die Ureinwohner mussten die Gewalt und die Demütigung durch ihr Niederlage und Vertreibung über sich ergehen lassen – von dem bis heute andauernden Schmerz der nahezu völligen Auslöschung ihrer Kultur durch den weißen Mann und der Entziehung ihres gemeinsamen Geburtsrechts ganz zu schweigen.

Doch das sind nur die bis heute Schicht für Schicht enthüllten Wahrheiten.

Dem einen oder anderen kommen diese Wahrheiten vielleicht unglaublich vor. Für Hobbyhistoriker klingen sie womöglich eher nach Legenden als nach harten Fakten. Tja, Tatsache ist allerdings, dass die Legenden noch viel weiter reichen, bis tief ins Erdreich der Stadt, bis ins Mark unserer eigenen Knochen.

Der Sugarman zum Beispiel: Cheryl Blossom hielt ihn für eine Schreckgestalt, einen von niemand anderem als ihrer eigenen Mutter erfundenen Dämon, der ihr und ihrem Bruder nur Angst machen sollte, damit sie nicht aus der Reihe tanzten. *»Benehmt euch anständig, sonst holt euch der Sugarman.«*

Sie hatte ja keine Ahnung, dass selbst die düstersten Märchen zumindest ein Körnchen Wahrheit in sich tragen. Dass der Sugarman nicht nur ein einziger Mann war, sondern viele, eine endlos fortdauernde Reihe. Dass er – oder vielmehr *sie* – kein Bösewicht aus dem Märchen war, sondern eine Bande von Kriminellen.

Kriminelle, die für ihren Vater arbeiteten.

Noch so eine Lagerfeuergestalt: der Maple Man. Das abschreckende Beispiel der sprichwörtlichen Bestie in Menschengestalt. Der Sugarman kommt und holt dich, entführt dich in sein finsteres Reich. Aber der Maple Man? Der Maple Man verschlingt dich bei lebendigem Leib.

Einige taten auch diese Geschichte als reine urbane

Legende ab. Andere hielten sie nur für eine Variation der Sugarman-Sage – Ahornsirup oder Zucker, wo liegt da schon der süße Unterschied? Aber wieder andere – ich würde sogar behaupten: die meisten von uns – hatten noch nie etwas vom Maple Man gehört. Nicht bis das Festival kam. Irgendwie war dieser Teil der mündlich überlieferten Geschichte unserer Stadt unter dem Schleier des Vergessens verborgen geblieben und hatte eine ganze Generation der Riverdale-Jugend übersprungen.

Eins hatten wir alle gelernt: Auch wenn diese Märchen selbst vielleicht nicht wahr sind, der Wolf steht trotzdem immer vor der Tür. Und das nicht nur im metaphorischen Sinne.

Jedenfalls nicht in Riverdale. *Vor allem* nicht in Riverdale.

In unserer Stadt lauert hinter jeder Lüge immer eine hässliche Wahrheit.

Nun, da Archie Andrews der jüngsten Gefahr noch einmal um Haaresbreite entkommen ist, wünschten wir – Archie, Betty, Veronica und ich – uns einfach nur, dass alles wieder zur »Normalität« zurückkehrte, oder zumindest zu so etwas Ähnlichem. Wir wünschten uns das Leben, das uns die Geschichtsbücher von Riverdale und die mündlichen Überlieferungen der Stadt versprachen. Ahornsirup am Sonntagmorgen und Milchshakes im Pop's nach der Schule.

Und wir vier waren nicht die Einzigen. Jeder Schüler

der Riverdale High sehnte sich nach Normalität. Nach Normalität – und nach einer Verschnaufpause von der Realität, in der sich selbst unsere eigenen Eltern gegen uns wenden konnten, sei es, um uns zu verstoßen, uns zwangseinweisen zu lassen, uns zu verraten, uns im Stich zu lassen … oder uns, mal wieder, zu enttäuschen. In der sich unsere Lehrer und all die anderen, deren Aufgabe es war, uns zu beschützen, hin und wieder als die abscheulichsten Ungeheuer von allen erwiesen. In der das Böse einer vielköpfigen Hydra glich und die Vorstellung, es zu besiegen, fantastischer war als die Ursprünge der mythologischen Bestie selbst.

Völlige Sicherheit und ein Sieg über das Böse? Wir wussten, dass dies niemals passieren würde. Niemals passieren *konnte*. Die Vergangenheit und Gegenwart unserer Stadt waren in einem dichten Netz so hoffnungslos ineinander verwoben, das wir in unserem ganzen Leben keinen Frieden finden würden.

Aber trotzdem hofften wir weiter. Wir klammerten uns an einen letzten Funken Optimismus. Daran, dass wir eines Tages, irgendwie, den Weg zurück in *die* Stadt finden würden, die Riverdale einmal hätte sein sollen. Riverdales Geschichte war nicht *nur* schäbig und beschmutzt. Sicher, unsere Stadt kannte Leid und Schmerz. Das wurde uns immer wieder aufs Neue bewusst, während unsere Unschuld dabei auf der Strecke blieb.

Aber Riverdale kannte auch Ausgelassenheit und Freude.

Und einige von uns – diejenigen, vielleicht, denen die Dunkelheit so vertraut war, dass sie sich in diesem lebendigen Albtraum bereits wie zu Hause fühlten – waren wild entschlossen, den Weg zurück dorthin zu finden.

Ganz gleich, was es kostete.

TEIL I:
DIE RIVERDALE REVELS

MONTAG

Vom Büro der Bürgermeisterin Hermione Lodge

Die Riverdale Revels

OFFIZIELLER VERANSTALTUNGSKALENDER

Montag, 18:00–18:30 Uhr:

Öffnung der Zeitkapsel, Pavillon im Pickens Park

- Afterparty im La Bonne Nuit.

Dienstag, 17:00–18:00 Uhr:

Parade der Haustiere, Riverdale Grundschule

- Bitte alle Haustiere im Sekretariat anmelden. Leinen erforderlich!

Mittwoch, 16:00–18:00 Uhr:

Bingo-Abend, Seniorenheim Riverdale

- Für Erfrischungen ist gesorgt.

Donnerstag, 18:00–19:30 Uhr:

Motoren und Musik

- Musikalische Darbietung von Josie McCoy beginnt um 18:00 Uhr; Rathaustreppe.
- Autokolonne setzt sich Punkt 18:15 Uhr am Rathaus in Bewegung. Konvoi über die Main Street zur Stadtgrenze und zurück.
- Genießen Sie nach der Autokolonne Musik und Erfrischungen dank freundlicher Unterstützung der Farm; Rathauspark.

Freitag, 19:30–21:30 Uhr:

Cocktails und Kanapees, Rathaus

- Wenn schon, denn schon – Abendgarderobe erwünscht!

Samstag, 10:00–18:00 Uhr:

Riverdale Block Party, Main Street

- Tombola mit fantastischen Preisen unserer Sponsoren, darunter: Andrews Construction, Lodge Enterprises, Le Bonne Nuit, WRIV, The Riverdale Record und mehr!
- Pop Tates Hamburger-Wettessen an Pop's Pop-up-Stand, 12:00 Uhr.
- Ahorn-Testprodukte, darunter Sirup, Bonbons und Gebäck, von Maple Blossom Syrup. Nur solange der Vorrat reicht.
- Angelspiel in unserem Ahornteich-Planschbecken, mit der Chance auf den Gewinn eines Autopflege-Sets von Mantles' Auto!
- Lustiges Schminken, Ponyreiten und Hüpfburg für unsere Kleinsten.
- Apfelessen für alle Altersgruppen.
- Nehmen Sie Direktor Weatherbee mit einer köstlichen Ahornsirup-Sahnetorte ins Visier (drei Würfe pro Person).
- GRATIS: Pop's Chock'Lit Shoppe-T-Shirts im Retrostil (ein Shirt pro Kunde). Nur solange der Vorrat reicht.

Samstag, 19:00 Uhr:

Royal Maple Schönheitswettbewerb und Disco

- Schönheitswettbewerb findet in der Aula der Riverdale High statt.
- Disco direkt im Anschluss nach der Krönung in der Turnhalle.
- Einlass nur mit Ticket.

KAPITEL 1

FP Jones:

Bleibt's dabei? Wir verkünden die Revels heute in der Schule?

Hermione Lodge:

Ich bin gerade auf dem Weg dorthin.

FP Jones:

Ich muss zugeben, Penelope war nicht unbedingt erfreut darüber, dass diese Tradition ein Comeback erlebt. Und sie war nicht die Einzige.

Hermione Lodge:

Der Tag, an dem ich anfange, mir Sorgen darüber zu machen, was Penelope Blossom denkt, ist der Tag, an dem ich freiwillig aus dem Amt scheide.

Hermione Lodge:

Du weißt doch, wie's aussieht: Die Zeitkapsel sollte eigentlich bei den Feierlichkeiten zu Riverdales 75. Jahrestag geöffnet werden. Diese Gelegenheit haben wir verpasst. Aber ich glaube, das Timing für die Wiedergeburt dieser freudigen Tradition, mit der wir unsere Stadt FEIERN, ist trotzdem perfekt. Und nicht ein einziges Mitglied des Stadtrats konnte mir ein gutes Argument liefern, warum wir es nicht tun sollten.

FP Jones:

Du hast das Sagen, Madam Mayor.

Hermione Lodge:

In der Tat. Und ich wüsste deine Unterstützung sehr zu schätzen.

FP Jones:

Sie ist dir sicher.

CHERYL

»Oh, j'adore!« Ich klatschte freudestrahlend in die Hände. »Die Riverdale Revels! Der Royal-Maple-Schönheitswettbewerb! Da stehen uns wunderbar ausschweifende Feierlichkeiten ins Haus, meine liebe TeeTee.«

Es war Montagmorgen, und wir saßen gespannt vor der Schulaula, inmitten bunter Trauben aufgeregter Riverdale-High-Schüler, die es genau wie wir kaum erwarten konnten, mehr über die Riverdale Revels zu erfahren. Direktor Weatherbee hatte die Versammlung erst spät am gestrigen Abend in einer Sammelmail angekündigt, und seither fragten wir uns alle, was genau wir von diesem Festival zu erwarten hatten.

Ich hätte zwar auch sehr gut ohne die unzähligen verschwitzten Ellenbogen zwischen den Rippen leben können, aber ich hatte Toni gegenüber nicht übertrieben: Ich *starb* fast vor Neugier, mehr über die Revels zu erfahren, dieses spaßige Spektakel in unserer ach so idyllischen Kleinstadt. Daher war ich bereit, diesen Proleten gegenüber etwas geduldiger und toleranter zu sein als gewöhnlich.

Toni schien hingegen weit weniger überzeugt. Sie neigte den Kopf zur Seite und warf mir einen ziemlich elaborierten Seitenblick zu. »Ich versteh dich ja, Cher«, sagte sie. »Die Sache klingt erst mal ganz gut, ja. Aber … ein Schönheitswettbewerb?«

Ich beobachtete ihre Mimik, während sie darüber nachdachte. Nein, sie war ganz offensichtlich wenig begeistert. Sie ist insgesamt eher nicht der Typ für Wettbewerbe – ganz gleich, worum es dabei geht. Aber Gegensätze ziehen sich schließlich an.

»Versteh mich nicht falsch, bei den anderen Events bin ich sofort dabei. Hamburger-Wettessen? Klingt nach Spaß. Tortenwerfen? Auf jeden Fall. Aber mal ernsthaft: ein Schönheitswettbewerb?« Sie sah mich misstrauisch an.

»Ich weiß, ich weiß. Klingt erst mal nicht nach Girlpower.« Ich biss mir auf die Unterlippe und schmeckte Chanel Rouge Allure. »Aber Weatherbee hat ausdrücklich gesagt, dass er nicht geschlechterspezifisch ist. Und damit passt er doch perfekt zum Motto unserer neuen LGBTQIA-Gruppe, n'est-ce pas? Versprich mir, dass du es dir wenigstens mal ganz unvoreingenommen anhörst.«

Ich spürte, wie mich jemand am Unterarm packte.

»Wie soll man da unvoreingenommen bleiben? Das Ganze ist doch die reinste Farce. Wusstest du nicht, dass er früher mal Miss-Maple-Schönheitswettbewerb hieß? Aber sie haben den Namen in Royal Maple geändert, weil er sonst nicht mehr zu ihrem neuen ›Alle Teenager willkommen‹-Statement gepasst hätte.«

Es war Kevin Keller, strahlend wie immer. In seiner Schülerkadetten-Uniform sah er unglaublich seriös aus, wie der perfekte Streber. Ich bedachte ihn mit einem mahnenden Blick und zog den Arm aus seinem Griff. »Vorsicht, bitte. Meine Haut ist nicht nur so blass wie feinstes Porzellan, lieber Kevin, sondern auch ebenso zart. Ich bekomme sehr schnell blaue Flecken.« Der unzerbrechliche Fluch, ein echter Kupferrotschopf zu sein.

Er rollte mit den Augen. »Natürlich. Tut mir leid.

Armes Kind.« Er tätschelte mir den Arm, diesmal ganz sanft. »Aber was für ein Spaß, oder? ›Nicht geschlechterspezifisch‹, in Anführungszeichen.« Er sagte tatsächlich »in Anführungszeichen«, während er die Anführungszeichen in die Luft malte. »Ich bin so was von dabei.«

Ich lächelte. Seine Begeisterung war geradezu ansteckend, aber ich war ohnehin bereits infiziert. »Da sind wir schon zwei, mon ami. Jetzt müssen wir nur noch dieses hinreißende Wesen davon überzeugen.« Ich gestikulierte in Tonis Richtung, die noch immer ihren neckischen Genervt-aber-amüsiert-Blick zeigte. Ich kannte ihn inzwischen nur allzu gut. »Ehrlich, ich bin so wild entschlossen, dafür zu sorgen, dass sie daran teilnimmt, dass ich bereit bin, mein eigenes Handtuch in den Ring zu werfen und diese atemberaubende Göttin mit all meiner Energie und Kraft zu unterstützen.

Du bist jetzt schon meine Königin«, versicherte ich Toni. »Es ist höchste Zeit, dass dich auch der Rest der Stadt als das majestätische Geschöpf erkennt, das du bist.«

Kevin wirkte aufrichtig entsetzt darüber, dass es tatsächlich Menschen gab, die man von der Teilnahme an *irgendeinem* Wettbewerb überzeugen musste. Es war erfrischend, wenigstens einen Bruder im Geiste an meiner Seite zu wissen.

»Moment mal, Toni – du zögerst noch? Ich meine, du tanzt *Spitze* – die Talentnummer hast du jetzt schon im Sack. Mal davon abgesehen, dass du total Hammer aussiehst.« Er schien noch einmal über die Sache nachzudenken. »Wenn ich's mir recht überlege, sollte ich dich vielleicht doch nicht unbedingt dazu überreden mitzumachen. Nicht, wenn ich selbst den ersten Preis gewinnen will.«

»Sie überreden? Haben wir etwa noch eine Totalverweigerin in unserer Mitte?« Es war Veronica höchstpersönlich, strahlend schön, wie ich ehrlicherweise – wenn auch widerwillig – zugeben musste, Sie trug ein schwarzes A-Linien-Kleid mit Spitzensaum, das in Rot besser ausgesehen hätte – und an mir. Wie heißt es so schön? Schönheit ist wahr und Wahrheit schön.

»Mir ist egal, wie inklusiv diese ganze Veranstaltung angeblich ist. Wenn ihr mich fragt, wirkt sie trotzdem wie ein Schritt zurück zu den Neandertalern.« Veronica befand sich definitiv auf dem Kriegspfad, und das wegen einer so albernen Kleinigkeit.

»Dann willst du also ernsthaft behaupten, dass du *nicht* gern sehen würdest, wie Archie in der Bademoden-Runde im Scheinwerferlicht über die Bühne stolpert?«, neckte Kevin sie.

»Das kannst du dir sofort wieder abschminken, Kumpel.« Archie tauchte hinter Veronica auf und drückte ihr einen Kuss auf die Wange. »Tut mir leid, wenn ich dich enttäuschen muss.«

»Oh, mein Archiekins«, erwiderte Veronica und lächelte ihn an. »Bricht stets alle Herzen.«

»Es wird keine Bademoden-Runde geben.« Es war

Betty – *quelle surprise* –, Veronica und Archie dicht auf den Fersen, mit fröhlich hüpfendem blonden Pferdeschwanz und in der typischen Melange aus Taubengrau und zartrosa Kaschmir. Sie drehte sich zu ihrem Hobo-Freund Jughead um. »Warte – oder doch?«

Jughead zuckte mit den Schultern. »Niemand weiß irgendwas über diese sogenannte Tradition. Im Moment kursieren nur alle möglichen Gerüchte.«

»Ein Schönheitswettbewerb ist schon schlimm genug, aber eine Bademoden-Runde? Mit dieser Degradierung der Teilnehmer zu Sexobjekten werden sie nicht durchkommen. Vergesst meine Totalverweigerung – ich gehe direkt zum offenen Protest über!«

»Oh, in dem Fall muss ich wohl zum Gegenprotest aufrufen«, erwiderte Reggie wie aufs Stichwort und grinste sie nur halb scherzhaft an.

Ich hob eine Hand, um ihm das Wort zu abzuschneiden, und schenkte meine volle Aufmerksamkeit Veronica. »Ein ehrenwertes Vorhaben, Norma Rae«, sagte ich. »Aber ich glaube, wir sollten nicht so vorschnell urteilen. Wie ich eben schon zu Toni sagte, geziemt es sich, unvoreingenommen an die ganze Sache heranzugehen. Ich möchte jedenfalls erst noch mehr über diese Riverdale Revels in Erfahrung bringen. Warum setzen wir uns nicht einfach und hören uns an, was unser geschätzter Direktor zu sagen hat?«

Die Luft in der Aula war stickig und schwer, der Saal zum Bersten gefüllt. Meine Vixens hatten für mich und Toni einen Platz freigehalten, natürlich in der ersten Reihe – sehen und gesehen werden. Wenigstens genossen wir in all dem Lärm und Chaos den bescheidenen Luxus von ein wenig Beinfreiheit.

Archie, Veronica und Reggie saßen ein paar Reihen hinter uns. Aus dem Augenwinkel konnte ich sehen, wie sich Betty und Jughead am Bühnenrand entlangschoben und sich auf zwei Stühle rechts neben Weatherbees Pult setzten. Die beiden waren immer so auffällig unauffällig unterwegs, selbst wenn sie überhaupt nichts Ungehöriges im Schilde führten. Aus Bettys Miene sprach schiere Bestürzung. Ich bezweifelte jedoch, dass es etwas mit der noch immer im Raum stehenden Frage der Bademoden-Runde zu tun hatte. Ich streckte den Arm aus, nahm TeeTees Hand und legte unsere gefalteten Hände auf meinen Schoß. Nachdem sich alle gesetzt hatten und das Geschnatter ringsum größtenteils zu leisem, nicht mehr störendem Gemurmel abgeflaut war, trat Direktor Weatherbee aus den Kulissen auf die Bühne und stellte sich an das direkt vor uns aufragende Pult.

»Guten Morgen«, begann er mit weicher Stimme. »Ich danke euch allen für euer Kommen.« Als sei die Teilnahme an dieser Veranstaltung nicht verpflichtend. Als brannten wir nicht darauf, mehr über diese sogenannten Revels zu erfahren.

»Inzwischen haben die meisten von euch sicher die

E-Mail bezüglich der bevorstehenden Riverdale Revels gelesen, die in dieser Woche stattfinden werden. Sie beginnen heute Abend und dauern das ganze Wochenende an. Uns ist durchaus bewusst, dass diese Ankündigung sehr kurzfristig kommt, aber die Entscheidung, diese beliebte Tradition in unserer Stadt wiederaufleben zu lassen, wurde erst gestern bei unserer letzten Rathausversammlung beschlossen.«

»Direktor Weatherbee!« Es war Betty, die sich von ihrem Stuhl erhob und ihn in drängendem Ton unterbrach. »Wozu die Eile? Und könnten Sie uns erklären, warum wir von dieser Tradition, die Sie als ›beliebt‹ bezeichnen, vorher noch nie etwas gehört haben?«

Weatherbee schenkte ihr ein angespanntes Lächeln. »Ich verstehe, dass Sie Fragen haben, Miss Cooper.« Er blickte über die Menge in der Aula. »Dass ihr *alle* Fragen habt. Aber glücklicherweise dürfen wir heute Morgen einen Gast bei uns begrüßen, der euch liebend gern alles über die Riverdale Revels erzählen wird.« Er drehte sich zum Bühnenrand und winkte besagtem Gast zu, der hinter den Kulissen stand. »Bitte, einen herzlichen Willkommensapplaus für unsere Bürgermeisterin, Hermione Lodge.«

Ein Stück hinter mir hörte ich ein verächtliches Schnauben, das nur von Veronica stammen konnte.

Noch lauter als Veronicas Stöhnen waren jedoch die mörderischen Pfennigabsätze ihrer Mutter, die nun über die Bühne stolzierte. Ihr dichtes schwarzes Haar ergoss sich mit jeder Bewegung in perfekten Wellen über ihre Schultern.

Bürgermeisterin Lodge sah definitiv wie der Inbegriff einer seriösen Amtsträgerin aus: Ruhig und gelassen ging sie zum Bühnenrand und löste Direktor Weatherbee elegant am Rednerpult ab.

»Hallo«, begrüßte sie uns mit lauter, klarer Stimme. »Vielen Dank für die Einladung. Und danke an Direktor Weatherbee, dass er euch bereits vorab informiert hat. Und«, sie hob die Augenbrauen, als hätte sie sich gerade erst wieder an etwas erinnert, »an Evelyn Evernever für ihre Unterstützung bei der Wiederbelebung der Riverdale Revels. Evelyn war so freundlich, uns ihre Zeit zu opfern und den Veranstaltungskalender mit uns zu planen. Das eurer E-Mail angefügte Programm haben wir vor allem auch ihr zu verdanken.«

Ein ungläubiges Lachen – diesmal von Betty.

Natürlich war durchaus verständlich, dass diesem Festival alle mit einiger Skepsis begegneten – ich konnte mich kaum noch an ein Event in der jüngeren Geschichte dieser Stadt erinnern, das am Ende nicht durch ein spontanes Blutbad beschmutzt worden wäre. Aber … ich weiß auch nicht. Irgendetwas in mir sehnte sich einfach nach einem schlichten, altmodischen Fest. Es war schon viel zu lange her, dass diese Stadt wahre, unbändige Freude empfunden hatte. Ich für meinen Teil beschloss, sämtliche Bedenken in den Wind zu schlagen und mich von dieser Begeisterung mitreißen zu lassen.

»Normalerweise hätten wir eine solche Ankündigung persönlich vorgenommen statt nur per Internet. Aber in diesem Fall wurde unser Vorhaben erst gestern Abend bei der Rathausversammlung endgültig beschlossen, wie Direktor Weatherbee euch ja eben schon mitgeteilt hat. Eure Eltern haben bereits eine E-Mail aus meinem Büro erhalten, die über Einzelheiten zu den bevorstehenden Riverdale Revels informiert, einschließlich desselben Veranstaltungskalenders. Ich bin heute Morgen hier, um euch ein bisschen mehr über die Geschichte der Riverdale Revels zu erzählen, und darüber, warum wir sie nach einem Dreivierteljahrhundert wieder aufleben lassen, nachdem sie so lange in Vergessenheit geraten sind.

Wie ihr wisst, wurde unsere Stadt 1941 gegründet. Die ersten Siedler des Orts, den wir heute als Riverdale kennen, trafen jedoch schon viel früher hier ein. Obwohl wir die Traditionen in unserer Stadt schon immer sehr in Ehren gehalten haben, gibt es – ob ihr's glaubt oder nicht – darunter doch einige, die schon vor einer ganzen Weile von unserem Radar verschwunden sind. Zu diesen Traditionen gehören auch die Riverdale Revels. Deshalb freuen wir uns umso mehr, sie nun wieder mit euch allen feiern zu können.

Als die ersten Siedler im frühen achtzehnten Jahrhundert in diese Gegend kamen, wussten sie nicht, wie urbar die Ufer des Sweetwater sein würden. Es gab für sie keine Garantie auf zukünftigen Reichtum. Die Winter – wie ihr sehr wohl wisst – waren brutal, und es bedurfte schwerer Arbeit, das Land jenseits des Fox Forest in nutzbares Farmland zu verwandeln.«

Ich unterdrückte ein Gähnen und hörte, wie einige andere der nicht sonderlich gebannten Zuhörer dasselbe taten. Ich wusste all das bereits – wir Blossoms nahmen diese Dinge mit der Muttermilch auf. Riverdale *war* die Familie Blossom. Die Geschichte der Stadt begann mit unserer eigenen. Aber was war mit diesen Revels? Warum hatte noch nie jemand etwas davon gehört? Es kam mir ziemlich unwahrscheinlich vor, dass noch nicht einmal meine eigene Familie wusste, was es damit auf sich hatte. Andererseits war es durchaus möglich, dass Mumsie doch Bescheid wusste und es mir nur verschwiegen hatte, aus ihren eigenen abscheulichen, unerfindlichen Gründen.

»Aber diese ersten Siedler harrten aus«, fuhr Bürgermeisterin Lodge fort. »Nach mehreren erfolgreichen Erntejahren beschlossen sie, den Reichtum und die Fülle des Landes mit einem Fest zu feiern. Sie sangen, tanzten und genossen ein Festmahl, und diese Feierlichkeiten wurden später als …«, sie legte eine dramatische Pause ein und holte tief Luft, »Riverdale Revels bekannt.«

»Extrapunkte für die Alliteration, immerhin«, flüsterte Toni mir zu. Ich drückte ihre Hand.

»Über die ersten Revels ist nicht viel bekannt. Die Aufzeichnungen darüber sind ziemlich spärlich und es sind nur wenige konkrete Einzelheiten überliefert. Was wir jedoch wissen, ist, dass die Tradition der Riverdale Revels bis zu den ersten Siedlern und damit weit vor die offizielle Gründung der Stadt zurückreicht. Außerdem dehnten sich die Feierlichkeiten im Laufe der Jahre zu einem länger andauernden Festival aus, das sich teilweise über eine ganze Woche erstreckte und mit köstlichem Essen, Konzerten und Tänzen im Rathaus begangen wurde.«

Aus dem hinteren Teil des Saals hörte ich Kevin Keller rufen: »Und mit einem Schönheitswettbewerb?« Die Hoffnung in seiner zitternden Stimme war einfach zauberhaft. Einige der anderen Schüler jubelten zur Antwort. Offensichtlich waren Kevin und ich nicht die Einzigen, die sich auf die Feierlichkeiten freuten.

Auch Bürgermeisterin Lodge schien uns da zuzustimmen. Mit einem Lächeln erwiderte sie: »Ja, und einem Schönheitswettbewerb. Er wurde erst später zu einem festen Bestandteil des Festivals. Aber ich finde, er ist wie geschaffen für die Schüler der Riverdale High. Ich bin mir sicher, dass ihr alle ganz erpicht darauf seid, mehr darüber zu erfahren.«

Kevin stimmte den nächsten aus der Menge aufbrandenden Jubel an. Ich schnipste höflich mit den Fingern Beifall, nicht gewillt, meine geliebte TeeTee loszulassen, nur um wie der Rest des Pöbels in die Hände zu klatschen.

»Im Zentrum der Feierlichkeiten stand früher der

Miss-Maple-Schönheitswettbewerb. Ursprünglich handelte es sich dabei um einen traditionellen Schönheitswettbewerb, aber moderne Zeiten bringen natürlich moderne Ideale mit sich. Wir wollen unserem Miss-Maple-Wettbewerb unsere ganz persönliche Note verleihen. Wir haben die Veranstaltung daher in Royal Maple umbenannt – *alle* sind herzlich willkommen, daran teilzunehmen. Wir hoffen sehr, dass ihr zahlreich davon Gebrauch machen werdet.«

Das Gemurmel in der Menge wurde immer lauter. Viele Schüler begannen, mit ihren Sitznachbarn zu flüstern und erste Pläne zu schmieden.

Ich hob eine Hand.

»Ja, Cheryl?«, forderte Bürgermeisterin Lodge mich auf.

»Frau Bürgermeisterin, laut der E-Mail beginnen die Revels bereits heute Abend. Und der Wettbewerb wird am Samstag stattfinden – an *diesem* Samstag?«

Sie nickte kühl. »Korrekt. Heute Abend ist unsere große Eröffnungsveranstaltung, inklusive der Öffnung der Jubiläumszeitkapsel.«

Ich wedelte mit der Hand, noch immer auf meine eigene Frage konzentriert. »Das erscheint mir kaum genügend Zeit, um uns perfekt auf unsere Auftritte vorzubereiten. Und die passende Abendkleidung zu finden!«, protestierte ich.

Ringsum war ein zustimmendes Raunen zu hören.

Bürgermeisterin Lodge lächelte. »Ich verstehe deine

Bedenken, Cheryl. Aber ich habe keinerlei Zweifel daran, dass vor allem du in der Lage sein wirst, in der entsprechenden Zeit etwas Unnachahmliches aus dem sprichwörtlichen Hut zu zaubern.«

»Wozu die Eile?«, rief Veronica hinter mir herausfordernd. »Das Stadtjubiläum ist doch ohnehin längst vorbei. Bisher hat die Zeitkapsel niemand erwähnt. Ich muss sagen, es kommt mir ein bisschen seltsam vor, dass wir alle erst so kurzfristig davon erfahren. Seltsam, und vielleicht sogar ein wenig … verdächtig.«

Die Bürgermeisterin holte tief Luft und schien gut über ihre Antwort nachzudenken. »Nun, Veronica, ich schätze, da hast du nicht ganz unrecht. 1941, bei der offiziellen Gründung unserer Stadt, versiegelte der Stadtrat eine Zeitkapsel, mit der Absicht, sie während der Feierlichkeiten zum fünfundsiebzigjährigen Jubiläum wieder zu öffnen. Dies geschah zu Ehren der bisher letzten Riverdale Revels.«

»Sie haben das alljährliche Festival einfach abgesägt?«, platzte Betty heraus, sah erst Jughead an und dann Veronica.

Bürgermeisterin Lodge strich sich eine Haarsträhne hinters Ohr. »Sie haben sich *weiterentwickelt*«, antwortete sie entschlossen. »Mit den Revels wurde an harschere, strengere Zeiten erinnert. Doch da die Stadt, so die allgemeine Annahme, lebendigeren und weniger ungewissen Zeiten entgegensah, hielten sie die Zeitkapsel für ein angemessenes Andenken. Schon wenig später nahmen andere Traditionen den Platz der Revels ein. Unser mitternächtliches Pfannkuchenfrühstück, zum Beispiel.«

Ich erhob mich. Mir reichte es. »Und wer kann so einem heißen Ding direkt aus Pfanne schon widerstehen, hab ich recht? Aber mal ehrlich, meine lieben Mitschüler: Ich finde, wir sollten das Verhör an dieser Stelle beenden. Dieses Festival ist ein Geschenk – und wir sollten es dankbar annehmen.«

Rundum brandete erneut Jubel auf. Meine unnachgiebige, ach so brave Cousine und ihre Gang, die allesamt aussahen, als seien sie beim letzten Teenie-Film-Casting einstimmig abgelehnt worden, waren mit ihren Zweifeln und despektierlichen Andeutungen eindeutig in der Minderheit. Der Rest von uns Bulldogs war bereit, ausgelassen zu feiern.

Bürgermeisterin Lodge bat uns mit einer Geste, zur Ruhe zu kommen. Langsam breitete sich wieder Stille im Saal aus. »Eigentlich sollte die Zeitkapsel, wie bereits erwähnt, bei der 75. Jubiläumsfeier geöffnet werden. Aber, nun …« Sie unterbrach sich für einen Moment und schien über etwas nachzudenken.

Dann blickte sie mit entschlossener Miene wieder in die Menge. »Es ist kein Geheimnis, dass Riverdale rund um das Stadtjubiläum einige … turbulente Wochen erlebt hat. Damals wurde daher beschlossen, dass es nicht der richtige Zeitpunkt für die Öffnung der Kapsel war.«

»Interessante Verwendung des Passivs, oder?«, bemerkte Toni. Ich knuffte sie mit dem Ellenbogen in die Seite.

»Aber seither sind die …«, sie schien nach der richtigen Formulierung zu suchen, »*Herausforderungen*, denen sich unsere Stadt stellen musste, auch nicht geringer geworden.«

»Äh, Untertreibung«, rief jemand dazwischen. Gelächter brandete auf, aber es wirkte angespannt.

»Es gibt *vieles*, was uns Sorgen oder sogar Angst machen könnte«, fuhr die Bürgermeisterin mit ruhiger Stimme fort. »Deshalb waren wir uns im Rathaus einig: Was könnte es für einen besseren Zeitpunkt geben, einen Moment lang innezuhalten und sich wieder daran zu erinnern, was Riverdale zu einem so besonderen Ort macht? Wir haben es verpasst, dem Wunsch der Gründer unserer Stadt zu entsprechen, und es versäumt, diesen speziellen Meilenstein in unserer Geschichte zu erreichen. Aber jetzt setzen wir unseren eigenen Meilenstein. Dies ist der richtige Zeitpunkt, um die Revels nach Riverdale zurückzubringen.«

»Ich kann Ihnen da nur zustimmen, Bürgermeisterin Lodge«, sagte Direktor Weatherbee, gesellte sich zu ihr und übernahm geschickt das Rednerpult wieder. »Vielen Dank, dass Sie sich die Zeit genommen haben, zu uns zu kommen und mit unseren Schülern zu sprechen. Also, liebe Schüler, zeigen wir unserer Bürgermeisterin, wie dankbar wir ihr sind, ja?«

Pflichtschuldig applaudierten wir.

»In der Mittagspause werden vor der Cafeteria Tische aufgestellt, an denen ihr euch für den Schönheitswettbewerb anmelden könnt«, fuhr Direktor Weatherbee fort. »Außerdem findet ihr dort Informationen zu anderen Veranstaltungen sowie Formulare für freiwillige Helfer. Außerdem steht auch alles in dem Willkommensschreiben, das euch heute Morgen zugegangen ist. Wir hoffen, dass ihr alle die Revels mit euren vielfältigen Talenten bereichern werdet.«

»Und falls ihr euch heute nicht an einem der Tische anmelden könnt, aber trotzdem an dem Wettbewerb teilnehmen wollt, dann kommt einfach zu mir!«, Evelyn Evernever sprang von ihrem Platz in der ersten Reihe auf. Ihre Stimme dröhnte förmlich vor Energie. Zumindest gab es *eine* Schülerin, bei der sich Bürgermeisterin Lodge keine Sorgen machen musste, ob sie sich wirklich für diese Feierlichkeiten begeistern würde.

Die Veranstaltung neigte sich dem Ende zu. Ich drehte mich wieder zu TeeTee um. »Du hast diesen Ausdruck in den Augen«, sagte sie und durchschaute mich wieder einmal völlig. »Den kenne ich doch.«

»Wer, ich?« Ich zwinkerte ihr zu. »Ich freue mich einfach nur auf die Revels.«

»Willst du wirklich so unbedingt, dass ich an diesem Wettbewerb teilnehme, dass du tatsächlich bereit bist, selbst darauf zu verzichten?«

Ich errötete. »Ehrlich, Antoinette, bin ich so durchschaubar?«

»Na schön«, seufzte sie. »Ich mach's. Du kannst … ich weiß auch nicht, mich coachen oder meine Mentorin sein oder wie immer man es auch nennt, wenn man jemanden in die ›hohe Kunst der Schönheitswettbewerbe‹ einführt. Vorausgesetzt, du drehst deswegen nicht komplett durch.«

Ich kreischte begeistert. »Oh, merveilleux! Das wird fantastisch! Und außerdem wird es sich hervorragend auf deiner Collegebewerbung machen, wenn du als Siegerin hervorgehst.« Ich konnte es bereits vor mir sehen: meine Liebste auf der Bühne, strahlend mit ihrer Krone und diesem göttlichen Lächeln. »Ich ergreife liebend gern jede Gelegenheit zur Opulenz, die sich mir bietet. Ich verspreche dir, dass ich dich wie in einer modernen, sapphischen Version von Pygmalion formen werde.«

»Siehst du, genau das meine ich: Du drehst jetzt schon komplett durch. Ich bin zwar für alles offen, aber ich bin nicht Eliza Doolittle. Für niemanden.«

»Natürlich bist du das nicht«, erwiderte ich und küsste sie. »Aber du *bist* meine Fair Lady.«

KAPITEL 2

Betty:

V, es ist Mittagspause. Wo bist du? Kevin wollte wissen, ob du bei den Revels mitmachst. Evelyn sitzt schon seit drei Stunden an diesem Anmeldetisch. Keine Ahnung, wie sie's geschafft hat, dafür unterrichtsfrei zu kriegen.

Veronica:

Und unsere lieben Mitschüler reißen sich darum, ihren Namen auf die Liste zu setzen, nehme ich an?

Betty:

Lass es mich so ausdrücken: Beliebt sieht anders aus.

Veronica:

Mir würden auch noch ein paar andere Ausdrücke dafür einfallen. Ich treffe mich zum Mittagessen mit meiner Mutter. Später mehr.

Betty:

Viel Glück!

VERONICA

Riverdales Rathaus, in dem sich das Büro der Bürgermeisterin befindet, ist ein echtes architektonisches Kleinstadt-Kleinod: hoch aufragende Decken, antikes auf Hochglanz poliertes Holz und eine höhlenartige Eingangshalle – die perfekte Kulisse für den ganz großen dramatischen Auftritt. Und genau darauf hatte ich es angelegt. Ich stürmte ins Büro meiner Mutter, drängte mich an ihrer erschrockenen Assistentin vorbei und rauschte mit klappernden Absätzen entschlossen über den Fliesenboden.

»Veronica.« Meine Mutter schenkte mir ein angespanntes Lächeln. »Was für eine Überraschung. Solltest du nicht in der Schule sein … wo ich dich vorhin noch gesehen habe?« Ihre Haltung hinter dem bürgermeisterlichen Schreibtisch stammte direkt aus dem Lehrbuch für Würdenträger: imposant, gebieterisch, makellos. Ihr intensiver Blick bohrte sich förmlich in mich hinein, umrahmt von einer Schildpatt-Brille von Dolce & Gabbana, die ihre steife, aber elegante Celine-Bluse perfekt akzentuierte.

Ich winkte ab und ließ mich auf dem Sessel vor dem Schreibtisch nieder, damit wir uns gegenübersaßen, wie zwei Falschspieler am Pokertisch. »Keine Angst, deine Tochter ist keine Schulschwänzerin«, erwiderte ich. »Ich habe Mittagspause, deshalb dachte ich, es sei die perfekte Gelegenheit, dir einen Besuch abzustatten und mich mit dir über diese jüngste … *Farce* zu unterhalten, in der sich unsere gesamte Schülerschaft so plötzlich wiederfindet.« Ich trommelte mit den Fingern auf die Tischplatte und wartete auf … ich weiß auch nicht, irgendeine defensiv-verzweifelte Erklärung.

Sie hob eine Augenbraue, gab jedoch keinen Ton von sich. *So* wollte sie diese Auseinandersetzung also führen?

»Tut mir leid«, fuhr ich fort und dachte kurz über eine Änderung meiner Taktik nach. Ich schluckte ein wenig Galle. »Es ist durchaus möglich, dass ich ein bisschen überreagiere.« Ich überlegte es mir jedoch wieder anders, als mein Herz sofort ein paar Takte schneller zu schlagen begann. *Aber nein, ich reagiere nicht über.*

»Nein, das nehme ich wieder zurück. Es tut mir definitiv und *ausdrücklich* nicht leid. Mom … ein *Schönheitswettbewerb*?«

Noch immer keine Reaktion, nicht mal ein Anflug

von Mikromimik. Kein Wunder, dass sie und mein Vater solche Verhandlungskünstler waren.

»Ein *Schönheitswettbewerb*?«, wiederholte ich. »Bin ich aus Versehen in eine romantische Komödie in den Neunzigern gestolpert? Als Nächstes erzählst du mir noch, dass wir gemeinsam zum Shoppen in die Riverdale Mall fahren.« Ich erschauderte.

Schließlich wandte meine Mutter ihre Aufmerksamkeit doch von dem riesigen Computermonitor ab, hinter dem sie sich versteckte. Sie seufzte.

Dieses Seufzen gab mir zu denken. Möglicherweise wäre es für mich doch besser gewesen, wenn sie sich weiter hinter ihrem Bildschirm versteckt und die Eingeschüchterte gespielt hätte. Aber nein: Ich war in ehrenvoller Mission unterwegs. Und meine Mutter hätte wissen müssen, dass mein stählerner Blick inzwischen mindestens so überzeugend und Respekt einflößend war wie ihrer. Ich richtete ihn direkt auf sie, verschränkte die Arme über der Brust und wartete auf ihre Antwort. *Nicht blinzeln*, ermahnte ich mich selbst und konzentrierte mich ganz darauf. Es war zwar leichter gesagt als getan, aber was psychologische Kriegsführung anging, war ich schließlich auch kein Greenhorn mehr.

»Sei nicht albern, Veronica. Ich weiß, dass du niemals in einer *Mall* shoppen würdest.« Sie grinste über ihren eigenen Witz.

»Aber ja, *mija*«, fuhr sie fort. »Ein *Schönheitswettbewerb*. Und ich verstehe wirklich nicht, warum du deswegen so ein Theater aufführst. Das wird lustig! Vielleicht wirst du dich mit deinen Freunden ja sogar amüsieren. Außerdem ist es doch nur ein kleiner, nostalgischer Teil einer viel größeren Veranstaltung.«

»Es ist sexistisch und völlig überholt.« *Und das ist erst der Anfang.* Außerdem war es geschmacklos, aber um ehrlich zu sein, stand das auf meiner Beschwerdeliste im Augenblick nicht ganz oben.

»Oh, komm schon, Veronica. Niemand will deinen … Kreuzzug für Frauenpower sabotieren. Du übertreibst gnadenlos. Außerdem ist es ja nicht so, als hättest du deine eigenen … *Vorzüge* noch nie auf einer Bühne präsentiert. Oder muss ich dich wirklich daran erinnern, dass du eine River Vixen bist?«

»Simone de Beauvoir hat angerufen: Dein Verrat an der zweiten Welle des Feminismus ist damit vollendet«, zischte ich sie an. Die River Vixens waren nicht geschmacklos, sie waren eine Tradition. Das war etwas vollkommen anderes, nicht nur in dieser Hinsicht.

Mom, wir befinden uns im einundzwanzigsten Jahrhundert. Ausgerechnet du solltest eigentlich wissen, dass Cheerleading *endlich*, nach langem Kampf, als richtige Sportart anerkannt ist, die viel hartes Training, Ausdauer und Athletik erfordert. Ja, vor langer Zeit galten Cheerleader vielleicht wirklich mal als reines schmückendes Beiwerk. Als dekorative Kulisse für Alphamännchen bei der Ausübung *ihrer* Sportart. Als nicht viel mehr als ein ansprechender Pausenfüller zur Halbzeit. Aber das hat sich geändert. Wir haben jetzt unsere *eigenen* Wettkämpfe. Die Vixens haben ihr letztes Turnier *gewonnen*. Mit einer Choreografie, die *ich* mitgestaltet habe. Das weißt du.«

Obwohl ich wusste, dass Mom dazu neigte, sich der Meinung unseres Paterfamilias anzuschließen – die stereotypischste Version einer Kernfamilie –, kam mir ihre Haltung in dieser speziellen Frage doch ein wenig uncharakteristisch vor. Schließlich war meine Mutter eine berufstätige Frau, die nicht nur als Geschäftsfrau Erfolg hatte, sondern obendrein auch noch Politik machte.

Sie nahm ihre Brille ab und massierte sich die Schläfen. »Okay, es tut mir leid. Ich wollte deine feministischen Ideale wirklich nicht in Zweifel ziehen, Veronica. Du weißt, dass ich meine eigene Tochter niemals nur als Objekt betrachten würde.«

Natürlich nicht. Ich konnte nur die Augen verdrehen. »Na ja, abgesehen von dem einem Mal, als du angeregt hast, ich solle meine weiblichen Reize einsetzen, um Archies Entscheidungen zu beeinflussen, wenn ich mich recht erinnere«, rief ich ihr wieder ins Gedächtnis. »Oder das andere Mal, als du und Daddy mich gebeten habt, diesem Erste-Klasse-Schleimbolzen Nick St. Clair eine Privatführung durch Riverdale zu geben, weil ihr Geschäfte mit seinen Eltern machen wolltet.«

Ich hatte recht, auch wenn sie es nicht hören wollte. Keinem von uns Lodges gefiel es, in seine Schranken verwiesen zu werden. Ich konnte sehen, wie ein Anflug von Verärgerung über ihre perfekt gemeißelten Wangenknochen huschte.

»Na schön«, platzte sie heraus. »Sag niemals nie. Aber dieser Schönheitswettbewerb findet statt, *mija*. Am Samstag. Heute Abend läuten wir die Riverdale Revels mit der Öffnung einer fünfundsiebzig Jahre alten Zeitkapsel im Pickens Park ein, und du wirst während der kompletten vollkommen aufgeblasenen Show mit einem strahlenden Lächeln im Gesicht an meiner Seite stehen.«

»Die nächste Pflichtveranstaltung.« Ich seufzte. »Ganz zu schweigen von der Afterparty im La Bonne Nuit, von der ich per E-Mail erfahren habe – zum selben Zeitpunkt wie alle anderen Einwohner dieser Stadt.«

»Das *tut* mir leid. Und natürlich wird dir das Büro der Bürgermeisterin sämtliche Unkosten erstatten.«

»Und ich nehme an, dass ich dabei auch die ganze Zeit strahlend lächeln soll?«

»Selbstverständlich. Denk doch nur mal darüber nach, wie es aussehen würde, wenn die eigene Tochter der Bürgermeisterin nicht daran teilnähme.« Mom tippte mit ihren perfekt manikürten Fingernägeln auf den Schreibtisch.

»Es würde aussehen, als ob die eigene Tochter der Bürgermeisterin nicht an Veranstaltungen glaubt, die chauvinistische, überholte Traditionen wie Schönheitswettbewerbe feiern. Ehrlich gesagt würde es bei deinen eher fortschrittlich denkenden Wählern wahrscheinlich sogar gut ankommen.«

Mom lachte. »Wir sind hier in Riverdale, Veronica. Fortschrittlich oder nicht, meine Wähler wissen Traditionen zu schätzen. Es waren einige meiner fortschrittlichsten Wähler, die sich persönlich dafür eingesetzt haben, das Festival wieder aufleben zu lassen und die Zeitkapsel zu öffnen.«

»Es fällt mir schwer, das zu glauben.«

»Das mag schon sein, *mija*. Aber es ist mir völlig egal, ob du es glaubst oder nicht. Ich will nur, dass du dich benimmst. Diese Stadt braucht die Revels im Augenblick mehr denn je. Oder muss ich dich wirklich erst daran erinnern, wie ... turbulent es hier zuging, selbst in der kurzen Zeit, seit wir hierhergezogen sind?«

Ich schüttelte den Kopf. Natürlich musste sie das nicht. Seit wir beide in Riverdale wohnten, hatten wir nicht nur die Schockwellen nach einem Familienmord erlebt, sondern auch einen Serienkiller, der unsere Stadt in Angst und Schrecken versetzt hatte – inklusive des einen oder anderen Nachahmungstäters für den Extrakick. Ganz zu schweigen von der Mafiagewalt als zusätzliches Sahnehäubchen, die möglicherweise direkt mit uns, den Lodges, in Zusammenhang stand, auch wenn ich persönlich beschlossen hatte, darüber zu schweigen ...

Und in jüngster Vergangenheit ... hatte mein geliebter Daddy *meinen* Archiekins ins offene Messer laufen lassen, während Fizzle Rocks unsere Straßen flutete und Griffins und Gargoyles in dunklen Gassen und unterirdischen Spielzimmern lauerten. Aber all das war nur die Spitze des sprichwörtlichen Eisbergs. *Turbulent* war eine gewaltige Untertreibung.

»Das war's dann also? Der Schönheitswettbewerb findet statt?«

»Die Revels finden statt, der Schönheitswettbewerb findet statt, die Öffnung der Zeitkapsel und die Afterparty finden statt. Heute Abend.« Mom klang unerschütterlich.

»Ich kündige hiermit bereits an, dass du ein ›Ich hab's dir ja gleich gesagt‹ von mir hören wirst, wenn am Ende nicht einmal der Hauch von etwas Gutem bei dieser ganzen Sache herauskommt.«

»Deine Bedenken sind hiermit zur Kenntnis genommen.«

»Aber du wirst deswegen nicht wirklich etwas *unternehmen*«, gab ich zurück.

»Korrekt.« Sie seufzte wieder. Wenn sie der Typ Frau gewesen wäre, der sich über Sorgenfalten hätte Gedanken machen müssen, dann hätte diese Unterhaltung dazu beigetragen, da war ich mir sicher. Da dies jedoch nicht der Fall war, setzte sie eine Miene auf, die eher dem ›Vorher‹-Model einer Aspirinwerbung entsprach.

»Weil es nichts zu unternehmen gibt«, stellte sie klar. »Die Revels sind ein wichtiges Kapitel in der Geschichte Riverdales – und es ist an der Zeit, sie zurückzubringen. Und die Öffnung der Zeitkapsel ist längst überfällig.« Sie lehnte sich zu mir. »Komm schon, Veronica, bist du nicht mal ein kleines bisschen neugierig, was sich darin befindet? Wann bietet sich sonst schon mal ein so direkter Einblick in die Geschichte unserer Stadt?«

»Weil Riverdales *Geschichte* ja nur mustergültige und unbefleckte Kapitel hat, bei denen sich ein direkter Einblick unbedingt lohnt.« Ernsthaft! Unsere Stadt war im Prinzip der perfekte lynch'sche Albtraum – nur mit richtig leckeren Milchshakes. Mom wusste das ebenso gut wie alle anderen. Und ich war hier, um ihren Bluff zu entlarven.

Nur dass es allem Anschein nach überhaupt kein Bluff war. Sie würde in dieser Sache keinen Rückzieher machen.

»Falls es dir noch nicht aufgefallen sein sollte, Veronica: Unsere ›mustergültige, unbefleckte‹ Stadt hat sich in letzter Zeit in eine wahre Todesspirale verwandelt. Ich bin die Bürgermeisterin – und das bedeutet, dass es meine Aufgabe ist, den Menschen hier die Hoffnung und den Glauben wiederzugeben. Und mit einer fröhlichen Feier und einer Rückkehr zu unseren Wurzeln werden wir genau das erreichen.«

Ich machte den Mund auf, um zu protestieren, aber sie hob eine Hand und schnitt mir das Wort ab.

»Und was deine sogenannten fortschrittlichen Freunde angeht, bin ich mir sicher, dass selbst sie sich von dem Wettbewerb mitreißen lassen werden. Deine Mutter ist kein Dinosaurier, *mija*. Ich kann dir versichern, dass die Mitglieder des Stadtrats und des Planungskomitees schon seit Wochen über diese Feierlichkeiten beraten. Der Vorschlag, den Schönheitswettbewerb geschlechterneutral zu gestalten, wurde einstimmig angenommen.«

»Sicher. Gleichberechtigte Objektivierung«, zischte ich instinktiv. »Wie unglaublich trendy von euch.« Ein Teil der Bissigkeit war jedoch aus meiner Stimme verschwunden. Ich musste zugeben, dass die Entscheidung gut war. Und zumindest würde sie für eine interessante Veranstaltung sorgen.

»Ich bin wirklich enttäuscht von dir, Veronica. Ich habe ehrlich geglaubt, du wärst begeistert davon, wie subversiv unsere kleine Stadt ist.«

»Selbst *wenn* du eine so heilige – wenn auch vergessene – Tradition in die Gegenwart rettest«, erwiderte ich und klang wieder entschlossener, »kann ich dir eins garantieren: Dieses Festival wird eine einzige Katastrophe.«

KAPITEL 3

KEVIN

»Dieser Schönheitswettbewerb wird *unglaublich*.«

»Ich kann immer noch nicht glauben, dass du wirklich so darauf abfährst.« Veronica kniff mit einem Böse-Königinnen-Funkeln die Augenbrauen zusammen.

»Und *ich* kann nicht glauben, dass du so eine Spielverderberin bist. Veronica Lodge lässt sich eine Chance entgehen, sich ordentlich aufzurüschen?«

Es war später Montagnachmittag, und wir saßen im Oberstufenraum, um zu lernen, setzten stattdessen aber unsere ununterbrochene Debatte über den Royal Maple fort.

Oder besser gesagt: *Veronica* setzte die Debatte fort. Alle anderen in der Schule hatten längst ihren Frieden damit geschlossen, wollten entweder daran teilnehmen, sich auf andere Weise einbringen oder freuten sich einfach nur auf das Spektakel. Ich meine, das war zumindest das Ergebnis der kleinen Privatumfrage, die ich höchstpersönlich durchgeführt hatte.

Aber nicht Veronica. Ihr Temperament war auch nach mehreren Stunden noch nicht abgekühlt. Ehrlich gesagt war sie eine ziemliche Spaßbremse. Von meiner Lieblingsfashionqueen hatte ich eigentlich mehr erwartet.

»Es ist *sexistisch*.« Sie verschränkte die Arme, ihr wunderhübsches Schmollen von einem Peter-Pan-Kragen aus Spitze umrahmt. À la Selena Gomez trifft Blair Waldorf, aber trotzdem in ihrem ganz eigenen Stil. *Wieso* wollte dieses Mädchen bitte nicht bei einem Schönheitswettbewerb über die Bühne stolzieren? Es war mir ein Rätsel – und schlichtweg ein Verbrechen.

»Okay, okay, du hast es geschafft. Dein Widerspruch ist dokumentiert und du bist die offizielle Anführerin von Riverdales eigener Mayday-Protestbewegung. Von nun an wirst du nur noch unter dem Namen Elizabeth Cady Stanton Lodge bekannt sein. Zufrieden? Deinetwegen bringe ich schon meine Girlpower-Metaphern durcheinander und das ist wirklich nicht cool. Also«, ich lächelte und rieb mir die Hände, »können wir die Sache damit jetzt *bitte* abhaken? Ich will unbedingt über *Outfits* sprechen. Es wird auf jeden Fall eine Runde in Abendgarderobe geben, und ich *weiß*, dass du mir ein paar Tipps geben kannst, wie man Marchesa am besten trägt.«

Veronica lächelte. »Tja, da kann ich dir nun wirklich nicht widersprechen. Die Mädels verstehen was von Mode – Ehre, wem Ehre gebührt. Ihr Winter-Lookbook ist wirklich außergewöhnlich.«

Ich schnappte nach Luft. »Durftest du etwa schon einen Blick darauf werfen und hast mir nichts davon erzählt?« Das war absolut inakzeptabel. Sie bohrte förmlich noch in offenen Wunden.

»Oh, V, das wird er dir noch ewig vorhalten.« Betty setzte sich auf die Couch neben Veronica, einen Coffee-to-go-Becher in der Hand. Jughead schwebte hinter ihr, brach methodisch ein Stück nach dem anderen aus einem Schokoriegel und genoss die Show.

»Euch beiden ist schon klar, dass ihr eine vollkommen fremde Sprache sprecht, oder?«, fragte Archie. Er hatte auf der Rückenlehne der Couch Platz genommen. Veronica streckte eine Hand aus und legte sie auf seinen Schenkel. »Marchesa. Lookbooks. Ich brauch einen Übersetzer.«

Veronica lachte. »Entschuldige. Ich weiß, dass du eher der Denim- als der Dior-Typ bist, Archiekins. Und es tut mir leid, Kevin. Ich hätte das Lookbook schon viel früher erwähnen sollen, ich weiß.«

»Du hättest mich zu dir *einladen* sollen, damit wir gemeinsam darin schwelgen können«, brummte ich mit gespielter Beleidigung.

»Okay, ja. Aber zu meiner Verteidigung: Wir sind schließlich nur darauf gekommen, weil wir über die Abendgarderobe gesprochen haben, was wir sonst eher selten tun.«

Ich warf ihr einen bösen Blick zu und sie korrigierte sich hastig.

»Du hast recht. Was hab ich mir nur dabei gedacht? Ich hätte es natürlich von mir aus erwähnen müssen. Ohne den geringsten äußeren Anstoß. Und ich hätte dir eine offizielle Einladung per Post schicken müssen.«

»Ja, hättest du. Aber es sei dir verziehen ... *wenn* du endlich mit an Bord kommst, damit wir uns bei dieser Show gemeinsam blendend amüsieren können. Okay?«

Sie biss sich auf die Unterlippe. »Das klingt *wirklich* nicht, als sei es mein Ding. Und ganz ehrlich, Kev – ich will *nicht* gegen dich antreten!«

Ich dachte darüber nach. »Okay, das kann ich nachvollziehen. Und wenn ich es mir aussuchen könnte, würde ich wahrscheinlich auch lieber nicht gegen dich antreten. Aber ich möchte es trotzdem mit dir zusammen machen! Wer soll mir denn sonst dabei helfen, meine Haare für die verschiedenen Runden richtig zu stylen, Veronica? Wachs oder Gel? Zerzaust oder glatt?« Ich setzte meinen besten flehenden Hundeblick auf. Ich meinte es nur halb im Scherz.

Aber nur nebenbei: Gel. Und glatt. Immer. Halt es klassisch, wie ich immer sage.

Vielleicht war es albern. Okay, es war definitiv albern – aber wie viele Chancen würde ich sonst noch bekommen, an einem Schönheitswettbewerb teilzunehmen? Zumindest hier, in *Riverdale*, in der Highschool? Mein Outing liegt schon eine ganze Weile zurück und alle haben wirklich unglaublich cool darauf reagiert, vor allem mein Dad. Er ist der Beste.

Aber Riverdale ist nicht unbedingt die weltoffenste Stadt auf diesem Planeten. Ich meine, wir haben schließlich erst im vergangenen Jahr erfahren, dass die Schwestern der stillen Gnade in ihrer Anstalt ein geheimes Programm inklusive *Konversionstherapie* am Laufen hatten. Ein geschlechterinklusiver Schönheitswettbewerb ist immerhin ein Schritt in die richtige Richtung – und eine Gelegenheit, ein bisschen Spaß zu haben, die wir uns nicht entgehen lassen sollten.

Und Veronica Lodge war bei einem derartigen Event die perfekte Frau an meiner Seite. Sie *musste* das endlich verstehen.

»Elizabeth Cooper«, beharrte ich, »könntest du dieses Mädchen bitte endlich zur Vernunft bringen?«

»Ich verstehe ja, wie du dich fühlst, Kev«, erwiderte Betty, »aber V ist eine selbstbestimmte Frau. Ich glaube, genau das ist bei dieser ganzen Diskussion ja gerade der Punkt.«

»Aber *ihr* seid doch dabei«, fragte ich, »oder?«

»Also …« Sie verstummte und schaute zu Jughead hinüber. Sein Interesse an dem Schokoriegel steigerte sich dermaßen, dass es sich nur als *übernatürlich* bezeichnen ließ.

Er bemerkte, dass Betty ihn anstarrte, schluckte genüsslich und nahm sich eine Sekunde Zeit, um sich die Finger abzulecken, bevor er die Verpackung zusammenknüllte und sie in den Mülleimer warf.

»Oh, Kevin, bei mir bist du an der falschen Adresse«,

wehrte er lächelnd ab. »Du weißt doch ganz genau: Wenn Archie eher der Denim- als der Dior-Typ ist, dann bin ich eher Hercule Poirot als Hugo Boss. Außerdem hat Weatherbee Betty und mich bereits beauftragt, für *Blue and Gold* über die Revels zu berichten. Ich glaube also kaum, dass wir überhaupt Zeit für den Schönheitswettbewerb hätten, selbst wenn wir es *wollten*. Und ich kann gar nicht genug betonen: Ich will *definitiv* nicht.«

»Tut mir leid, Kev«, fügte Betty hinzu und sah aus, als meinte sie es wirklich aufrichtig.

»Aber wir werden dir freudig – und nur *semi*-sarkastisch – von hinter der Bühne zujubeln«, versicherte Jughead. »Na ja, ich kann natürlich nur für mich selbst sprechen. In Bettys Fall kannst du wahrscheinlich sogar mit ungefähr zehn Prozent weniger Zynismus rechnen.«

»Dreißig, mindestens«, bestätigte sie.

»Mach lieber gleich vierzig draus. Kevin braucht seine komplette Hintermannschaft in seiner Ecke, falls er wirklich vorhat, meine Antoinette zu schlagen.«

Wir blickten alle synchron auf und sahen Cheryl Blossom mitten im Raum stehen, die Hände in perfekter Wonder-Woman-Pose in die Hüften gestemmt, eine Augenbraue herausfordernd erhoben.

»Und was ist mit *dir*, Cheryl?«, wollte ich wissen. »Machst du dir keine Sorgen darüber, dich so direkt mit deiner Freundin zu messen?«

»Oh, ich selbst werde nicht antreten«, erwiderte Cheryl und winkte ab. Die Chiffon-Ärmel ihrer Bluse flatterten dramatisch bei der Geste. »Nach reiflicher Überlegung bin ich zu der Erkenntnis gelangt, dass ich bereits mehr als genug Momente im Scheinwerferlicht genießen durfte, seit ich vor all den Jahren im River Run Country Club zur Miss Junior Sweetwater gekürt wurde.« Sie seufzte, offenbar tief in ihre Träume versunken. »Die guten alten Zeiten.«

Jughead grinste schief. »Wenn du es sagst.«

Sie verzog ihr perfektes Gesicht zu einer finsteren Miene. »Von guten Zeiten hast du natürlich keine Ahnung, du Einzeller.« Dann strahlte sie wieder so hell wie zuvor. »Wie dem auch sei, falls du wirklich teilnimmst, solltest du wissen, dass ich als Conférencieuse durch den Abend führen werde.«

»*Du* übernimmst das Mikro?«, platzte Betty heraus.

Ich konnte es nachvollziehen: Einerseits war es natürlich typisch Cheryl, als örtliche Bienenkönigin die ganze Show an sich zu reißen. Sich freiwillig die Chance entgehen zu lassen, zur Siegerin gekürt zu werden, war es allerdings … nicht.

»In der Tat«, bestätigte sie unbeirrt. »Natürlich haben meine Aufgaben als Tonis Coach und Vertraute absolute Priorität. Aber als Moderatorin durch den Wettbewerb zu führen ist das Mindeste, was ich tun kann, um meine Solidarität mit all meinen Mitschülern zu zeigen. Fast alle haben sich bereits angemeldet. Ihr Langweiler bildet mal wieder das Schlusslicht, wie immer. Reggie hat sogar die komplette Footballmannschaft dazu überredet, mitzumachen.«

»Mich nicht«, widersprach Archie. »Mein Dad hat alle Hände voll damit zu tun, Kulissen und alles Mögliche für die Revels zu bauen, und ich werde ihm dabei helfen.«

»Ja, und ich bin mir ziemlich sicher, dass Josie auch liebend gern verzichtet. Sie muss sich auf ihren Auftritt bei diesem Event am Donnerstagabend vorbereiten. Motoren und Musik oder so?«, warf ich ein.

»Sehr richtig, Kevin – Motoren und Musik.«

Es war Evelyn, die sich ganz offensichtlich noch lautloser als Cheryl an uns herangeschlichen hatte und in unsere kleine Runde platzte. Dann gesellte sich auch Ethel zu ihr. Beide hielten aus allen Nähten platzende Ordner auf dem Arm. Evelyn schenkte uns ein strahlendes Lächeln, das höchstens zwei Stufen von komplett wahnsinnig entfernt war. Es war … verstörend.

»Hi, Evelyn«, sagte ich in dem Versuch, freundlich zu sein. Ich wusste, dass Betty der Guten einiges vorzuwerfen hatte: Ihr Vater, Edgar Evernever, war der Anführer der Farm, von der nicht nur Bettys Mom, sondern auch ihre Schwester Polly total besessen waren. Zu mir war Evelyn jedoch stets sehr nett gewesen.

»Hey, Ethel«, begrüßte Betty sie und winkte ihr zu.

Ethel winkte in die Runde. Sie wirkte viel zurückhaltender als Evelyn, aber das lag nun mal in ihrer Natur. »Was habt ihr denn da?«

»Das sind sämtliche Anmeldungen«, verkündete Evelyn. »Ich bringe sie jetzt in Weatherbees Büro, damit wir sie ordnungsgemäß dokumentieren können. Es sind eine ganze Menge«, sagte sie und warf Veronica einen bedeutungsschwangeren Blick zu. »Es haben sich so viele eurer Mitschüler angemeldet.«

»Was sie damit sagen will, ist, dass sich alle angemeldet haben, die einer Teilnahme an dem Wettbewerb würdig sind. Alles, was Rang und Namen hat«, fügte Cheryl hinzu. »Und natürlich ein bunter Haufen Möchtegerns. Aber das lässt sich nun mal nicht vermeiden.«

»Betrachte es einfach als einen Akt der Wohltätigkeit«, schlug Jughead vor und zog eine Augenbraue hoch.

»Es ist … nett, dass du die Revels so tatkräftig unterstützt, Evelyn«, sagte Betty. Ihre Stimme war leise, ihr Tonfall unergründlich.

Evelyn richtete sich auf, aber auch ihre Körpersprache war schwer zu deuten. »Natürlich. Wir freuen uns so sehr, dass wir mit der Farm hier in Riverdale ein so wundervolles Zuhause gefunden haben. Warum sollten wir diese Stadt und alles, was sie zu bieten hat, also nicht feiern wollen?«

Betty verdrehte die Augen. Ich wusste, wie skeptisch sie war und für wie abgedroschen sie das Ganze hielt, und auch ich spürte bei dem Gedanken daran ein leises Stechen in der Magengegend. Riverdale feiern? Äh, das kam sehr auf den Tag an. Aber feiern im Allgemeinen? *Ja, bitte.*

»Ihr solltet wissen, dass langsam alle Plätze vergeben sind«, fuhr Evelyn fort. »Wenn ihr noch mitmachen wollt, dann ist das vielleicht eure letzte Chance.«

Ich verneigte mich mit einem Namaste-Gruß vor Veronica. »Bitte, bitte, *bitte*. Ich verspreche dir auch, dass wir bei unserer nächsten Pyjamaparty deine ShondaLand-Lieblingsserie bingewatchen, ganz ohne blöde Kommentare.«

Es gehörte zu ihren dunkleren Geheimnissen, aber Veronica hatte eine vollkommen unironische Vorliebe für die gesammelten Werke von Shonda Rhimes, obwohl natürlich alle Welt wusste, wie komplett überzeichnet sie waren. Aber ganz nebenbei: V hat noch nie eine Folge von *Grey's Anatomy* verpasst.

Veronica kniff die Augen zusammen. »Kevin! Dieses Geheimnis wolltest du mit ins Grab nehmen!« Sie lachte. »Die erste Regel von ShondaLand: Wir verlieren kein Wort über ShondaLand.« Sie seufzte. »Na schön, du hast mich überzeugt. Wenn du sie nicht schlagen kannst, dann schließe dich ihnen an.«

Mir hüpfte fast das Herz aus der Brust. »Soll das heißen, du machst mit?«

»Nicht *ganz*«, antwortete sie und hob eine Hand. »Aber ich bin gern dein Coach, wenn du mich noch willst.«

Coach. Das war vielleicht noch besser, als wenn Veronica selbst bei dem Wettbewerb an den Start gegangen wäre. Auf diese Art kam ich in den Genuss ihrer unschlagbaren Expertise *und* würde jede Menge Spaß mit ihr haben – und irgendwann vielleicht sogar einen Blick in ihr Marchesa-Lookbook werfen können.

»Ja, ja, tausendmal ja. Ich erkläre mich hiermit zur willigen Kendall für deine Kris«, verkündete ich feierlich. »Forme mich nach deinem Bilde.«

»Oooh, ich kann die Liebesfilm-Styling-Montage schon vor mir sehen«, scherzte Jughead und hob eine Augenbraue. »Die einzige Frage ist: Setzen wir eher auf *Pretty Woman* oder *Sharp Dressed Man*?«

»Falsch.« Ich stand vom Sofa auf und griff nach Ethels Aktenordner. »Die einzige Frage ist: Wo ist dieses Anmeldeformular?«

Ethel reichte mir ein Blatt Papier und zeigte auf die Linie, auf die ich meinen Namen schreiben sollte. Sie reichte mir einen Stift. »Ausgezeichnete Entscheidung, Kevin«, sagte sie.

»Sie hat recht.« Ethels Augen strahlten förmlich. »Das wird der Knaller, du wirst schon sehen.«

Von: Evernever, Evelyn

An: FARM-VERTEILER: JUGEND

Betreff: Royal-Maple-Schönheitswettbewerb

An alle Highschool-Schüler unserer Farm-Familie:

Mein Vater und der Rest unserer Familie hier auf der Farm möchten Euch alle dazu ermutigen, an den Riverdale Revels teilzunehmen, ganz besonders am Royal-Maple-Schönheitswettbewerb. Bitte sprecht mich einfach an, wenn Ihr noch Fragen dazu habt. Und meldet Euch bald für den Wettbewerb an – es sind nur noch wenige Plätze frei!

*Der letzte Anmeldetag ist morgen, aber je eher Ihr Euch entscheidet, desto eher könnt Ihr anfangen, Euch darauf vorzubereiten! Und wenn Ihr dann auf der Bühne steht, vergesst nicht, dass Ihr dort all Eure Brüder und Schwestern der Farm vertretet!

KAPITEL 4

Reggie:

Hey, Bulldogs! Evelyn nimmt MORGEN die letzten Anmeldungen für den Wettbewerb an. Wer kneift, kann sich schon mal darauf gefasst machen, nächsten Monat jede Nacht um Mitternacht den Kanal im Fox Forest zu durchschwimmen, nackt. Die Bulldogs sind diesmal vollzählig dabei, Jungs. Das wird legendär.

Moose:

*NERV! NA SCHÖN

Chuck:

Hab mich schon angemeldet, Kumpel.

Archie:

Ich kann nicht. Muss meinem Dad helfen. Aber ich sehe mir die Show auf jeden Fall an.

Reggie:

Alter, du bist der EINZIGE mit ner guten Ausrede! Du musst mir helfen, den anderen in den Hintern zu treten, damit sie spuren.

Archie:

Ich werd mein Bestes geben …

ʌʌʌ

Jughead:

Serpents, ein paar von euch haben gefragt, ob ihr zum Schönheitswettbewerb gehen sollt. Da mein Dad der Sheriff ist, möchte ich euch als euer König bitten, über eine Teilnahme nachzudenken. Aber ganz persönlich sage ich euch: Folgt einfach eurem Herzen, was diesen Wettbewerb angeht.

Fangs:

Jug, Kumpel – ich bin dabei.

Sweet Pea:

Toni und ich machen auch mit. Könnte spaßig werden.

Jughead:

Lieber du als ich, Fangs.

Fangs:

Dann bist du also raus?

Jughead:

Ob du's glaubst oder nicht, aber mir wurde soeben meine eigene ehrenvolle Aufgabe für die Revels zuteil.

Fangs:

?

Jughead:

O nein. Das wird eine Überraschung. Aber keine Sorge, sie ist richtig gut.

BETTY

Liebes Tagebuch,

okay, ich gebe zu – obwohl sie mir immer noch ziemlich altmodisch vorkommen: Die Riverdale Revels werden bestimmt ein großer Spaß.

Glaube ich.

Aber ist es … keine Ahnung … nicht verdächtig, dass Bürgermeisterin Lodge gerade jetzt irgendeine längst vergessene Tradition wieder ausgräbt, wo unsere Stadt von unzähligen Skandalen und Kummer geplagt ist? Ich würde sagen: ja, vielleicht ein bisschen. Aber, ich weiß auch nicht … selbst wenn sie die Revels aus merkwürdigen oder nicht den besten Gründen wiederauferstehen lässt …

Vielleicht hat sie ja recht? Vielleicht könnten wir wirklich eine kleine Feier gebrauchen. Ein bisschen Spaß.

Zumindest habe ich das auf dem Nachhauseweg von der Schule zu V gesagt. Sie wollte noch im La Bonne Nuit vorbei und ich einen Abstecher zum Pop's machen. Juggie hatte Hunger, welche Überraschung, musste vorher aber noch irgendwas mit den Serpents erledigen.

»Das wird uns guttun«, sagte ich. »Eine Feier! Mit der ganzen Stadt. Gib's zu.«

Es ist Spätherbst und wir stecken bereits mitten im Schuljahr, trotzdem warten wir noch immer auf die ersten richtig kalten Tage mit beißendem Wind. Es ist Pullover-Wetter, genauso, wie ich es mag. Die ersten orange verfärbten Blätter, die unter den Füßen rascheln, während die eisigen Winternächte noch weit, weit entfernt sind. Kurzum: Es ist meine liebste Jahreszeit.

»Du bist zu nett, B«, erwiderte Veronica und schüttelte den Kopf. Ihr schwarzer Poncho wehte beim Gehen hinter ihr her und verlieh allem, was sie sagte, eine zusätzliche Dramatik und beinahe düstere Vorahnung. »Wo ist meine Dark Betty, wenn ich sie brauche?«

»Oh, sie ist noch hier, das kann ich dir versichern. Sie zeigt sich, wenn es an der Zeit ist. Sie steht immer in den Startlöchern. Aber für den Moment lassen wir sie lieber auf Eis, bis wir, du weißt schon, für die schweren Geschütze bereit sind.« Langsam, aber sicher freundete ich mich mit meiner dunklen Seite an. Aber Grenzen waren trotzdem gut. Ich mochte das Gefühl nicht, jeden Moment explodieren oder ohne Vorwarnung die Kontrolle verlieren zu können. Daher: Eis und Grenzen.

»Was ganz eindeutig bedeutet, dass du nicht glaubst, dass wir schon bereit sind. Für die schweren Geschütze, meine ich.« Ich konnte zwischen den Zeilen hören, dass sie mir da nicht vollkommen zustimmte.

Ich seufzte. »Nein, noch nicht.« Unsere Absätze gaben beim Gehen ein befriedigendes Klappern auf dem Gehweg von sich. »Ehrlich, ich verstehe ja, was du meinst – es ist schon Ewigkeiten her, seit wir in dieser Stadt eine Feier oder ein Event erlebt haben, das nicht im wahrsten Sinne mit Mord und Totschlag endete. Die Bilanz der letzten Monate spricht eine deutliche Sprache. Aber andererseits ... Wenn deine Mom, die Bürgermeisterin, bei dem ganzen Wahnsinn, der hier dauernd so abgeht, findet, wir sollten mal für eine Weile auf andere Gedanken kommen und das Leben genießen, und sei es mit einem Straßenfest und einem dämlichen Schönheitswettbewerb, dann ... ich meine ... warum eigentlich nicht?«

Ich packte sie am Ellenbogen. »Komm schon. Du weißt, dass es irre Spaß machen wird, sich mit Kevin auf den Wettbewerb vorzubereiten. Dieses Event ist wie für euch beide geschaffen.«

»Deine Überzeugungskünste sind mal wieder vom Feinsten«, erwiderte sie. »Ich muss zugeben, dass Dark Betty für einige meiner komplexeren Intrigen und Vergeltungspläne sicherlich von Nutzen ist, aber die klassische Betty besticht nun mal durch ihre klare Weisheit. Vive la klassische Betty. Das Original ist immer noch die Beste.« Sie hakte sich bei mir unter.

»Danke, V. Das gilt auch für die einzig wahre Veronica. Wir sind einfach das perfekte Team, findest du nicht auch?«

V bedeutete mir, schon ins Diner zu gehen, als wir am Pop's eintrafen – sie hatte noch einen kurzen Anruf mit einem Lieferanten für den Club zu erledigen. »Blätterteiggebäck für die Afterparty ist so kurzfristig überraschend schwer zu organisieren«, erklärte sie und verdrehte die Augen.

Ich lachte und ging ohne sie in den Laden.

Als ich eintrat, wartete Jughead bereits am Tresen auf mich. Er saß über einen Cheeseburger gebeugt, der so groß war wie sein Gesicht. FP saß auf dem Hocker neben ihm und ließ sich ebenfalls einen Burger schmecken. Es war, als würde ich in einen Jughead-Zukunftsspiegel blicken. Es entlockte mir ein Lächeln.

Hinter dem Tresen trocknete Pop Gläser ab und schaute Jug mit einem Ausdruck liebevoller Verwunderung beim Essen zu. Diesen Blick kenne ich ziemlich gut – ich habe meine eigene Version davon.

»Du bist schon vor uns hier?«, fragte ich. Ich weiß natürlich, dass sich niemals etwas zwischen Jug und einen Burger stellen könnte, aber trotzdem – es war beeindruckend.

»Dad hat mich mitgenommen.«

»Hey, Betty«, begrüßte mich FP und trank einen Schluck von seiner Limo.

»Du warst ohne deinen schnellen Snack nach der Schule wohl schon fast verhungert, was?«, neckte ich ihn.

»Na ja, ja – wie immer eben. Aber außerdem«, er schaute mich an und ich sah ein Leuchten in seinen Augen, das mir ein wenig Sorgen machte, »hat Dad Neuigkeiten, und ich konnte es nicht erwarten, sie mit dir zu teilen. Man könnte sagen: Das Schicksal hat mal wieder zugeschlagen.«

»Hmm. Das Schicksal, ja? Dann hoffe ich doch, dass wir von einer glücklichen Fügung sprechen.« Ich setzte mich auf den Hocker neben Jug und gab ihm einen flüchtigen Kuss. Er roch nach Männershampoo und abgenutztem Leder.

Die Türglocke läutete. »Blätterteiggebäck: erledigt!«, verkündete Veronica und sah mich an. »Hallo Joneses. Und hallo Pop. Nicht viel los?« Sie blickte sich im Diner um.

Es schien ruhiger zu sein als gewöhnlich, aber ich vermutete, dass die meisten in der Stadt mit den Vorbereitungen für die Revels beschäftigt waren. Jughead nutzte die Unterbrechung, um von seinem Burger abzubeißen.

Veronica trat hinter den Tresen und nahm das Kassenbuch des Diners aus dem Regal, um sich, wie ich annahm, einen Überblick über die Zahlen der letzten Tage zu verschaffen. Als neue Besitzerin des Pop's konnte sie es sich nicht leisten, die Geschäfte nur mit Optimismus zu führen. Sie musste sich der harten Realität aus Dollars und Cents stellen.

Glücklicherweise musste sie sich wegen des Clubs im Keller nicht allzu viele Sorgen machen. Das La Bonne Nuit war perfekt designt und dekoriert, und das Unterhaltungsprogramm stilvoll und ehrgeizig. Es war ein Ort, der alles bot, wonach meine Freunde aus der Schule immer gesucht hatten, auch wenn den meisten von ihnen gar nicht bewusst gewesen war, dass ihnen genau dieser Ort fehlte. Ein Ort, an dem sie sich treffen konnten und der mehr bot als »nur« das Pop's: eine gewisse Eleganz und Lässigkeit und ein entspanntes New-York-City-Flair. Veronica wusste, was Riverdale brauchte. Und indem sie ihrem unendlich hinterhältigen Vater das Gebäude abgekauft hatte, hatte sie sich nicht nur den angesagten Laden ihrer Träume geschaffen, sondern auch das Pop's gerettet, unsere lokale Institution und eins der schlagenden Herzen unserer Stadt.

Aber sie war noch längst nicht zufrieden, daran bestand kein Zweifel. Nun, da sie sich von ihrem Vater und seinem Geldbeutel gelöst hatte, machte sie sich große Sorgen, ob sie mit dieser Unabhängigkeit tatsächlich zurechtkommen würde, in finanzieller und anderer Hinsicht. Sie sprach nicht gern darüber, aber ich wusste es trotzdem. In diesem Moment konnte ich es an der Art sehen, wie sie die Stirn in Falten legte, mit einem manikürten Finger über die Spalten fuhr und die Einkünfte und Ausgaben überprüfte. Eins musste man Veronica lassen: Sie war definitiv erfindungsreich. Ich bin mir sicher, dass sie im Großen und Ganzen alles im Griff hat. Aber selbst wenn das Büro der Bürgermeisterin für die Kosten der Afterparty aufkam, konnte der Club am Ende doch einen kleinen Verlust verbuchen.

Mir kam eine Idee. »Pop, das Burger-Wettessen am Samstag klingt wirklich nach Spaß!«, sagte ich. »V, vielleicht könnte das La Bonne Nuit ja ein paar speziell kreierte Mocktails dazu servieren? Irgendwas mit Ingwer, das die Verdauung anregt?«

»Betty, du bist ein absolutes Genie«, erwiderte Veronica. »Eigentlich bin ich ja der Meinung, dass der einzige angemessene Begleiter zu einem Burger ein Milchshake ist, aber bei einem Burger-Wettessen wäre das wahrscheinlich ein bisschen zu viel des Guten. Aber ein fruchtig prickelnder Ingwer-Drink? Das könnte der perfekte Gaumenerfrischer sein. Ich spreche mit Reggie, er soll diese Woche mal ein bisschen experimentieren. Der Gute hat sich wirklich als erstklassiger Mixkünstler erwiesen, das muss ich zugeben.«

»Auch wenn ich natürlich nicht ganz neutral bin, wenn es um meine Milchshakes geht, muss ich euch in diesem Fall zustimmen«, warf Pop ein. »Ich finde die Idee richtig gut.«

»Dann ist das geklärt«, sagte ich. »Veronica kreiert den perfekten Drink für das Wettessen und das La Bonne Nuit ist bei den Revels damit in aller Munde. Außerdem sind wir uns alle einig, dass ich ein absolutes Genie bin. Und in der Zwischenzeit kann uns Jughead von seinen großen Neuigkeiten berichten.«

Jughead drehte sich auf seinem Hocker. Seine Augen loderten förmlich. Ich konnte nicht sagen, ob es etwas Gutes oder etwas Schlechtes zu bedeuten hatte – allerdings hatte ich da so meine Vermutung. »Ihr erratet nie, wer für das Öffnen der Zeitkapsel heute Abend verantwortlich ist.«

»Was?« Ich starrte ihn ungläubig an. »Du? Warum? Ich meine –« Als mir auffiel, wie das klang, biss ich mir auf die Zunge. »Es ist nicht so, dass ich dir das nicht zutrauen würde. Du würdest das natürlich ganz großartig machen. Du wirst das ganz großartig machen! Es ist nur ... es klingt irgendwie nicht nach etwas, für das du dich normalerweise freiwillig melden würdest.«

Ehrlich gesagt gefiel mir der Gedanke sogar richtig gut. Ich stellte mir bereits vor, wie Juggie vor allen Leuten in diesem Pavillon stand, seinen typischen Ausdruck aus Erstaunen und Desinteresse im Gesicht, der ihm so gut stand.

»Ja, na ja ... ist es auch nicht, definitiv. Ich meine, eigentlich sind mir solche Sachen ein Gräuel. Tief in meiner Seele widerstrebt mir alles, wofür die Riverdale Revels stehen. Und ein Teil davon zu sein? Nein, das ist wirklich nicht mein Ding. Und das ist noch eine Untertreibung. Du kennst mich eben zu gut, Betty.«

»Du bist mal wieder viel zu dramatisch, mein Junge.« FP schüttelte ein wenig betrübt den Kopf. »Betty, sag ihm, dass er überreagiert.«

»Jug, es könnte sein, dass du überreagierst«, versuchte ich es. »Aber für den Moment halte ich mich noch mit einem Urteil zurück. Nichts liegt mir ferner, als mich in eure Familienangelegenheiten einzumischen. Aber wie konnte es überhaupt so weit kommen?« Ich starb fast vor Neugier, und

Pops und Veronicas Gesichtern nach zu urteilen, war ich da nicht die Einzige.

»Das verstehe ich selbst noch nicht so ganz. Für die vollständige Geschichte musst du dich direkt an die Quelle wenden«, antwortete Jughead und nickte seinem Dad zu.

FP drehte sich auf seinem Hocker, um uns alle anschauen zu können. »Ich weiß, dass Jug sich gerne als Einzelgänger sieht, aber das entspricht einfach nicht mehr der Wahrheit. Nicht mehr so wie früher.«

Damit hatte er sicher nicht unrecht. Jughead hatte eine Freundin und einen festen Freundeskreis – ganz gleich, wie klein er war und dass wir vier darin nicht nur den inneren, sondern den einzigen Kreis bildeten. Aber er war auch der Anführer der Serpents – das genaue Gegenteil eines einsamen Wolfs. Sicher, er hielt sich am liebsten am Rand, wenn es um Dinge ging, die er als zu sehr Mainstream empfand, aber FP hatte recht … Irgendwann in den letzten Jahren hatte sich Jughead Jones vom Einsiedler immer mehr zu einer Kultfigur entwickelt.

»Und auch wenn das niemanden mehr überrascht als meine Wenigkeit … ich bin nun mal der Sheriff von Riverdale – und er ist der Sohn des Sheriffs. Er ist ein Symbol für diese Stadt und ein Anführer«, fügte FP hinzu.

Jughead zeigte uns ein flüchtiges höhnisches Grinsen. »Habt ihr das gehört? Ich bin ein Symbol für die sonnige Zukunft von Riverdales Jugend.« Er grinste erneut, und in seiner Wange tauchte ein Grübchen auf, durch das er für einen Sekundenbruchteil wirklich »sonnig« aussah, obwohl er es vollkommen ironisch gemeint hatte.

»Jughead Jones, der Junge mit dem sonnigen Gemüt und der vielversprechenden Zukunft? Unser ganz eigener J. D. Salinger? Interessante Wahl«, spottete Veronica und blickte für einen Moment von den Bilanzen des Diners auf. Sie meinte es ernst, aber in ihren Worten klang trotzdem eine Menge Zuneigung mit.

»Glaub mir – ich stimme dir da absolut zu«, erwiderte Jughead. »Aber was soll ich sagen? Wenn du ein Problem mit dieser Entscheidung hast, dann wirst du dich an die Bürgermeisterin wenden müssen. Ich denke, du weißt, wo du sie findest.«

»Was?« Veronica hob ihre dunklen Augenbrauen. »Das war die Idee meiner Mom?«

»Zu einhundert Prozent. Sie hat es meinem Dad vorgeschlagen.«

»Ich hab versucht, sie davon zu überzeugen, dass Jughead nicht mitmachen wird, aber sie hat kein Nein gelten lassen. Anscheinend sind alle Lodge-Frauen extrem stur«, sagte FP und hob ebenfalls eine Augenbraue.

»Ja, na ja ... das kann ich nur schwer leugnen«, gab Veronica zu.

»Du hast nicht zu viel versprochen, Jug«, bestätigte ich. »Das ist unglaublich. Mehr als unglaublich.« Ich knuffte ihn in die Rippen und sah, wie er lächelnd zusammenzuckte. »Ganz ehrlich? Ich kann es kaum erwarten, dich auf dieser Bühne zu sehen.«

»Ich fürchte«, erwiderte er, »dass es dazu nicht kommen wird.«

»Aber … ihr habt doch gesagt, Bürgermeisterin Lodge hätte kein Nein gelten lassen …«

»Stimmt, natürlich. Das hat sie nicht. Ich mache es. Ich komme nicht drum herum. Vertrau mir – ich hab's probiert. Was ich damit meine, ist, dass du mich nicht auf der Bühne sehen wirst, weil«, erklärte er kleinlaut und warf seinem Vater einen flüchtigen Blick zu, »du die ganze Zeit dort oben neben mir stehen wirst.«

»Was?«

»Du bist seine einzige Hoffnung, Betty. Hör dir erst mal an, was der Junge zu sagen hat«, bat mich FP.

»Betts. Du kennst mich. Es ist schon schlimm genug, dass man mich überhaupt in diese Sache mit reinzieht. Aber ich gehe da auf keinen Fall allein raus. Und da WRIV die Revels sponsert und ausführlich darüber berichtet, habe ich angemerkt, dass es doch eine gute Idee wäre, wenn die Tochter ihrer besten Nachrichtenmoderatorin mit mir auf der Bühne stünde.«

Ganz schön hinterlistig. »Und ich bin nicht im Geringsten schockiert, dass meine Mom sofort von der Idee begeistert war«, erwiderte ich. »Jetzt, wo du es erwähnst, kommt es mir sogar seltsam vor, dass sie es nicht selbst vorgeschlagen hat.« Meine Mom gehörte nicht zu den Menschen, die sich irgendeine Gelegenheit entgehen ließen, wenn sie sich ihnen förmlich in den Schoß legte – um es nett auszudrücken. Auch wenn es in diesem Fall in gewisser Weise auch eine Gelegenheit für mich war.

FP lachte. »Ja, genau das hab ich auch gesagt. Aber ich

schätze, sie hat in letzter Zeit wohl alle Hände voll mit ihrer Farm zu tun.«

Mir drehte sich der Magen um, wenn ich das Wort nur hörte. Dass sich meine Mutter so sehr für die Farm engagierte war, traurigerweise, wenig überraschend. Dass meine Mutter jedoch zu beschäftigt war, um einen Moment im Scheinwerferlicht zu genießen? Das war schon ziemlich bedenklich. Und nur ein weiterer Beweis dafür, wie heimtückisch die Farm sie in ihre Fänge gelockt hatte.

»Pop, was ist das? Hashtag Fundstück«, rief Veronica plötzlich und durchbrach die momentane Stille. »Was ist das für ein Schatz und wo hattest du ihn die ganze Zeit versteckt?« Sie wedelte mit etwas in der Luft herum, das wie ein Schwarz-Weiß-Foto aussah. Ihre Augen strahlten vor Freude.

»Das?« Pop wirkte auf einmal beinahe verlegen. »Das ist nur ein Bild von meinem Urgroßvater mit dem ersten Bürgermeister von Riverdale. Wo hast du das denn gefunden?« Er streckte eine Hand danach aus, aber Veronica wich zurück und reichte es in die Runde.

»Es hat sich unter dem Kassenbuch versteckt – ein zauberhafter Blick in die Vergangenheit. Ich weiß wirklich nicht, warum wir es nicht hier aufhängen, damit alle es sehen können.«

»Bei euch Kindern ist doch immer irgendwas anderes los, wer interessiert sich da schon noch für Geschichte?«

Ich warf einen Blick auf das Foto. Da stand er, Pops Urgroßvater und genaues Ebenbild – abgesehen von den altmodischen Klamotten. Trotzdem trug er die gleiche Uniform, inklusive der legendären Schürze und der Papiermütze, hatte dasselbe strahlende Lächeln im Gesicht und die gleichen warmen Augen.

»Aber geht es bei den Revels denn nicht genau darum? Um unsere Geschichte?«, fragte ich.

»Eben, das macht die Revels doch aus«, warf FP ein. »Darum ja das Ganze. Und egal, was Pop glaubt, einige Leute in dieser Stadt sind richtig scharf darauf, die Geschichte wiederaufleben zu lassen.«

Bildete ich mir das nur ein oder verfinsterten sich Pops Augen für einen Moment? Es dauerte nur ein Sekundenbruchteil und war wieder verschwunden, bevor ich mir sicher sein konnte, ob ich es wirklich gesehen hatte oder nicht.

»Tja, aber wie dem auch sei«, erwiderte Pop, schnappte sich das Foto, nachdem es die Runde gemacht hatte, und steckte es wieder unter den Tresen. »Müsst ihr euch jetzt nicht sowieso alle auf das Festival vorbereiten?«

Sogar ich – auch wenn ich es nicht meiner Mom zu verdanken hatte. Hatte sich Evelyn in Sachen Riverdale Revels nicht selbst zur ersten Anlaufstelle erklärt? Was offensichtlich bedeutete, dass man als Mitglied der Farm nicht automatisch auf städtische Aktivitäten verzichten musste. »Ich schätze, das müssen wir wohl«, sagte ich, während die Räder in meinem Verstand weiter ruhelos ratterten.

»Es gibt viel zu tun! Und Zeitkapseln zu öffnen!«, fügte Jughead hinzu. »Also, Betty, was sagst du? Bist du bereit, dich mit mir auf die Bühne zu stellen und die Hoffnung und Zukunft von Riverdale zu repräsentieren? Ich meine, unter uns: Du bist sowieso die Sonnigere von uns beiden. Ganz davon zu schweigen, dass du meine Serpent-Königin bist.« Jughead riss mich aus meinen Träumereien.

»Das kann ich nicht leugnen«, stimmte ich ihm zu. Zumindest nicht, dass ich seine Königin war, auch wenn Dark Betty einen leisen Schatten auf meinen Ruf als sonniges Gemüt warf. »Außerdem weißt du doch, dass ich dir nichts abschlagen kann, Juggie. Davon abgesehen: Es ist eine Zeitkapsel. Es wird Spaß machen, sie zu öffnen!«

Ich versuchte, mir selbst gut zuzureden. Und wenn meine Teilnahme an dem Event die Neugier meiner Mutter auch nur ein wenig weckte und sie sich dadurch wenigstens einen Zentimeter von diesem Kult entfernte, der ihre Seele geraubt hatte? Tja, dann war das eine angenehme Nebenwirkung.

»Es ist so süß, dass du das glaubst.« Jughead nahm meine Hände in seine. »Betty, wir sind hier in Riverdale. Es ist ausgeschlossen, dass die Öffnung einer Zeitkapsel mit irgendetwas anderem zu vergleichen wäre als damit, in ein Wespennest zu stechen. Und das wäre noch das Best-Case-Szenario.«

»Diese Aussage kann ich nur unterschreiben«, stimmte Veronica ihm zu. »Aber, hey – ganz egal, was da drin ist, wir können darauf wetten, dass es nicht langweilig sein wird.«

»Nein«, gab ich ihr recht, »hier ist nie irgendwas langweilig.«

Sweet Pea:

Hey! Bereit für die Revels? Du wirst nicht glauben, was ich gerade gehört hab.

Josie:

?

Sweet Pea:

Der gute alte Jug. Die Bürgermeisterin hat ihn dazu überredet, die Zeitkapsel zu öffnen.

Josie:

Strange. Scheint mir die unwahrscheinlichste Wahl für den Job zu sein.

Sweet Pea:

Total. Aber du bist auch dabei, oder? Du singst.

Josie:

Ich bezweifle, dass Mom mich schwänzen lässt. Aber ich singe erst Donnerstag. Gott sei Dank.

Sweet Pea:

Warum Gott sei Dank? Du liebst doch die Bühne??

Josie:

Sicher. Aber Mom will, dass ich die Pussycats mitbringe ...

Sweet Pea:

Zeigen sie dir immer noch die kalte Schulter?

Josie:

Es herrscht eher Kalter Krieg.

Sweet Pea:

Und was willst du jetzt machen?

Josie:

Was kann ich schon machen? Ich meine, ich schätze, ich könnte sie fragen. Wen interessiert schon mein Stolz, richtig? Im schlimmsten Fall sagen sie Nein. Und genau davon gehe ich aus. Das nur fürs Protokoll.

Josie:

Nein, warte. Im schlimmsten Fall behandeln sie mich hinterher komplett wie Luft. Was ebenfalls durchaus möglich ist.

Sweet Pea:

Tut mir leid. Das ist echt hart. Aber du weißt ja, dass ich für dich da bin, wenn du Dampf ablassen musst.

Josie:

Du bist süß. Aber dank der Vorbereitungen bin ich megabeschäftigt. Und darum geht's hier doch auch gar nicht. Oder?

Sweet Pea:

Könnte es aber …

Josie:

Okay, entspann dich wieder, Romeo. ☺ Im Moment könnte ich nicht, selbst wenn ich wollte. Wünsch mir Glück. Ich muss los und ein paar Kätzchen einfangen.

Sweet Pea:

💋 Wir sehen uns.

Josie:

👋 Bis dann.

Josie:

Hey, Divas ... 👋

Josie:

Wie läuft's?

Val:

Was gibt's, J?

Josie:

Viel zu tun?

Melody:

Du weißt schon: Hausaufgaben. Proben. Das Übliche. Warum?

Josie:

Ihr tretet auf?

Val:

Du hast doch wohl nicht geglaubt, dass du die einzige Katze bist, die einen Gig klarmachen kann? Du bist vielleicht das feste Unterhaltungsprogramm in diesem müden Abklatsch eines New Yorker »Clubs«, aber du bist nicht die Einzige von uns, die Talent hat.

Val:

Vielleicht hast du's ja schon vergessen, aber außerhalb von Greendale steht dieser krasse Laden, von dem du immer gesagt hast, er sei unsere Zeit nicht wert. Wir haben entschieden, dass du damit falschlagst.

Melody:

Zu deiner Info: Er ist total cool. UND sie zahlen besser als bei jedem Gig, den wir mit den Pussycats hatten.

Josie:

Kommt schon. NATÜRLICH weiß ich, dass ihr irre talentiert seid. Und es tut mir leid, wenn ihr findet, ich wäre ein bisschen zu überheblich gewesen oder so …

Melody:

Ähm, sicher. Schon klar.

Val:

Also, was willst du, Josie?

Josie:

Nicht so wichtig. Viel Spaß beim Proben.

Melody:

O. k. Mach's gut.

Val:

Bis bald, J.

Josie:

Klar.

KAPITEL 5

Archie:

Jug, Ronnie hat's mir eben erzählt. DU bist Ehrengast bei der feierlichen Zeremonie und öffnest die Zeitkapsel?

Jughead:

Ich weiß, ist wirklich erschreckend Mainstream.

Archie:

Na, ich juble dir jedenfalls aus der Menge zu. Aber ich glaube, mein Dad wird auch mit dir auf der Bühne stehen. Andrews Construction wird die Zeitkapsel in den Pavillon bringen.

Jughead:

Wenigstens werde ich von meinen Lieben umgeben sein, wenn ich schon eines sprichwörtlichen Todes sterbe (weil ich mit dem Strom schwimme …).

KEVIN

Ich saß auf meinem Bett und brütete über der Lektüre für den Englischunterricht, als sich die Zimmertür mit einem langsamen Knarren öffnete.

»Ja?« Ich hob den Blick.

Josies dunkle Locken tauchten im Türrahmen auf.

»Was ist los, Josie?«, fragte ich, legte das Buch weg und setzte mich aufrecht hin. »Du siehst genauso aus, wie ich mich bei dieser Hausaufgabe fühle. Diesen Test am Freitag bestehe ich *garantiert* nicht. Warte mal.« Mir kam ein Gedanke. »Glaubst du, der Test wird abgesagt, jetzt, wo die Revels vor der Tür stehen?«

Sie glotzte mich nur verwirrt an.

»Ist ja auch egal. Es gibt in der ganzen Schule sowieso keinen einzigen Lehrer, der uns wegen einer solchen Banalität wie den Revels vom Haken lassen würde. War 'ne dämliche Idee.«

Redete ich immer noch? *Schalt 'nen Gang runter, Kevin.* »Außerdem ist es *garantiert* nicht der Grund, warum du hier bist. Vergiss es. Also, was ist los?«

Sie seufzte, ließ sich an meinem Schreibtisch nieder und drehte sich auf dem Stuhl zu mir. »Pussycat-Drama. Oder vielmehr, Ex-Pusscat-Drama, um genau zu sein. Die Mädels haben sich wegen meines Soloausflugs letztes Jahr *immer noch* nicht wieder eingekriegt. Sie wollen absolut nichts mehr mit mir zu tun haben.«

»Oh«, stieß ich aus und verstand, was sie mir sagen wollte. »Du hast versucht, ihnen wieder näher zu kommen, und sie haben dich abblitzen lassen.«

Sie gab ein kurzes, bitteres Lachen von sich. »Äh, nicht *genau*. Mich abblitzen zu lassen, wäre im Vergleich dazu richtig nett und mitfühlend gewesen. Aber die beiden wollten Blut sehen. Es war eher … Na ja, sie kamen mir eher vor wie zwei Katzen, die mit einer gefangenen Maus spielen.« Sie zuckte mit den Schultern. »Ich schätze, das trifft es ganz gut.«

»Tut mir leid«, sagte ich. »Das ist echt ätzend.« Das war noch eine Untertreibung. Ich wusste, wie sehr die ganze Situation mit den Pussycats Josie mitnahm.

Unsere Eltern waren erst seit Kurzem zusammen, aber seit sie ein Paar waren – oder *wieder* ein Paar? Ich vermutete, dass sie in der Highschool schon mal was miteinander gehabt hatten, auch wenn ich wirklich *nicht* darüber nachdenken wollte –, erwarteten sie, dass Josie und ich uns schnell an das neue Leben als Patchworkfamilie gewöhnten. War es komisch? Sicher, manchmal schon. Ich glaube nicht, dass einer von uns je damit gerechnet hätte, dass wir für den Rest unserer Highschoolzeit gemeinsam nächtliche Pyjamapartys feiern würden. Aber ich hätte mir für meinen Ross eine schlechtere Monica als Counterpart vorstellen können. Insgesamt verstanden wir uns gut – schließlich war uns beiden vor allem wichtig, dass unsere Eltern glücklich waren.

Und wir mochten einander, auch wenn wir uns noch nicht besonders gut kannten. Wir erhielten einen Einblick in das Leben des anderen, der uns früher, natürlich, nie offen gestanden hatte. Was bedeutete, dass ich alles über ihr Zerwürfnis mit den Pussycats wusste. Und ich wusste, dass Josie – auch wenn sie versuchte, nach außen hin tapfer und stark zu sein – ihre Mädels vermisste. *Sehr.*

Hatte sie einen Fehler gemacht, als sie versucht hatte, allein den Durchbruch zu schaffen? Ehrlich gesagt: wahrscheinlich nicht. Jeder, der sie schon mal singen gehört oder auf der Bühne gesehen hat weiß, dass Josie für etwas Höheres bestimmt ist als ein Leben in Riverdale. Für die Juilliard School, vielleicht – sie hat dieses Jahr dort vorgesungen. Trotzdem: Ich wusste genau wie alle anderen, dass selbst *das* nur der Anfang für Miss Josephine McCoy wäre.

Sie musste sich als Künstlerin entwickeln, um auf eigenen Beinen zu stehen. Aber auch die Reaktion ihrer Freundinnen war berechtigt: Sie waren verletzt und fühlten sich im Stich gelassen. Auch sie hatten eine Zukunft. Und sie hatten geglaubt, ihre Freundin sei ein loyales Bandmitglied.

Die ganze Situation war einfach total besch…eiden. Ich konnte beide Seiten verstehen. Und ich verstand, warum sie alle so fertig waren.

Ich hatte inzwischen schließlich einen Platz in der ersten Reihe, wenn es um Josie Seelenleben ging.

»Warum hast du dich überhaupt mit ihnen in Verbindung gesetzt?«, wollte ich wissen. »Ich meine, versteh das jetzt bitte nicht falsch, aber … du weißt doch, dass sie immer noch sauer sind. Oder stehst du auf Bestrafung? Dir ist doch wohl klar, dass das kein gutes Ende nehmen kann.«

Sie seufzte. »Ja, das ist mir klar. *Glaub mir*, das ist mir klar. Aber meine Mom …« Sie verstummte.

»Ah.« Plötzlich ergab alles Sinn. »Lass mich raten: Sie hat dir die volle Ladung Ex-Bürgermeisterin-meets-Momzilla verpasst, hab ich recht?« Sierra wollte nur das Beste für Josie, das konnte jeder sehen, der Augen im Kopf hatte, aber manchmal … schoss sie meilenweit übers Ziel hinaus.

Josies Augen blitzten auf. »Sie war diejenige, die mich überhaupt erst dazu gedrängt hat, eine Solokarriere zu starten! Sie dachte, dass mich die Cats nur aufhalten und dass ich mit ihnen ›nie so hell leuchten werde, wie ich es könnte‹. Das waren ihre Worte!« Josie gestikulierte heftig beim Reden und wurde immer ausladender, je mehr sie sich echauffierte.

»Und natürlich hatte sie damit recht – ansatzweise zumindest. Wir wissen alle, dass ich schon immer davon geträumt habe, als Sängerin erfolgreich zu sein. Deshalb habe ich auch getan, was sie mir geraten hat – obwohl es *verflucht* hart war. Aber wenn es um meine Karriere geht, verstehe ich *keinen* Spaß.«

»Und das solltest du auch nicht.« Wenn man mit Josie

zusammen war, kam man sich manchmal vor, als befände man sich in der Gegenwart eines lebendigen, total inspirierenden Motivations-Memes – und das meine ich total positiv. Am liebsten wäre ich aufgesprungen und hätte ein paar Hymnen von Beyoncé oder Katy Perry mit ihr angestimmt.

Aber ich ließ mich schon wieder ablenken. Das war jetzt nicht der richtige Zeitpunkt.

Sie fuchtelte noch wilder mit den Händen herum und ihre Stimme klang immer schriller. »Und klar, super, meine Fähigkeiten als Songwriterin haben sich weiterentwickelt. Vielleicht geht mein Sound auch in eine ganz neue Richtung, wenn keine äußeren Einflüsse meinen Flow stören. Sicher. Das ist alles ganz toll. Aber … die Wahrheit?«

»Immer«, antwortete ich, obwohl ich bereits wusste, worauf sie hinauswollte.

»Ich vermisse meine Freundinnen.« Sie blinzelte und ihre Augen glänzten einen Moment lang wässrig.

Ich nahm ihre Hand. »Natürlich tust du das. Und falls du dich dann besser fühlst: Ich bin mir sicher, sie vermissen dich auch. Sie wären schließlich nicht so wütend, wenn sie es nicht täten, richtig? Das Gegenteil von Liebe ist nicht Hass, sondern Gleichgültigkeit. Ich glaube, das hab ich mal auf dem Deckel einer Joghurt-Smoothie-Flasche gelesen.«

Sie zog ihre Hand weg, drückte den Rücken durch und versuchte, ihre Haltung wiederzuerlangen. »Vielleicht«, schniefte sie. »Ich weiß es nicht. Aber *Mom* war diejenige, die mir gesagt hat, dass ich sie im Stich lassen soll – und dann war Mom diejenige, die darauf *bestanden* hat, dass ich sie davon überzeuge, wieder mit mir aufzutreten. Bei den Revels.«

»Oh, *no*!«, erwiderte ich und konnte ihre Wut nachempfinden. »Absolut fettes *No*! Inakzeptabel. Ist ihr denn nicht klar, dass du auch deinen Stolz hast?«

»Anscheinend nicht«, antwortete Josie. »Aber davon abgesehen *hab* ich keinen Stolz. Nicht mehr. Mom wollte einfach nicht lockerlassen. Du weißt ja, wie sie sein kann.«

Ich nickte. »Wer unter uns stand noch nie auf der falschen Seite des patentierten stählernen Blicks von Sierra McCoy?« Ich lebte jetzt schließlich mit ihr zusammen. Ich kannte ihn aus erster Hand.

»Was hätte ich also sonst tun können? Ich hab den Mädels 'ne Nachricht geschickt.«

»Und sie sind nicht drauf angesprungen?«

»Sie sind nicht nur nicht drauf angesprungen, sie sind so weit weggesprungen, wie sie nur konnten.« Ihre Augen wurden wieder feucht. »Sie haben mir nur unter die Nase gerieben, dass sie, seit wir uns getrennt haben, schon mehrere Gigs in Greendale an Land gezogen haben, ohne mich.«

»Autsch«, stieß ich aus und entschied mich, sie nicht daran zu erinnern, dass auch sie solo aufgetreten war. Was natürlich von Anfang an der Plan gewesen war.

Josie drehte sich resigniert auf dem Stuhl. Sie war nicht der Typ, der tatsächlich die Schultern hängen ließ, aber das war definitiv die Stimmung, die sie ausstrahlte. »Ich muss also nicht erst erwähnen«, fuhr sie fort, »dass die Pussycats bei den Riverdale Revels *nicht* ihre Wiedervereinigung feiern werden. Mom wird wohl oder übel damit leben müssen.«

»Sie wird's verkraften.« Was blieb ihr auch für eine Wahl? »Und außerdem: Ein Soloauftritt von Josie McCoy ist alles andere als ein Trostpreis.« Ich lächelte ihr aufmunternd zu. »Du wirst fantastisch sein.«

Sie schenkte mir ebenfalls ein zartes Lächeln. »Danke, Kev. Die Sache ist nur, dass ich irgendwie gehofft hatte, es würde *kein* Soloauftritt werden.«

»Ich bin mir sicher, dass Cheryl mit dir auftreten würde«, erwiderte ich. »Wann hat die Gute sich schon jemals eine Gelegenheit entgehen lassen, sich im Scheinwerferlicht zu sonnen?«

Josie lachte. »Ja, ich bin sicher, das würde sie. Aber ehrlich gesagt dachte ich … dass *du* es vielleicht machst?«

»Was?« Ich war überrascht, übertrieb es mit meiner Reaktion jedoch, um sie zu aufzuziehen. Ich bedachte sie mit einem sehr ernsten, fragenden Blick. »Josie McCoy, schlägst du mir etwa ein Duett vor?«

»Kevin Keller, genau das tue ich.« Sie zögerte einen Moment lang. »Wenn du Lust dazu hast. Ich meine, ich hab dich bei diversen Schulmusicals singen hören – ich *weiß*, dass du's draufhast.«

»Falls du erwartest, dass ich Bescheidenheit vortäusche, muss ich dich enttäuschen«, entgegnete ich. »Dazu habe ich vor uns beiden viel zu viel Respekt. Es wäre nur eine Verschwendung unserer wertvollen Zeit.«

»Da kann ich dir nur zustimmen«, erwiderte sie und strahlte nun richtig.

Ich hasste es, ihre Blase zum Platzen zu bringen. »Nur leider … obwohl ich es liebend gern tun würde … Ich kann nicht.«

Josie entgleisten die Gesichtszüge und ich stellte hastig klar: »Wenn du mich früher gefragt hättest, dann vielleicht. Aber die Sache ist: Mein Dad macht bei der Autokolonne mit. Er fährt in seinem original Streifenwagen. Bürgermeisterin Lodge hat darauf bestanden und ich weiß, dass er sich – seltsamerweise – richtig darauf freut.«

»Und du hast ihm versprochen, dass du mit ihm fährst.« Sie nickte verständnisvoll.

»Ja. Ich meine …« Ich spürte, wie sich mein Mund zu einer Maske des schlechten Gewissens verzerrte. »Er ist mein *Dad*. Und er war *so* begeistert. Und beides kann ich nicht machen. Wir müssen im Wagen sitzen, bevor die Musik anfängt, und vor dem Start ist hinter den Kulissen auch noch alles Mögliche los.«

Sie stand auf, ihre Miene wie versteinert und voller Entschlossenheit. »Ich verstehe das, Kevin, ehrlich. Und ich weiß es wirklich zu schätzen, dass du sonst mitgemacht hättest.«

»Das hätte ich, ganz bestimmt.« Ich stand ebenfalls auf. Aus einem Impuls heraus nahm ich sie in den Arm.

»Ich muss schon sagen, Kev«, gestand sie, »ich hab mich in meinem Leben nie nach einem Stiefbruder gesehnt. Aber … du bist trotzdem ein ziemlich guter.«

»Danke, Josie«, erwiderte ich. »Gleichfalls. Wir stehen das gemeinsam durch.«

»Viel Glück für Englisch«, sagte sie und ging zur Tür. »Ich bin mir ziemlich sicher, dass der Test trotzdem stattfindet.«

»Ja«, stimmte ich ihr zu. »Ich weiß.«

Was Beinahe-Stiefschwestern anging, hatte ich eine ziemlich clevere erwischt. Es war richtig mies, dass sie sich im Moment so allein fühlte. Dieses Gefühl kannte ich nur allzu gut.

Ich weiß, wie viel Glück ich habe. Meine Eltern lieben mich – auch wenn sie mich nicht gemeinsam lieben können, als Paar. Ich habe tolle Freunde, und wenn gerade niemand versucht, meine Freunde oder mich zu stalken oder umzubringen, ist das Leben in Riverdale wirklich nicht übel. Selbst meine Patchworkfamilie ist eher *Modern Family* als *Denver Clan*. Alles in allem bin ich wirklich glücklich.

Aber manchmal bin ich trotzdem noch … einsam. Trotz allem. Trotz *allen*.

Betty hatte Jughead. Veronica hatte Archie. Selbst Cheryl Blossom, die böse Königin der Riverdale High, hatte ihre bessere Hälfte gefunden.

Wann war ich an der Reihe?

Joaquin ist Vergangenheit … genauso wie Moose. Zumindest, bis er sich wohl damit fühlt, sich zu outen, ohne Wenn und Aber, nicht nur vor mir. Ich versuche, ihm seinen Freiraum zu lassen, weil ich ihn verstehe: Es ist seine persönliche Entscheidung, und ich habe nicht das Recht, ihn dazu zu drängen. Aber es tut trotzdem weh.

Ich meine … liegt es an mir?

Früher hätte ich niemals so gedacht. Aber es fällt mir immer schwerer, positiv zu bleiben.

Ich weiß, dass Veronica den Schönheitswettbewerb lächerlich findet – sie hat daraus nicht unbedingt ein Geheimnis gemacht. Ich weiß, dass sie mir nur hilft, weil ich sie förmlich angefleht habe. Aber das ist mir egal. Der Wettbewerb klingt nach Spaß und ich bin einsam. Ich nehme jede Hilfe, die ich kriegen kann.

In letzter Zeit habe ich das Gefühl, dass ich dringend mal wieder einen Erfolg brauche.

Es war nicht so, dass es meine Freunde nicht kümmerte. Sie verstanden, wie schwer es für mich war, mit jemandem auszugehen oder in einer Kleinstadt wie Riverdale überhaupt geeignete Kandidaten für ein Date zu finden. Ich vermutete zwar, dass der Postbote schwul war, aber er war auch ungefähr fünftausend Jahre alt und trug total unironische Dad-Sneakers. Meine Möglichkeiten waren also ziemlich begrenzt.

Internet-Dating bedeutete nur Stress. Veronica wollte unbedingt ein Profil von mir ins Netz stellen, aber ich hab mich gesperrt, als sie ein Foto von Archies Sixpack anstatt meines eigenen verwenden wollte. »Fieser Diss, Ronnie«, schimpfte ich sie.

»Künstlerische Freiheit«, verteidigte sie sich. »Das ist nun mal die amerikanische Art.« Ich habe mich trotzdem geweigert, deshalb musste Plan B herhalten.

»Wir gehen in diesen Schwulenclub«, verkündete Betty mir. »Innuendo? Am Stadtrand?«

»Da kommen wir nicht rein. Erst ab einundzwanzig«, entgegnete ich.

Veronica winkte ab. »Bitte.« Sie machte auf den Hacken kehrt und schritt zielstrebig den Flur hinunter. Betty und ich hatten Mühe, mit ihr Schritt zu halten.

Als wir Reggie an seinem Spind entdeckten, blieben wir stehen. Er wirkte äußerst amüsiert über Veronicas Bitte. »Was wollt ihr drei Spießer denn mit falschen Ausweisen?«

Veronica warf sich das Haar über die Schulter. »Ich will mal über die Tatsache hinwegsehen, dass du meinen wohlverdienten Ruf als urbane Trendsetterin – den ich mir nicht zuletzt dank zahlreicher wilder Ausschweifungen erarbeitet habe – total außer Acht lässt –«

»Ja, ja«, warf Reggie gelangweilt ein.

»Weil ich möchte, dass du mal für eine Millisekunde aus deiner privilegierten heteronormativen Blase steigst.« Sie stemmte die Hände in die Hüften. »Hast du überhaupt eine Ahnung, wie schwierig es für Kevin ist, in Riverdale einen netten Typen zu treffen?«

»Wir *müssen* ihn in einen Schwulenclub reinbringen«, unterbrach Betty sie. Es klang, als sei ich das ziemlich jämmerliche Wohltätigkeitsprojekt der beiden, aber von mir aus – es schien zu funktionieren.

Reggie strich sich übers Kinn und gab uns seine beste Interpretation von »nachdenklich«. »Nicht zum Zug zu kommen … ich meine, *nie*?«, murmelte er. »Das muss echt hart sein, Kumpel.«

»Ist es«, versicherte ich. Als ob er mich erst noch daran erinnern musste.

Er legte in einer, wie ich annahm, ermutigenden Geste eine Hand auf meine Schulter. »Ich mache dir einen Ausweis, Keller. Topqualität. Aufs Haus.«

Erleichterung stieg in mir auf. »Danke, Reggie. Ehrlich. Du hast auf jeden Fall was bei mir gut.«

Er lachte. »Alter, ich brauche keine Hilfe von dir.«

»Natürlich nicht.«

»Oh, Reggie«, trällerte Veronica, »wo du schon mal dabei bist … Machst du für Betty und mich auch gleich noch einen? Bitte, bitte, bitte?«

Wie sich herausstellte, konnte Reggie Mantle Veronica Lodge einfach nichts abschlagen. Glück für uns.

Wir fassten einen Plan, und ich dankte den Mächten des Universums einmal mehr dafür, dass sie mir so unglaubliche Freunde geschickt hatten. Als ich Betty und Veronica fragte, ob sie sich wirklich sicher waren – ich meine, was wollten sie in einem Schwulenclub überhaupt anstellen, während ich planmäßig auf Beutezug ging? –, kam Veronica die perfekte Antwort über ihre perfekt geschminkten Lippen.

»Machst du Witze? Erstens: tanzen, ohne von widerlichen Heterotypen vollgesabbert zu werden. Zweitens: das Best-of des heiligen Quartetts in vollen Zügen genießen.«

»Des heiligen Quartetts?«, fragte Betty.

Veronica zählte sie an ihren Fingern ab. »Gaga. Britney. Cher. Und Madonna.«

»Wahre Königinnen, und besser als jede Religion«, stimmte ich ihr zu.

»Ich bin noch nicht fertig«, sagte Veronica. »Drittens: Glitter überall.«

»Ich liebe Glitter«, seufzte Betty verträumt.

»Wer nicht?«, erwiderten Veronica und ich einstimmig.

Es war beschlossene Sache. Und ein kleiner Teil von mir – ein sehr kleiner Teil, aber trotzdem da, trotzdem echt – freute sich wahnsinnig.

Streicht das wieder. »Ich bin ganz starr vor Angst«, gestand ich.

Das Innuendo ragte vor uns auf. Der leuchtend grelle Neonschriftzug wirkte noch größer als das Hollywood

Sign, obwohl ich natürlich wusste, dass das unmöglich war. Eine Schlange, die hauptsächlich aus Typen bestand, erstreckte sich über den Gehweg, und alle taten ihr Bestes, total cool oder sogar gelangweilt zu wirken statt nervös, weil sie insgeheim fürchteten, an der Tür abgewiesen zu werden.

Aber vielleicht *waren* sie auch total cool. Vielleicht war ich der Einzige, in dessen Magen die Unsicherheit wie ein Schlangenmensch ununterbrochen Flikflaks vollführte.

Aber das glaubte ich nicht.

Doch wenn es einen Menschen gab, der vollkommen immun gegen Unsicherheit und Zweifel zu sein schien, dann war es Veronica. Sie stolzierte zielsicher zum Anfang der Schlange, die Arme lässig mit dem Saum ihres violetten Minikleids schwingend. Mit jedem Klappern ihrer dolchartigen Stilettos blitzte das charakteristische Rot an der Sohle auf.

Neben ihr steckte Betty die Hände in die Hosentaschen. »Ich fühl mich total underdressed«, flüsterte sie mir zu, klang jedoch nicht sonderlich besorgt. Für diesen speziellen Anlass trug sie das Haar an diesem Abend offen anstatt in ihrem typischen Pferdeschwanz, dazu eine dunkle, enge Jeans und ein schwarzes Spitzentop – Bettys Version von »provokant«, außer, wenn ihre dunklere Seite zum Vorschein trat und sie noch tiefer in die Cosplay-Kiste griff, natürlich. Nicht dass es eine Rolle gespielt hätte – sie sah spitze aus.

Ich selbst hatte mich von Veronica in einen eng anliegenden Pullover und eine engere Jeans quatschen lassen, als ich sie normalerweise trug. Anfangs hatte ich protestiert, weil ich mir wie ein »metrosexueller Heuchler« vorkam, aber sie hatte mir versichert, dass ich fantastisch aussah. Und ein kleiner Teil von mir – okay, so klein auch wieder nicht – wollte ihr glauben.

Instinktiv ließ ich die Schultern immer tiefer hängen, je mehr wir uns dem Türsteher näherten. Aber Ronnie war unglaublich – sie richtete sich nur umso gerader auf und warf die Schultern zurück, als hätte sie in ihrem ganzen Leben noch nie einen Moment der Selbstzweifel oder Ablehnung erlebt. Ich wusste natürlich, dass dies nicht der Fall war – und sicher nicht nur wegen dieses ganzen Skandals mit ihrem Vater damals in New York, nach dem sie alle wie eine Ausgestoßene behandelt hatten, wenn auch nur für eine Weile. Aber sie hatte ihre Lektion gelernt: Tu so als ob, dann wird's wieder top. Ich versuchte, ihren entschlossenen Schritt zu imitieren.

»Guten Abend«, säuselte Veronica und lächelte den Türsteher an.

Er beäugte uns mit nicht *nicht* wohlwollender Miene. Veronica preschte unerschrocken noch weiter voran. Sie lehnte sich zu ihm und flüsterte ihm etwas ins Ohr. Ich reckte – genau wie Betty neben mir – den Hals, um zu verstehen, was sie sagte, jedoch ohne Erfolg.

Nach einer Sekunde wich der Türsteher einen Schritt zurück. Ich seufzte und wappnete mich innerlich bereits für unseren möglichst würdevollen Rückzug. Aber stattdessen geschah ein wahres Wunder.

Er klinkte das Samtseil aus, das als Absperrung diente, und ließ uns ein. »Viel Spaß heute Abend.«

Veronica ging voran und winkte dem Türsteher über die Schulter hinweg zu.

Ich packte Betty am Ellenbogen und wir folgten ihr. »Wie hat sie das *gemacht*?«

»Das werden wir wohl nie erfahren«, antwortete sie schlicht.

Und dann betraten wir den Club.

Veronica hatte recht: Es lief Gaga. Es lief Madonna. Zwischendurch schlichen sich sogar Kesha und Kylie auf die Playlist. Wir sangen lauthals mit, vollkommen ungehemmt und ohne uns Gedanken darüber zu machen, ob wir in diesem Moment, hier und jetzt, cool waren oder wirkten. Der Laden war brechend voll, dunkel, stickig und erfüllt von völliger Ungezwungenheit – oder zumindest kam es mir so vor.

Okay, na schön, ich war endlich in einem Schwulenclub und klebte meinen Freundinnen trotzdem immer noch an den Hacken, aber es war trotzdem irrsinnig aufregend und nervenaufreibend.

Aber irgendwann war es das nicht mehr.

Hier war ich, im Innuendo, sah unwiderstehlich aus – wie Veronica mir versichert hatte –, einen gefälschten

Ausweis in der Hand, und grölte aus vollem Hals zu Cher. Wenn es eine Checkliste für meine erste wirklich authentische schwule Partynacht gegeben hätte, hätte ich sämtliche Punkte abgehakt. Ich hatte Spaß, sicher, aber mir war auch unfassbar heiß. Und ich schwitzte. Und langsam bekam ich Platzangst.

Vielleicht war es einfach ein bisschen *zu viel* Spaß für mich? Vielleicht bin ich einfach nicht … so gestrickt?

Der Gedanke war ziemlich deprimierend. War ich dazu *bestimmt*, bis ans Ende meiner Tage einsam und Single zu sein? Ich floh heimlich zur Bar.

»Ich hätte gern ein Ginger Ale.« Mir war egal, was mein gefälschter Ausweis behauptete, ich musste mich an diesem Abend nicht auch noch betrinken. Es kam mir ohnehin bereits vor, als würde er langsam, aber sicher entgleisen. Alkohol würde die Sache sicher nicht besser machen.

Ich trank einen Schluck von meinem – total jugendfreien – Drink und sah zu, wie die leuchtend rote Kirsche in dem sprudelnden Getränk auf und ab hüpfte, als ich plötzlich eine Hand auf meiner Schulter spürte.

»Was machst du denn hier, so ganz allein? Wir haben gar nicht bemerkt, dass du dich verdrückt hast.« Es war Betty. Veronica stand direkt hinter ihr, mit glänzender Stirn. Sie fächelte sich dramatisch mit einer Hand Luft zu.

»Ich versuche zu rehydrieren«, antwortete ich und trank einen langen Schluck.

»Du kannst später noch rehydrieren«, fand Veronica. »Hier sind mindestens fünfzig heiße Typen, die nur darauf warten, angeflirtet zu werden.«

»Sicher nicht von mir«, gestand ich schließlich mir und meinen Freundinnen ein. Selbst in einem Schwulenclub erregten meine fantastischen Mädels zehnmal mehr Aufmerksamkeit auf der Tanzfläche als ich. Vielleicht lag es doch an mir.

Ich trank einen weiteren Schluck, schob das Glas dann jedoch weg. Die schwere Süße klebte an meinem Gaumen. »Tut mir leid, Mädels. Wir haben es versucht. Und ich weiß das wirklich zu schätzen. Aber … das ist einfach nicht mein Ding.«

»Vielleicht haben wir es nur noch nicht genug versucht«, konterte Veronica.

»Komm wenigstens noch für einen letzten Song mit auf die Tanzfläche«, bat mich Betty inständig.

Ich wollte nicht die Spaßbremse spielen. Aber ich musste auch ehrlich sein. »Tut mir leid«, erwiderte ich. »Ich will nicht mit Wildfremden auf Tuchfühlung gehen. Das bin einfach nicht ich. Ich weiß selbst nicht, was ich mir von diesem Abend versprochen habe, aber sicher nicht das hier.«

Ich seufzte. Obwohl ich endlich – endlich! – von anderen Schwulen umgeben war – was ich mir mehr als *alles* andere gewünscht hatte –, hatte ich mich noch nie so allein gefühlt.

»Okay«, sagte Betty, als sie schließlich verstand, dass

ich nicht nur aus theatralischen Gründen übertrieb oder melodramatisch war. »Und was jetzt?«

»Ihr zwei könnt gern noch bleiben«, versicherte ich. »Habt Spaß. Ihr amüsiert euch offensichtlich blendend. Ich muss euch den Abend ja nicht auch noch verderben. Ich fahr nach Hause und gucke *The Matchelorette*. Ich hab gehört, dass sie Kelsey heute Abend aus der Champagner-Sauna werfen.«

»Spoileralarm!«, beschwerte sich Veronica. »Aber … na schön. Wenn du dir wirklich sicher bist.«

»*Tod*sicher.«

»Morgen Brunch im Pop's?«, schlug Betty vor.

»Unbedingt.«

Ich spielte mit dem Gedanken, auf dem Nachhauseweg einen Abstecher in den Fox Forest zu machen – alte Angewohnheiten legt man nur schwer ab, und nach meinem Outing war dies für lange Zeit der einzige Ort, an dem ich das Gefühl hatte, wirklich ich selbst sein zu können. Wenn ich mich einsam fühlte, traf ich dort andere, die genauso waren wie ich. Manchmal redeten wir einfach nur. Manchmal auch mehr. Ich hatte dort auch öfter Jungs getroffen, die sich noch nicht geoutet hatten, auch wenn ich keine Namen nenne. Doch wir wussten alle, dass sich alles verändert hatte, nachdem Jason Blossom ermordet worden war. Ich mag vielleicht einsam sein, aber ich verspüre ganz sicher keine Todessehnsucht.

Deshalb ging ich direkt nach Hause. Dad war noch wach, als ich ins Wohnzimmer kam. Er saß mit einer Schüssel Popcorn auf der Couch, die Fernbedienung in der Hand. Er wirkte überrascht, mich zu sehen. »Ich dachte, du übernachtest heute bei Betty.«

»Hab's mir anders überlegt«, sagte ich und schloss die Tür hinter mir. »Wir waren zusammen in einem Schwulenclub«, gestand ich.

Falls Dad entsetzt war, ließ er es sich nicht anmerken. »Sieht nicht so aus, als hättest du dich besonders gut amüsiert«, bemerkte er.

»Hab ich auch nicht«, gab ich zu. »Ich bin früher gegangen.«

Dad schaute mich an und nickte dann auf den freien Platz neben ihm. Ich setzte mich zu ihm auf die Couch und legte die Hände auf die Knie. »Der Club war voll mit Typen, Dad«, begann ich.

»Aber du hast keinen netten Kerl in deinem Alter getroffen?«, riet er.

»Nein. Und ich hab das deprimierende Gefühl, dass das auch nie passieren wird.« Die Vorstellung war beinahe unerträglich. Bei den Worten schnürte sich mir die Kehle zusammen.

Dad atmete tief ein und dachte offensichtlich angestrengt darüber nach, wie er am besten durch diesen wichtigen Vater-Sohn-Moment navigieren sollte. Ehre, wem Ehre gebührt: Er gibt wirklich sein Bestes, jedes Mal.

»Hör mir mal gut zu, Kevin«, begann er. »Ich kann dir

nicht sagen, *wann* es passieren wird – im College oder wenn du für deine Broadway-Karriere nach New York ziehst.«

»Für meine *was*, bitte?«

»Wer zum Geier weiß das schon?«

»Sehr inspirierend«, scherzte ich.

»Aber *eins* weiß ich mit Sicherheit: Du wirst nicht für immer allein bleiben, mein Junge.« Er zog mich in eine männliche einarmige Umarmung.

So kitschig das auch klingt und auch wenn es genau null meiner Probleme löste: Diese Umarmung von meinem Dad – gepaart mit einer ordentlichen Portion Mitgefühl – bedeutete mir alles. Und ich fühlte mich hinterher schon tausendmal besser. Ganz gleich, wie einsam ich mich in meinem Liebesleben fühlte, im richtigen Leben war ich nicht allein. Freunde und Familie brachten zwar keine Romantik, aber sie waren auch nicht nichts. Ganz im Gegenteil.

Ich schnappte ihm die Fernbedienung aus der Hand. »Jamie Oliver? Oder *Das große Backen*?«

»Ich hab mir eigentlich gerade diese Krimiserie angeschaut, Kevin«, erwiderte er, gab dann jedoch nach. »Wie wär's mit *Matchelorette*? Mit der Sauna, in der alle zu viel trinken?«

Ich schaltete auf den entsprechenden Sender und bediente mich von seinem Popcorn. Es war noch warm.

»Ist dir gerade Glitter aus dem Haar gerieselt?«, fragte er verwundert.

»Wahrscheinlich.«

Er lachte. Nach einer Minute tat ich es auch.

Die Tür fiel klickend ins Schloss, als Josie mein Zimmer verließ. Ich hörte, wie sie sich in ihr eigenes Zimmer zurückzog. Eine Minute später ertönte der weiche Klang ihrer Gesangsübungen. Ihre tiefe, klare Stimme kletterte die Oktaven hinauf und hinunter. Es wirkte wunderbar entspannend und erinnerte mich wieder einmal daran: Ganz gleich, wie ich mich fühlte oder wie brutal die Dating-Welt auch war – ich war *nicht* allein.

Das Innuendo hatte sich als Reinfall erwiesen. Online-Dating war traumatisierend. Und ich hatte mir und meinen Lieben geschworen, dass ich nie wieder im Fox Forest auf Freiersfüßen wandeln würde – auch wenn all das zusammengenommen bedeutete, dass ich vielleicht noch für eine ganze Weile Single bleiben würde.

Aber Dad hatte recht – wen interessierte das schon? So dramatisch war es nun auch wieder nicht.

Ich hatte Freunde und eine Familie, die mich liebten – und ich stand noch ganz am Anfang.

KAPITEL 6

Veronica:

Hey, Archiekins. Kann ich dich um einen Riesengefallen bitten?

Archie:

Jederzeit. Das weißt du doch.

Veronica:

Ich bin ein bisschen unterbesetzt, wenn die Getränkelieferung für die Afterparty heute Abend kommt. Angeblich »trainiert« Reggie für den Schönheitswettbewerb und stemmt mit Chuck Clayton und ein paar der anderen Bulldogs, die sich auch angemeldet haben, Gewichte. Er will – und ich zitiere – das geilste Sixpack ever.

Archie:

Er weiß aber schon, dass es gar keine Bademoden-Runde gibt, oder?

Veronica:

Trotzdem.

Veronica:

Wie dem auch sei, ein paar von den Serpents helfen mir. Ich klinge ja auch wirklich nicht gern wie das Klischee einer armen Maid in Not, aber ich könnte deine starken Arme für ein oder zwei Stunden wirklich gut gebrauchen.

Archie:

Du kannst so viel von mir haben, wie du willst, solange du willst. Ich muss Dad nur noch helfen, die Zeitkapsel für heute Abend auszugraben. Sie ist so alt – für den Job braucht man Fingerspitzengefühl.

Veronica:

Ich dachte, dein Dad hätte das schon erledigt.

Archie:

Er hat's versucht. Aber anscheinend musste er bei Pop erst noch die Karte holen, auf der die genaue Stelle eingezeichnet ist, und der war erst heute Nachmittag wieder im Laden.

Veronica:

Pop? Das ist ja komisch.

Archie:

Ja, irgendwie schon. Hey, Dad ruft an. Bis später?

Veronica:

Bis später! 💋

Archie:

xoxo

JUGHEAD

Um 17:45 Uhr kribbelte die Luft im Pickens Park vor dezenter – aber doch merklicher – Neugier, wie sie immer zu spüren ist, wenn in einer angeblich so verschlafenen Stadt wie Riverdale etwas Außergewöhnliches passiert.

Wenn es noch irgendwelche Zweifel daran gegeben hatte, wie die Leute auf die Revels reagieren würden, waren sie nun verflogen. Die Revels waren nicht nur ein Fest, mit dem Riverdale sich selbst feiern konnte, sondern auch etwas Neues, etwas anderes und – aller Voraussicht nach – Mordfreies.

Luftschlangen schmückten die Herbstblätter der Ahornbäume und aus den riesigen Lautsprechern neben dem Pavillon ertönte blechbläserlastige Big-Band-Musik. Offensichtlich war die ganze Stadt erschienen, um der Öffnung der Zeitkapsel beizuwohnen, und dem Ausdruck auf dem Gesicht der Bürgermeisterin nach zu urteilen war sie von der großen Zuschauermenge begeistert.

Was mich anging, so war ich zumindest neugierig. Auch ich konnte das nicht vollkommen leugnen, so gern ich auch meine übliche lässig-desinteressierte Distanz gewahrt hätte. Allerdings konnte ich nicht behaupten, dass es auch in mir schon vor Aufregung »kribbelte«. Im Allgemeinen ist »kribbeln« sowieso eher nicht mein Stil. Genauso wenig, wie hier oben zu stehen, vor aller Augen, mitten im Pavillon, und auf die neugierige Meute der Feierlustigen zu blicken.

Ich schaute auf ein Mosaik aus Gesichtern, die mich erwartungsvoll anstarrten: Pop Tate mit seinem milden und irgendwie unergründlichen Lächeln. Direktor Weatherbee mit seiner typisch reservierten Miene. Evelyn Evernever, unter Strom wie eh und je. In ihrer eigenen kleinen Gruppe meine Serpents in ihren leicht zu erkennenden Lederjacken, bemüht, gelangweilt zu wirken, aber ganz offensichtlich selbst ein bisschen neugierig.

Betty stand neben mir, mit einem so breiten – und aufrichtig freudigen, die Gute – Grinsen im Gesicht, dass es meinen generellen Mangel an Begeisterung sicher wieder wettmachte. Zu meiner Linken stand Dad, aus gegebenem Anlass in seiner Sheriffsuniform – der unmittelbare Grund, warum ich überhaupt eine Rolle in diesem Schauspiel übernehmen musste. Alice Cooper hatte ihre Crew auf der rechten Seite der Bühne postiert, die Mikrofonangeln und Scheinwerfer am äußersten Bühnenrand, die Beleuchtung so grell, dass ich die Augen zusammenkneifen musste. Und am Rednerpult thronte in vollendeter Gelassenheit Bürgermeisterin Hermione Lodge über der Szene.

»Und, fühlst du dich angemessen vital und jugendlich?«, fragte Betty leise.

»Wurden diese Worte schon *jemals* benutzt, um mich zu beschreiben?«, fragte ich zurück.

Archie, der in der ersten Reihe genau in der Mitte stand, ein dämliches Grinsen im Gesicht, trat einen Schritt nach vorne. »Du schaffst das schon, Kumpel.«

»Bist du sicher?« Cheryl Blossoms glasklare Stimme durchbrach das Gemurmel der Menge. »Wir liegen jetzt schon mindestens sieben Minuten hinter dem Zeitplan. Als Mitglied einer der Gründerfamilien dieser Stadt bin ich besonders gespannt zu erfahren, was sich in diesem kleinen Relikt von anno dazumal befindet. Anschließend entschwinde ich umgehend ins La Bonne Nuit, um ein paar wundervolle Stunden mit meiner Liebsten zu verbringen.«

»Entspann dich, Cher«, murmelte Toni, die kein bisschen genervt wirkte. Vermutlich war sie inzwischen einfach schon an Cheryl gewöhnt. »Es ist schließlich nicht Jugheads Schuld, dass der Zeitplan sieben Minuten hinterherhinkt.«

»Allzeit gewillt, das Positive zu sehen, Toni. Kein Wunder, dass du meine bessere Hälfte bist«, lenkte Cheryl ein.

Toni gab ihr einen flüchtigen Kuss auf die Wange und richtete ihre Aufmerksamkeit dann wieder auf den Pavillon, in dem sich Bürgermeisterin Lodge näher ans Mikrofon stellte.

»Herzlich willkommen, meine lieben Bürger von Riverdale«, begann sie mit tiefer, weicher Stimme. »Das Büro der Bürgermeisterin und der gesamte Stadtrat sind begeistert, dass es uns gelungen ist, die Riverdale Revels wiederauferstehen zu lassen, die wir heute mit der Öffnung der Jubiläumszeitkapsel beginnen wollen. Wie Sie alle inzwischen wissen, sind die Revels eine einzigartige Riverdale-Tradition – ein Fest, von dem ich persönlich hoffe, dass unsere Stadt es noch viele Jahrzehnte lang mit derselben Begeisterung feiern wird, genauso, wie es auch unsere Vorfahren über so viele Jahrzehnte hinweg getan haben. Die Revels sollen das Beste an Riverdale verkörpern – und natürlich beginnt und endet das Beste dieser Stadt mit Ihnen allen.

Riverdale wurde schon immer von seinen Einwohnern geprägt, und wir können noch heute stolz auf die früheren Generationen sein, die in unserer Stadt lebten. Allerdings …« Ihre Stimme wurde leiser und änderte ihren Ton, passend zu unserer etwas düstereren Version der typisch amerikanischen Idylle. »… haben die Ereignisse in den letzten Jahren unsere wahre Stärke und unsere Werte als feste Gemeinschaft immer wieder auf eine harte Bewährungsprobe gestellt.«

Neben mir unterdrückte Betty ein Lachen, was beinahe dazu führte, dass ich selbst losprustete. Ich biss mir fest auf die Wange, um den Drang zu unterdrücken. Bürgermeisterin Lodge besaß definitiv die »Gabe«, die alle Erwachsenen in Riverdale zu teilen schienen: Entweder spielten sie das Offensichtliche total herunter – oder leugneten es rundheraus, was entschieden öfter vorkam. All unsere Eltern taten das. Es war richtig unheimlich, beinahe so, als hätten sie eine stille Vereinbarung geschlossen.

Oder ist dieser Gedanke zu paranoid?

»Ich bin mir jedoch sicher, dass wir auch über die jüngsten tragischen Ereignisse hinwegkommen und sie uns noch stärker machen werden. Die wiederbelebten Revels sind meine Art, Ihnen, meinen Wählern, zu zeigen, wie viel Sie mir bedeuten.« Sie lächelte gütig, und es war nicht schwer zu erkennen, warum sie und ihr

Mann so geschickt in der hohen Kunst der Überzeugungskraft waren. Auch wenn Hiram dafür berüchtigt war, dass seine Methoden gelegentlich etwas, ähm … *aggressiver* waren.

Auf der anderen Seite des Parks applaudierten einige Zuhörer lächelnd. Sie hingen förmlich an ihren Lippen, saugten die ganze Show auf wie ein Schwamm.

»Und nun, mit FP Jones, unserem frisch ernannten Sheriff, an meiner Seite und vor Ihnen allen als Zeugen – wer wäre besser geeignet, Riverdales Engagement für eine vielversprechende, lebendige Zukunft zu verkörpern als die Jugend unserer Stadt? Für uns alle wird nun ein junger Mann die Zeitkapsel öffnen, die während der Revels vor vielen Generationen für *unsere* Generation vergraben wurde. Bitte begrüßen Sie mit mir: Forsythe Pendleton Jones, den dritten.«

Sie hob die Hände und klatschte dezent in meine Richtung, was die Menge veranlasste, dasselbe zu tun. Ich konnte die Jubelrufe von Veronica, Archie und sogar Mr Andrews hinter mir hören. Ich spürte, wie ich knallrot anlief. Ich konnte mich nicht daran erinnern, wann mich jemand zum letzten Mal bei meinem vollen Namen genannt hatte – und, mal ehrlich: Ist das ein Wunder?

Hermione gab mir mit einer Geste zu verstehen, dass ich ans Mikrofon treten sollte, und Betty drückte aufmunternd meine Hand. Ich ergriff die Gelegenheit, sie mit mir nach vorne zu ziehen, wodurch das aufgestaute

Kichern doch noch aus ihr herausplatzte. Die Menge lachte ebenfalls. Das Gefühl der Erleichterung, der Freude und Aufregung war beinahe greifbar. Das Gefühl, wir könnten endlich alle wieder aufatmen und sogar – war das wirklich möglich? – wieder *lächeln*, nach all den Morden, all der Gewalt, all der Dunkelheit.

»An seiner Seite: Elizabeth Cooper, die Sie alle – unter anderem – dank ihrer von Herzen kommenden Rede bei unserer Fünfundsiebzigjahrfeier kennen. Ihre Mutter, Alice Cooper, ist eine unserer engagiertesten Mitbürgerinnen und hat sich der Aufgabe verschrieben, die Wahrheit in unserer Stadt ans Licht zu bringen – früher im *Riverdale Register* und heute in ihren klugen, investigativen Reportagen für WRIV. Sie hat sich durch nichts und niemanden jemals von ihrem Weg abbringen lassen.«

Hermione winkte Alice zu, die mit einem eigenen Winken antwortete, das für ihre Verhältnisse beinahe bescheiden wirkte. Betty lächelte ihre Mom angespannt an, bevor wir unseren Platz vor dem Rednerpult einnahmen, während Fred Andrews und seine Jungs vorsichtig die Zeitkapsel aus dem Loch unter dem mächtigen Ahornbaum hoben, in dem sie vor so vielen Jahren zur Ruhe gebettet worden war.

Es war ein riesiges, verwittertes Fass, in dem sich einst der berühmte Sirup von Blossom Maple Farms befunden hatte. Das Logo war unter der jahrzehntedicken Kruste aus Dreck gerade noch zu erkennen. Mr Andrews rollte die Zeitkapsel zu uns auf die Bühne und die Luft begann förmlich zu knistern: vor Neugier vielleicht, oder auch vor freudiger Erwartung – für viele von uns inzwischen ein völlig fremdes Gefühl. Die Ausgrabungsarbeiten hatten schon heute Morgen begonnen, kurz nach der Schulversammlung. Fred Andrews und seine Crew hatten gewissenhaft in Dauerschichten gearbeitet, und wir hatten ihre Fortschritte sehr genau beobachtet – selbst diejenigen unter uns, die sich alle Mühe gaben, ein weniger gesteigertes Interesse vorzutäuschen.

Aber zu ihrer Verteidigung: Es war unmöglich, nicht wenigstens eine gewisse morbide Neugier zu entwickeln, wenn ein Relikt aus unserer Vergangenheit im wahrsten Sinne des Wortes vor unseren Augen ausgegraben wurde.

Ich hatte so gemeint, was ich zu Betty gesagt hatte: Es war vollkommen ausgeschlossen, dass wir mit der Kapsel *nicht* nur eine weitere Büchse der Pandora öffneten. Ich persönlich starb allerdings auch fast vor Neugier, endlich zu sehen, was sich darin befand.

»Wir freuen uns sehr, hier zu sein«, begann Betty und übernahm das Mikrofon. Sie weiß, dass ich in Wahrheit nur ein Meister der Worte bin, wenn ich ganz entspannt vor meiner Tastatur sitze. »Vielen Dank, dass Sie uns die Ehre zuteilwerden lassen, mit der Öffnung dieser Zeitkapsel auch die Riverdale Revels feierlich zu eröffnen!«

Sie warf mir einen Blick zu und forderte mich auf,

wenigstens das absolute Minimum zu ihrer kurzen Ansprache beizusteuern. Ich beugte mich vor. »Danke«, stimmte ich ihr zu. »Und ihr könnt mich einfach Jughead nennen.«

Ein weiteres kollektives Lachen schwappte durch die Menge.

Mr Andrews stellte das Fass senkrecht direkt vor uns auf und nahm einem seiner Männer, der neben der Bühne wartete, die Brechstange aus der Hand.

»Seid ihr bereit?«, fragte er.

Betty und ich nickten, während die Menge grölte. Cheryls Augen leuchteten förmlich, als sie das Blossom-Siegel auf der Seite des Fasses entdeckte, das auch nach all den Jahren immer noch richtig deutlich zu erkennen war.

Mr Andrews setzte die Brechstange unter dem Deckel des Fasses an, stieß ein Grunzen aus und lehnte sich mit seinem ganzen Gewicht in die Bewegung. Das Holz unter dem Siegel knarrte.

Er verzerrte eine Minute lang angespannt das Gesicht und die Sehnen an seinem Hals traten wie Markierungen auf einer Landkarte hervor. Für einen Sekundenbruchteil befürchtete ich schon, der Deckel des Fasses würde sich nicht lösen, unser erstes offizielles Revels-Event würde sich zu einem kompletten Reinfall entwickeln und alles würde sich aus irgendeinem Grund so anfühlen, als sei es meine und Bettys Schuld, obwohl wir natürlich überhaupt nichts dafür konnten. Schließlich waren noch so viele andere hier mit uns, die ebenso ein Teil davon waren wie wir.

Dann stieß Mr Andrews vor Anstrengung erneut ein lautes Stöhnen aus und holte das letzte bisschen Kraft aus sich heraus. Auch das Fass gab ein ächzendes Seufzen von sich, das beinahe wie eine missmutige Katze klang, und dann fiel der Deckel zu Boden.

Betty klammerte ihre eben noch so zärtliche Hand so fest um meine, dass meine Knöchel knackten. Sie riss die Augen auf, weiter, als ich es jemals gesehen hatte.

»Was –«

Ich hörte, wie die Menge kollektiv nach Luft schnappte, und folgte ihrem Blick. Es war nicht nur der Deckel vom Fass gerutscht, auch das Fass selbst begann zu wanken und brachte Mr Andrews ins Straucheln. Er konnte es nicht mehr festhalten, und das schwere Ding kippte träge um, landete mit dem feuchten, dumpfen Krachen von verrottetem Holz auf der Seite, rollte über die Bühne und verstreute die Erde, die sich darin befand, in alle Richtungen.

»O mein Gott«, flüsterte Betty.

Und dann ertönten die Schreie.

Es war Hermione, wie mir bewusst wurde – aber erst später, erst im Nachhinein, als ich mir die ganze makabre Szene noch einmal durch den Kopf gehen ließ und versuchte, wenigstens annähernd zu begreifen, was passiert war. Das Bild fügte sich zusammen, nachdem sich der sprichwörtliche Staub gelegt hatte und wir alle einen ausführlichen Blick auf das entsetzliche Durcheinander auf dem Boden werfen konnten. Ich verstand, was Betty so erschreckt hatte. Verstand, was wir alle dort vor uns sahen.

Es war eine Leiche.

Seit Langem tot – nicht viel mehr als Knochen und Würmer, die sich aus der Erde bohrten und schlängelten. Ein grauenvolles Fenster zu einem weiteren entsetzlichen Kapitel in Riverdales Vergangenheit, das besser unberührt geblieben wäre, begraben, öffnete sich vor unseren Augen.

Seit Langem tot, ja – aber deswegen nicht weniger unheilvoll.

Ein Haufen Knochen, durcheinandergeworfen, vergilbt, und darin die zerfledderten Überreste … eines Kleids? Eines Haarbands? Irgendetwas, das einst mit einem Blumenmuster bedruckt gewesen und nun verblasst war, dreckverschmiert, verschimmelt und von Motten zerfressen.

Der kahle Schädel blinzelte uns an, einige dünne Haarsträhnen zeichneten Spuren in die Erde.

Ich starrte wie gebannt darauf, dann huschte mein Blick über die Knochen zurück zu Betty, die sich langsam, aber sicher wieder fasste.

»Was zur Hölle ist das, Jug?«, flüsterte sie, ihre Stimme krächzend und erstickt.

Natürlich erwartete sie nicht wirklich eine Antwort von mir: Sie kannte sie bereits. Und deshalb sagte ich auch nichts. Ich schlang nur meinen Arm um sie und konzentrierte mich darauf, mich aufrecht zu halten, obwohl ich immer heftiger zitterte.

TEIL II:
DIE RIVERDALE REVENGE

KAPITEL 7

FP Jones:

Dein Freund Curdle Junior will wissen, wann ich vorbeikommen und seinen vorläufigen Bericht wegen der Leiche lesen kann.

Hermione Lodge:

Keine Leiche, FP. Knochen. Sterbliche Überreste. Und wer weiß, ob es sich überhaupt um menschliche Überreste handelt.

FP Jones:

Nach einer ersten ausführlichen Untersuchung kann Curdle uns mehr sagen.

Hermione Lodge:

Wie dem auch sei, wir sollten jetzt noch keine voreiligen Schlüsse ziehen. Und auch wenn ich deine … Begeisterung für deine Arbeit zu schätzen weiß, Sheriff, musst du dir keine Sorgen machen. Wir haben externe Ermittler hinzugezogen. Du kannst dich also weiterhin voll und ganz auf die Revels konzentrieren.

FP Jones:

Wirklich sehr rücksichtsvoll, Frau Bürgermeisterin.

Hermione Lodge:

Danke.

FP Jones:

ICH danke.

Hermione Lodge:

Die Eingeborenen werden unruhig, Hiram. Die Revels sollten der Stadt wieder Lebensfreude schenken – und kein neues dunkles Geheimnis.

Hiram Lodge:

Die Eingeborenen? Ich glaube, du meinst deine Wähler.

Hermione Lodge:

Ich meine unsere NACHBARN. Und ich kann ihnen deswegen auch nicht wirklich einen Vorwurf machen. Es war eine absolut grauenvolle Szene.

Hiram Lodge:

Mi amor, ich habe dir doch schon gesagt: Du musst dir keine Sorgen machen. Meine Männer kümmern sich darum. Es gibt alle möglichen einleuchtenden Erklärungen dafür. Vergiss nicht, die ursprünglichen Revels sind schon vor 75 Jahren aus dem Veranstaltungskalender der Stadt verschwunden – und niemand scheint zu wissen, warum. Wenn diese Stadt eines kann, dann Dinge vertuschen.

Hermione Lodge:

Das hoffe ich. Wir können uns im Augenblick keinen Ausrutscher erlauben. Die Revels müssen ohne die geringste Störung vonstattengehen.

Hiram Lodge:

Überlass das mir.

ARCHIE

Eins musste ich Veronica lassen: Wenn es drunter und drüber ging, war sie wirklich die Tochter ihrer Mutter. Und das meinte ich absolut positiv. Ganz gleich, was auf sie einstürzte, Veronica blieb stark und kämpfte sich durch. Die Eröffnungsfeier der Revels bildete da keine Ausnahme.

Nach der Öffnung der Zeitkapsel brach sofort völliges Chaos aus. Ich meine, der Tod war in Riverdale kein Unbekannter – in letzter Zeit hatten wir ihn viel zu oft gesehen. Aber ich schätze, auf unbewusster Ebene hatten wir wahrscheinlich alle geglaubt, das Böse sei erst in jüngster Vergangenheit ein Teil des Lebens in unserer Stadt. Und auch das nur zufällig und in verschiedenen unglücklichen Zwischenfällen, die nicht das Geringste miteinander zu tun hatten. Aber machten wir uns vielleicht doch nur etwas vor? Oder ignorierten wir die Wahrheit absichtlich? Sicher, vielleicht. Aber das war nun mal entschieden angenehmer als die Alternative.

Aber jetzt, eine in einer Zeitkapsel begrabene Leiche? Das war etwas völlig anderes. Es war eine altmodische Form des Bösen, seine Saat für zukünftige Generationen im wahrsten Sinne des Wortes in die Erde gepflanzt.

Hermione schritt jedoch sofort zur Tat und verkündete, dass sie selbstverständlich eine »ausführliche« Untersuchung zur Identität der Leiche veranlassen würde.

»Aber im Augenblick«, sagte sie, »kennen wir noch nicht die ganze Geschichte. Es wäre daher klug, nicht in Panik zu verfallen und direkt das Schlimmste anzunehmen. Ich halte es für das Beste, wenn wir ins La Bonne Nuit weiterziehen, genau wie wir es ursprünglich geplant hatten, und uns eine kleine Feier erlauben, trotz dieser unerwarteten Wendung.«

»Unerwartete Wendung«, schnaubte Veronica verächtlich. »Gott, meine Eltern wissen wirklich, wie sie die Wahrheit verdrehen können.« Sie klang vollkommen angewidert. »Es war eine Leiche in einem Fass – in einer Zeitkapsel, um genau zu sein. Und was sagt sie? Nein, nein, hier gibt es nichts zu sehen.«

Ich nahm ihre Hand. »Und was jetzt?«

»Was jetzt?« Sie spannte die Schultern an. »Archiekins, ich war zwar noch nie eine große Schauspielerin, aber nichtsdestotrotz stimmt das alte Sprichwort in diesem Fall tatsächlich: Die Show muss weitergehen.«

Noch immer ziemlich entsetzt ließ ich den Blick schweifen: über das Absperrband der Polizei, das FP gerade um uns herum spannte. Über den kleinen Erdhaufen im Pavillon, dort, wo das Fass vorhin umgekippt war. Und über das Gesicht meines Dads, vollkommen entsetzt über das, was er soeben mit angesehen hatte. »Du willst wirklich ernsthaft noch die Afterparty feiern, Ronnie?«

»Mir bleibt wohl kaum eine andere Wahl, oder?«, fragte sie zurück. »Meine Mutter hat es der Menge soeben verkündet. Aber sieh doch mal selbst.« Sie gestikulierte in Richtung der Menschen, die nun langsam und ein wenig benommen wieder zu ihren Autos gingen. »Nach allem, was gerade passiert ist, haben diese Menschen eine Party verdient.«

»Ich versteh dich ja, aber –«

»Aber gar nichts.« Sie winkte ab. »Du hast meine Mutter gehört. Es ist zu früh, um in Panik zu verfallen.

Diese Party wird stattfinden. Wir können also genauso gut auf diesen Zug aufspringen – es ist sowieso schon viel zu spät, um noch von den Gleisen zu fliehen. Und überhaupt: Wer weiß, was alles passiert, wenn wir nicht dabei sind?«

»Ich schätze … das ist ein annehmbarer Grund.«

»Das ist ein sehr guter Grund«, korrigierte sie mich. »Aber um ehrlich zu sein, ist es nicht mein einziger Grund – oder gar mein wichtigster. Die Sache ist die, Archie: Meine Mom geht zu dieser Party. Während wir uns hier unterhalten. Wenn ich also aus ihr herauskriegen will, wie genau sie diese neue kleine Katastrophe unter den Teppich kehren will, dann ist die Party genau der richtige Ort dafür: ein geschlossener Raum, in dem sie mir nicht so einfach aus dem Weg gehen kann. Bevor das Aufräumkommando seine Arbeit abgeschlossen hat.«

Veronica schaltete also in den Aufklärungsmodus und wir machten uns ins in La Bonne Nuit auf. Hermione war ganz die Bürgermeisterin, mischte sich unters Volk, schüttelte Hände und nickte mit ernster Miene. Wenig überraschend war jedoch niemand in allzu großer Feierlaune. Die Musik kam allen zu laut vor und in dem halb leeren Club herrschte eine unbehagliche Stimmung. Ich musste immer wieder an den zu Tode erschrockenen Ausdruck auf Bettys Gesicht denken, als das Fass im Pavillon umgekippt war. Daran, wie ihre Beine zu zittern angefangen hatten und sie ins Wanken geraten war. Daran, wie mein Vater unter Schock rückwärts von dem Fass weggetaumelt war. Ich meine, ich habe mit angesehen, wie mein Vater direkt vor meinen Augen angeschossen wurde, aber ich schwöre, dass ich noch nie vorher denselben Ausdruck in seinem Gesicht gesehen habe wie in jenem Moment, als sich die Zeitkapsel öffnete und diese Leiche herauskullerte.

Jemand drückte mir ein Glas mit bernsteinfarbener Flüssigkeit in die Hand. »Kumpel, trink erst mal was. Heute Abend können wir alle einen Schluck vertragen.«

»Danke, Reggie.«

Er stand heute Abend nicht hinter der Bar, sondern hatte sich einfach ein Glas vom Tablett der Partykellnerin geschnappt.

»Aber nein, danke.« Ich gab es ihm wieder zurück. Ich wollte einen klaren Kopf bewahren, vor allem für Ronnie.

Sie stand in der hinteren Ecke des Raumes, zusammen mit ihrer Mutter. Es war ihr tatsächlich gelungen, sie beiseitezuziehen. Beide versuchten, so diskret wie möglich zu sein, aber ihre Körpersprache war mehr als nur angespannt.

»Dann nehme ich ihn.« Ich blickte auf und sah, wie Fangs Fogerty gierig nach dem Drink griff. Er erhob das Glas kurz, um Reggie zuzuprosten, und trank dann einen Schluck. »Das war ja ein ganz schönes Durcheinander eben im Festpavillon.«

»Bitte – für diese Stadt? War es so banal, dass es beinahe niedlich wirkte.« Cheryl stellte sich mit Toni neben ihn und die drei bildeten eine Wand aus Serpent-Leder und besorgten Blicken. Mir entging nicht, dass Cheryls sarkastische Bemerkung nicht zu der angespannten Sorgenfalte zwischen ihren Augenbrauen passte.

»Wisst ihr, was wirklich Twilight-Zone-mäßig ist?«, fuhr sie fort und nippte kurz von ihrem sprudelnden rosa Getränk. »Dass diese Party tatsächlich noch stattfindet. Absolut strange.«

»Total strange«, stimmte Kevin ihr zu und gesellte sich in unseren kleinen Kreis.

»Es ist auf jeden Fall nicht normal«, pflichtete auch Toni ihr bei.

»Bürgermeisterin Lodge will eben, dass sich die Menschen trotzdem sicher fühlen«, versuchte ich mich an einer Erklärung, die ich mir jedoch selbst nicht abkaufte. »Und diese Party hielt sie eben für die beste Möglichkeit. Wie hat Veronica es vorhin ausgedrückt? Die Show muss weitergehen.«

»Hmm.« Cheryl beäugte mich aufmerksam. »Ich werde das Gefühl nicht los, mein Lieber, dass deinen Worten die rechte Überzeugung fehlt. Und nach dem zu urteilen, was ich hier so sehe?« Sie blickte zu Veronica und ihrer Mutter hinüber, die sich immer noch unterhielten und inzwischen viel aufgebrachter wirkten. Sie fuchtelten mit den Armen herum und funkelten sich förmlich gegenseitig an. »Hat deine petite copine daran ebenfalls ihre Zweifel.«

Ich wusste nicht, was ich darauf erwidern sollte.

Aber Rettung nahte. Betty stand vor der Damentoilette, fing meinen Blick ein und winkte mich zu sich.

»Entschuldigt mich kurz«, warf ich in die Gruppe.

»Keine Sorge, mein Bester, diese Feier wird höchstwahrscheinlich sowieso bereits zu Ende sein, bevor du wieder zurückkommst.«

Während ich mich entfernte, hörte ich Kevin antworten: »Das können wir nur hoffen.«

»Hey«, sagte ich und reckte den Hals zu Betty, damit sie mich über die übertrieben laute Musik hinweg verstand. »Was gibt's?«

»Gar nichts«, antwortete sie. »Du hattest nur diesen Reh-im-Scheinwerferlicht-Blick, und ich dachte, du könntest vielleicht einen Fluchthelfer gebrauchen.«

Ich lächelte dankbar. »Da hast du richtig gedacht. Mann, ich will heute Abend wirklich für Veronica da sein … Ich meine, ich bin für sie da, immer – aber die anderen haben nicht ganz unrecht, was die Stimmung hier angeht. Ich glaube wirklich nicht, dass sich irgendjemand die Afterparty so vorgestellt hat.«

Betty zuckte mit den Schultern. »Und ich glaube wirklich nicht, dass sich irgendjemand vorgestellt hat, dass ein Haufen Knochen rauspurzelt, wenn wir die Zeitkapsel öffnen. Und trotzdem ist es passiert. Ironie, dein Name ist Riverdale.« Ihre Lippen verzogen sich immerhin zum Anflug eines Lächelns. Mehr war einfach nicht drin.

»Aber wo wir gerade davon sprechen, für V da zu sein – und von eleganten Abgängen: Glaubst du, sie muss vor ihrer Mutter gerettet werden?« Ihr Blick huschte zu Veronica und ihrer Mom hinüber, die zwar nicht mehr so energisch mit den Armen fuchtelten, aber immer noch ziemlich aufgebracht wirkten.

»Die einzig gute Nachricht ist, dass ihnen niemand wirklich Beachtung schenkt«, erwiderte ich. »Im Moment haben alle genug mit sich selbst zu tun. Siehst du?« Ich zeigte auf Penelope Blossom, die ihren Drink umrührte, im Gesicht ein Ausdruck von … na ja, ich konnte ihn nicht richtig deuten. Langeweile? Abwesenheit? Sie schien wegen der Leiche nicht sonderlich aus der Fassung zu sein, aber andererseits: Wenn es in dieser Stadt irgendjemanden gab, der diese Dinge mit einem Achselzucken abtun konnte, als seien sie nicht der Rede wert, dann war sie es.

»Betty, so eine freundliche Seele. Allzeit bereit, andere Menschen zu retten.«

Wir drehten uns um. Evelyn stand vor uns, ihr lockiges braunes Haar hüpfte bei jeder Bewegung auf ihren Schultern und sie sah Betty mit beinahe unheimlichem durchdringendem Blick an. Die Worte, die aus ihrem Mund kamen, waren nett, ihr Tonfall hingegen alles andere als das.

Betty schenkte ihr ein angespanntes Lächeln. »Hallo

Evelyn. Was für eine Überraschung, dich hier zu sehen.«

»Als die Bürgermeisterin persönlich verkündet hat, dass die Afterparty trotzdem stattfindet, wollte ich natürlich unbedingt vorbeikommen. Ich bin so aufgeregt, dass ich die Revels zusammen mit ganz Riverdale feiern darf.«

»Es ist ja auch … aufregend«, erwiderte Betty und hatte offensichtlich redlich Mühe, dabei nicht die Augen zu verdrehen.

»Betty.« Evelyn legte eine Hand auf Bettys Arm. Sie zuckte zusammen. »Ich wünschte so sehr – und ich weiß, dass sich deine Mom und deine Schwester das auch wünschen –, du hättest eine offenere Einstellung.«

Bettys Augen verfinsterten sich. »Jetzt hör mir mal gut zu, Evelyn. Ich weiß, dass du glaubst, du würdest sämtliche schmutzigen Details über meine Familie kennen, weil meine Mom und Polly euch alles erzählt haben. Aber glaub mir, wenn ich dir sage: Du. Weißt. Gar. Nichts.«

Evelyn wich blinzelnd zurück. »Hm. Ich fürchte, da irrst du dich.« Sie lächelte erneut. »Aber … wie dem auch sei, es ist schön zu sehen, dass es stets dein erster Impuls ist, anderen zu helfen. Ich frage mich allerdings, was wohl passieren würde, wenn du all diese Energie auf positive, produktivere Dinge lenken würdest. Ich wette, es wäre wundervoll.«

»Du meinst wohl, ich soll sie auf die Farm lenken, was?«

»Das habe ich nicht gesagt. Aber das ist ein sehr gutes Beispiel. Warum eigentlich n… Autsch!«

Jemand schubste Evelyn von hinten an und ihre Tasche rutschte von ihrer Schulter und landete auf dem Boden. Mädchenkram verteilte sich überall – mindestens ein halbes Dutzend Lippenstifte, Gesichtscremes, diese kleinen Puder-Spiegel-Dinger und zwei verschiedene Minidosen Haarspray. Für mich sah Evelyn überhaupt nicht aus, als würde sie zu den Mädchen gehören, die viel Make-up trugen, aber das bewies nur wieder, was ich alles nicht wusste.

Betty seufzte laut und ging in die Hocke, um Evelyn beim Einsammeln zu helfen. Sie schien sich viel mehr darauf zu konzentrieren, Evelyn wieder loszuwerden, als auf den seltsamen Inhalt ihrer Handtasche.

Vermutlich zu Recht. Verglichen mit den anderen Dingen, die wir heute Abend gesehen hatten, war er wahrscheinlich auch gar nicht so seltsam. Haarspray war allgemein betrachtet schließlich ziemlich harmlos.

»Siehst du?«, fragte Evelyn, als sie fertig waren und sich beide wieder erhoben. »Allzeit hilfsbereit, Betty. Obwohl ich sagen muss«, fuhr sie mit leiserer Stimme fort, »dass die Menschen in dieser Stadt wirklich vorsichtiger sein sollten. Wir sehen uns noch!«, rief sie uns dann auf einmal wieder fröhlich zu und ließ Betty und mich ziemlich verdutzt stehen.

»Vorsichtiger?«, wiederholte ich, als sie verschwunden war. »Das klang fast wie … eine Drohung.«

»Ja«, stimmte Betty mir zu und ballte die Fäuste. »Finde ich auch.«

Unbekannte Nummer:

Kann ENDLICH von hier verschwinden – soll ich dich immer noch im La Bonne Nuit treffen?

Evelyn:

Ehrlich gesagt kommt die Afterparty nicht richtig in Gang. Ich bin mir ziemlich sicher, dass sie demnächst vorbei ist. Ich glaube, du kannst dir die Mühe sparen. Ich melde mich später.

Unbekannte Nummer:

Auch gut.

KAPITEL 8

VERONICA

»Okay, Team Schlauköpfe: Was denken wir, wer es ist?« Es gelang Betty nicht, die schleichende Angst aus ihrer Stimme herauszuhalten. Es war schon das dritte Mal, dass sie zu dieser Frage zurückkehrte, aber wir hatten immer noch keine wirklich plausiblen Theorien parat.

Man könnte denken, dass wir, die »Zukunft von Riverdale«, wie Mom uns während der unglückseligen Eröffnungszeremonie mit der Zeitkapsel bezeichnet hatte, nach so vielen verkommenen und gewalttätigen Ereignissen immun gegen Leichen waren, vor allem gegen diejenigen, die – zumindest, soweit es im Augenblick abzusehen war – nichts mit uns persönlich zu tun hatten.

Man könnte es meinen, aber man läge damit falsch.

Wir versuchten immer noch, den grauenvollen Inhalt dieses Ahornfasses zu begreifen. Unmittelbar nach der Entdeckung war alles ganz schnell gegangen. Unsere Eltern – wie es schien, seit Langem mit aufwendigen

Vertuschungsaktionen und hastig durchgeführten Notfallmaßnahmen vertraut – schritten, so schnell sie konnten, zur Tat, um alles wieder so gut wie möglich in Ordnung zu bringen. Mom verkündete mit halbherzigen Parolen, dass wir, als Stadt, eine Afterparty verdienten. Alles, woran ich in diesem Augenblick denken konnte, war jedoch, dass sie dasselbe auch über die Zeitkapsel gesagt hatte. Und man konnte ja sehen, welches Ende das Ganze genommen hatte.

Aber vielleicht hatten wir ja auch genau das verdient.

Wie dem auch sei, sämtliche Eltern spielten »Ignorier, dass im Staate Dänemark was faul ist. Hier gibt's nichts zu sehen, Leute.« Aber natürlich kauften wir ihnen das keine Sekunde lang ab. Wir wussten es inzwischen viel besser. Nach der ziemlich erfolglosen Afterparty hatten wir vier, der harte Kern, sofort die Köpfe zusammengesteckt, sobald die Luft rein und wir endlich allein waren. Im Augenblick war das La Bonne Nuit der einzige Ort, an dem wir offen darüber sprechen konnten, was zur Hölle wir heute erlebt hatten – und darüber, was zur Hölle wir als Nächstes tun sollten.

Wir saßen um den Tisch, vor bösen Vorahnungen und morbider Neugier ganz aufgedreht und voller Energie.

»Also, diese Zeitkapsel wurde vor fünfundsiebzig Jahren vergraben«, begann ich. Es war allerdings auch schon alles, was ich zu bieten hatte. Viel war es nicht.

»Ja, damals muss die Leiche in die Kapsel gelegt worden sein. Andererseits war es ein Skelett. Wer weiß schon, wann diese Person wirklich gestorben ist? Die Knochen könnten auch schon viel älter sein.« Betty erschauderte.

»Mit anderen Worten: Wir haben nicht den geringsten Anhaltspunkt.« Erschwerend hinzu kommt die Tatsache, dass meine geliebte Mommie lieber sterben würde, als weiter an diesen losen Enden zu ziehen. Das hatte sie mehr als deutlich gemacht.

»Ich meine, ich konnte zwar nicht viel sehen, bevor mein Dad mich weggezerrt hat«, sagte Jughead, »und außerdem stand ich ziemlich unter Schock. Aber dem bisschen nach zu urteilen, was ich gesehen habe, sah es eindeutig relativ groß aus. Erwachsenengröße.«

»Anhand der … Kleidung lässt sich so gut wie nichts sagen«, fügte Betty hinzu. »Ich meine, es war alles ziemlich zerfleddert. Aber ich würde von einer weiblichen Leiche ausgehen, wegen der langen Haare. Und dem Blumenmuster.«

»Erst nach der forensischen Untersuchung und dem DNA-Test werden wir's genau wissen«, erwiderte ich und war mir auf unbehagliche Weise bewusst, dass ich wie in einer schlechten Krimiserie klang. »Und auch wenn meine Mutter mir – und dem Rest ihrer Wählerschaft – höchstpersönlich versichert hat, dass sie sich der Sache annehmen wird, denke ich, dass wir alle die Vermutung teilen, dass sie in Wirklichkeit keine tiefer greifende Untersuchung anordnen wird. Ganz im Gegenteil – und verzeiht mir das rein zufällige Wortspiel: Sie wird sicher keine Zeit verlieren und sofort versuchen, sämtliche Beweise zu begraben. Ich denke, auch davon muss ich euch nicht erst überzeugen.«

»Traurigerweise nicht, nein«, bestätigte Betty. »Null Überzeugungsarbeit notwendig.«

»So wird die Sache laufen, todsicher«, stimmte auch Jughead mir zu.

»Gut.« Ich seufzte. »Dann wollen wir doch mal sehen, welche Märchen uns unsere Eltern so aufgetischt haben. Ich fange an: Mom hat sich geweigert, mir irgendetwas zu sagen, und stattdessen nur wiederholt beteuert, dass sie sich ›darum kümmern wird‹ – was zur Hölle das auch immer bedeuten mag. Sie besteht darauf, dass diese neue Leiche keine große Sache ist. Und … ich weiß auch nicht, in ihrer Welt mag das ja tatsächlich so sein. Aber das macht das Ganze auch nicht weniger unheimlich. ›Wir wissen ja noch nicht mal mit Sicherheit, ob diese Leiche – angenommen, es ist tatsächlich eine menschliche Leiche und nicht irgendein geschmackloser Scherz – überhaupt aus Riverdale stammt.‹ Das hat sie tatsächlich gesagt. Als wäre die Tatsache, dass sie in einer Zeitkapsel der Riverdale Revels gefunden wurde, nicht schon überzeugend genug.«

»Das ist … Selbsttäuschung auf höchster Ebene«, warf Jughead ein und hob eine Augenbraue. »Wirklich beeindruckend.«

»So könnte man es auch ausdrücken.« Ich legte die

Stirn in Falten und rubbelte mir mit den Händen über die Arme. Mich erfasste plötzlich ein eiskalter Schauer, den ich einfach nicht wieder abschütteln konnte. »Ich meine, vielleicht will sie ja irgendetwas vertuschen, was mit der Leiche zu tun hat? Irgendwelche Informationen? Oder sie führt noch etwas ganz anderes Düsteres im Schilde, das ihre ungeteilte Aufmerksamkeit erfordert, und die Leiche ist nichts weiter als eine lästige Unannehmlichkeit für sie.«

Archie schaute mich an. »Was wäre denn besser?«

Ich schüttelte den Kopf. »Weder noch. Ich bin mir sicher, dass Daddy ihr schon angeboten hat, ihr jemanden zu schicken, der die Sache ganz zuverlässig für sie aus der Welt schafft und verschwinden lässt. Aber was auch immer dahintersteckt, sie ist wild entschlossen, die Revels zu feiern – komme, was wolle. Und eine unerwartete Leiche passt nun mal einfach nicht in ihre Vision und ihren ach so fröhlichen Veranstaltungskalender.«

»Tja, ich hab leider auch nicht mehr.« Jughead unterstrich seine Aussage, indem er laut eine Tüte Kartoffelchips aufriss, obwohl ich mir ziemlich sicher war, dass wir im La Bonne Nuit gar keine Chips verkauften. Er musste sie schon bei sich gehabt haben, als er hergekommen war. Einen Moment lang war der Raum von seinem energischen Knabbern erfüllt. Dann schluckte er übertrieben, bevor er fortfuhr: »Dad hat mich auch abblitzen lassen. Er war viel zu sehr damit beschäftigt, sich umzuschauen – auch wenn ich fairerweise sagen muss, dass ich ihm das nur schlecht vorwerfen kann. Schließlich ist er der Sheriff.«

Ich nickte. »Wenigstens nimmt ein Erwachsener diese Sache halbwegs ernst. Aber trotzdem, wenn meine Mom diese Geschichte wirklich unter den Teppich kehren will, dann findet sie ganz sicher auch eine Möglichkeit. Und irgendwie wird sie es auch schaffen, deinen Vater zu einem Komplizen ihrer Pläne zu machen. Das ist nun mal ihr Stil.«

»Er hat mir gesagt, dass ich mir keine Sorgen machen soll«, erwiderte Jughead und kicherte bei dem Gedanken leise vor sich hin. »Und er hat dabei noch nicht mal eine Miene verzogen. Als wäre das tatsächlich möglich. Ich meine, das sagt er immer. Und fast immer über Dinge, die definitiv ein Grund zur Sorge sind.«

»Er versucht nur, dich zu beschützen«, warf Betty ein und legte eine Hand auf sein Knie.

»Ich wünschte, das würde er nicht. Ich meine, sicher, ich verstehe ihn ja. Genau dafür sind Väter schließlich da. Ich wünschte nur, die Erwachsenen würden endlich kapieren, dass es vollkommen unmöglich ist, uns in dieser Stadt wirklich zu beschützen. Wenn sie ehrlich zu uns wären, wäre es eindeutig sicherer für uns. Auf lange Sicht, jedenfalls.« Er klang noch nicht einmal verbittert, sondern einfach nur nüchtern, was es nur umso herzzerreißender machte.

»Ehrlichkeit? Das ist hier in der Stadt ein ziemlich

subversives Konzept«, erwiderte Betty. Sie stützte das Kinn auf ihrer Hand ab.

»Wie dem auch sei, er hat mir versichert, dass er und seine Männer der Sache nachgehen«, fügte Jughead skeptisch hinzu.

»Welche Männer?«, fragte Betty.

»Die Lakaien meines Vaters, zweifellos.« Ich tobte vor Wut. »Die Vermutung liegt nahe, dass meine Eltern diese Gelegenheit beim Schopfe ergriffen haben, deinen Vater bei diesem neuen düsteren Geheimnis nach ihrer Pfeife tanzen zu lassen – was immer sich auch dahinter verbergen mag.«

Jughead zuckte mit den Schultern. »Er hat mir geschworen, dass sie sehr ›gründlich‹ vorgehen werden.«

»Dass sie gründlich alles verwischen werden, vielleicht«, erwiderte Archie frustriert. »Falls es das ist, was Hiram und Hermione wollen. Tut mir leid, Ronnie.« Seine Wangen glühten vor Wut, fast noch heller als sein roter Haarschopf, den ich so sehr liebte.

Ich winkte ab. »Bitte, Archiekins. Du rennst bei mir offene Türen ein.«

»Ja, zwischen den Zeilen schwang auf jeden Fall was von Verwischen mit«, bestätigte Jughead. »Aber selbst wenn er es nicht explizit angedeutet hat, denke ich nicht, dass es zu anmaßend von mir wäre zu behaupten, dass ich es trotzdem aus seinen Worten ableiten konnte.«

»Tja, mein Dad hat mich weder angelogen noch abgewimmelt. Das ist immerhin etwas, schätze ich«, sagte

Archie, wieder vollkommen ruhig nach seinem plötzlichen Ausbruch. »Aber er hat auch eindeutig klargestellt, dass sich Bürgermeisterin Lodge um die Sache kümmert und er gedenkt, einen ganz weiten Bogen darum zu machen. Andrews Construction baut die Kulissen für den Schönheitswettbewerb und hilft bei ein paar anderen Projekten für die Revels, deshalb will er sichergehen, dass er sie nicht gegen sich aufbringt. Wir brauchen diesen Auftrag.« Er wirkte schuldbewusst, seine dunkelbraunen Augen traurig, beinahe schwermütig.

»Wenigstens war er ehrlich zu dir«, erwiderte Jughead. »Er setzt auf ›Nichts sehen, nichts hören, nichts sagen‹. Aber er tut zumindest nicht so, als existierte das Böse überhaupt nicht.«

»Ja. Ich meine, er wurde angeschossen, und das ist noch gar nicht so lange her. Ich schätze also, die Zeiten, in denen er das Böse verleugnet hat, sind endgültig vorbei. Über so was kommt man nicht so leicht hinweg.« In Archies Augen brannte ein stählernes Feuer. Ich wusste, dass auch er die Begegnung seines Vaters mit Black Hood noch nicht überwunden hatte.

»Angeschossen, genau«, ergänzte Betty. Ihre Stimme zitterte vor Schuldgefühlen und Reue. »Von meinem Dad. Der im Augenblick im Gefängnis sitzt und deshalb wenigstens keine Gelegenheit hatte, mich darüber anzulügen, was zur Hölle hier eigentlich los ist.« Sie grinste zynisch. »Es hat eben tatsächlich alles etwas Positives.« Ihr Grinsen verblasste ebenso schnell wieder, wie es aufgetaucht war. »Meine Mom scheint hingegen alles komplett zu verdrängen. Es könnte einem fast so vorkommen, als hätte in Riverdale jemand was ins Wasser gemischt und alle hätten sich damit angesteckt.«

»Oder in den Ahornsirup«, erwiderte ich, wenn auch nur halb im Scherz. Oder zu einem Viertel.

»Ja. Normalerweise gehört diese Sache genau zu den pikanten Skandalen, auf die sich meine Mom sofort stürzt«, erwiderte Betty. »Vor allem jetzt, wo sie bei WRIV arbeitet. Es ist doppelt verdächtig, dass sie scheinbar nicht das geringste Interesse daran hat, der Sache nachzugehen. Nicht für ihre Sendung. Nicht aus persönlicher Neugier.« Sie neigte in der allgemein anerkannten Geste für »keine Ahnung, was das soll« den Kopf zur Seite und hob die Hände. »Sie behauptet, dass sie zu sehr mit der Farm beschäftigt ist. Aber ich bin mir nicht sicher, ob ich ihr das abkaufe.«

»Betty«, sagte Jughead leise und ganz sanft, »es stimmt aber leider, dass sie in letzter Zeit nur die Farm im Kopf hatte. Ich weiß, dass dich das beinahe umbringt. Aber … irgendwie kaufe ich es ihr ab. Auch wenn es mir nicht gefällt.«

»Gott, ich weiß ja, dass du recht hast«, gab Betty widerwillig zu. »Ich schätze, es wäre mir wirklich lieber, wenn sie von dieser neuen Leiche besessen wäre anstatt von der Farm. Es wäre womöglich das geringere zweier Übel. Ist das sehr abartig?«

»Oh, komm schon«, erwiderte Jughead, nahm ihre

Hand und küsste sie. »Wir sind hier in Riverdale. Wir haben die Bedeutung des Wortes ›abartig‹ praktisch neu definiert. Und bei dir hat das Messgerät eben definitiv kaum ausgeschlagen.«

»Na schön, und was jetzt?«, fragte Betty, schüttelte die restliche Frustration über das jüngste seltsame Verhalten ihrer Mutter ab und wechselte wieder in den Konstruktivmodus. »Ich meine, wir müssen der Sache schließlich nachgehen.«

»Müssen wir«, stimmte ich ihr zu. »Aber …«

»V, da lag eine Leiche in dem Ahornfass! Es gibt kein Aber.«

»Doch, ein durchaus berechtigtes Aber gibt es: Unsere Eltern haben uns gesagt, dass wir die Sache auf sich beruhen lassen sollen. Und selbst wenn wir nicht die geringste Absicht haben, dies auch wirklich zu tun –«

»Was definitiv der Fall ist«, warf Betty nachdrücklich ein.

»Selbst wenn das wirklich der Fall ist«, fuhr ich entschlossen fort, »oder besser gesagt: Vor allem, weil das der Fall ist, brauchen wir irgendein Ablenkungsmanöver. Irgendeine glaubhafte List, die es aussehen lässt, als würden wir auf sie hören. Sonst kleben sie uns ständig an den Hacken und kommen uns in die Quere, und dann wird es sicher schwieriger für uns, irgendetwas herauszufinden.«

Betty dachte darüber nach. »Das ist in der Tat eine ausgezeichnete Idee, V«, gab sie zu. »Wenn wir die braven Kinder spielen, kommen sie uns nicht auf die Schliche.«

»Und natürlich unterstützen Veronica und ich euch, so gut wir können«, versicherte Archie, »aber mal ehrlich: Du und Jug seid die wahren Spürhunde in unserer Runde. Das wissen wir alle. Ihr seid das Geheimnisse entschlüsselnde A-Team. Ihr geht Spuren nach, erzählt uns, was ihr gefunden habt und gebt uns dann unseren Marschbefehl. Wir sind bei allem dabei, versprochen.« Er sah mich an. »Stimmt's?«

»OMG, natürlich«, erwiderte ich hastig. »Wir sind bei euch, komme, was wolle. Das wisst ihr. Aber ich glaube trotzdem, dass Archie und ich in der Zwischenzeit auch unsere anderen Aufgaben erfüllen sollten: Ich coache Kevin und kümmere mich um alles, was rund um die Revels sonst noch so anfällt. Und Archie hilft seinem Dad. Außerdem müssen wir als offizielle Sponsoren der Revels wirklich einen auf Normalität machen. Aber traurigerweise erwarten das hier sowieso alle von uns.«

Alle nickten ernst. Es war unbestreitbar.

»Wir sollten für Blue and Gold ohnehin über das Festival berichten«, sagte Betty. »Jetzt berichten wir einfach noch ein bisschen … ausführlicher darüber. Und viel weniger objektiv.«

»Na dann.« Jughead stand auf, schlüpfte in seine Serpents-Jacke und rückte seine Mütze zurecht. »Bereit, Watson?«

»Oh, bitte«, lachte ich. »Wenn überhaupt, dann ist Betty der Holmes in eurem Duo.«

Betty lächelte. »Das weiß ich wirklich zu schätzen, V.« Sie stand ebenfalls auf und zog ihren hellrosa Kurzmantel an. »Aber wenn ich in diesem ganzen Szenario irgendwer anders bin als Betty Cooper, dann nur Nancy Drew.«

»Touché, B.« Vor dem Club trennten wir uns. Die Saat für unseren Plan war gestreut und mit etwas Glück würde sie schon bald Früchte tragen.

Hermione Lodge:

Hi. Ich wollte nur hören, ob alles nach Plan läuft und die Kulissen für den Schönheitswettbewerb morgen früh aufgebaut werden können?

Fred Andrews:

Punkt 8 Uhr.

Hermione Lodge:

Und es gibt keine Probleme, trotz allem, was heute bei der Eröffnungsfeier passiert ist?

Fred Andrews:

Nicht von meiner Seite. Du sagst mir Bescheid, falls sich bei dir noch was ändert?

Hermione Lodge:

Natürlich. Wir untersuchen die Sache bereits. Und ich weiß deine Diskretion wirklich zu schätzen. Vielleicht gibt unser Budget ja sogar eine Honorarerhöhung für dich her.

Fred Andrews:

Das ist nicht zwar nötig, Frau Bürgermeisterin, aber ich bin auch nicht zu stolz, das Angebot anzunehmen. Dankbar.

Hermione Lodge:

Gern. Alle in Riverdale sind wirklich beeindruckt davon, wie sehr du dich für deine Heimatstadt einsetzt.

Fred Andrews:

Was soll ich sagen? Unsere Heimatstadt ist nun mal mein Zuhause.

Hermione Lodge:

Alice, ich hoffe, es ist okay, dass ich mich bei dir melde. Es geht um das kleine … Malheur bei der Öffnung der Zeitkapsel heute Abend.

Alice Cooper:

»Malheur« – nennen wir es jetzt so? Wirklich spektakulär.

Hermione Lodge:

Nun, genau deswegen wende ich mich ja an dich, Alice. Um ganz ehrlich zu sein, wissen wir noch nicht, WIE wir es nennen sollen. Und darum bin ich auch der Ansicht, dass es absolut unangebracht wäre, wenn du über das Ereignis berichten würdest, bevor wir uns ein vollständiges Bild von dieser ganzen Situation machen konnten.

Alice Cooper:

Bis du deine Schäfchen im Trockenen hast, meinst du wohl. Entspann dich, Frau Bürgermeisterin. Ob du's glaubst oder nicht, ausnahmsweise interessiert mich der jüngste Skandal, der diese gottverlassene Stadt ereilt hat, nicht im Geringsten. Ich habe wirklich andere Sorgen.

Hermione Lodge:

Will ich es überhaupt wissen?

Alice Cooper:

Willst du das jemals wirklich? Zerbrich dir deswegen nicht dein hübsches kleines Köpfchen, Hermione.

DIENSTAG

KAPITEL 9

Vom Büro der Bürgermeisterin Hermione Lodge

An alle Einwohner Riverdales

Wir alle hier im Rathaus möchten uns noch einmal für den unglücklichen Zwischenfall während der Öffnung der Zeitkapsel gestern Abend entschuldigen. Wir müssen sicher nicht erst erwähnen, dass er für uns alle eine Überraschung war. Wir hoffen, dass deswegen niemand zu sehr mitgenommen ist und Sie alle den bevorstehenden Revels-Feierlichkeiten noch genauso begeistert entgegenblicken. Wir haben so viele wundervolle Veranstaltungen geplant!
Die Revels bieten für alle Altersgruppen etwas – von der heutigen Haustierparade bis zum morgigen Bingo-Abend. Wir hoffen, dass ganz Riverdale, egal ob Jung oder Alt, das Unterhaltungsprogramm in dieser Woche in vollen Zügen genießt. Aber vor allem hoffen wir, dass Sie sich alle am Freitagabend für unser elegantes Event »Cocktails und Kanapees« in Schale werfen und sich die Gelegenheit nicht entgehen lassen, köstliche Häppchen von Pop Tate's Chock'Lit Shoppe und anderen örtlichen Anbietern zu genießen. Bringen Sie also Appetit mit!
Doch vor allem schreibe ich Ihnen heute, um Ihnen zu vergewissern, dass die in der Zeitkapsel gefundenen Knochen

kein Grund zur Beunruhigung sind. Das Büro unseres Gerichtsmediziners hat bestätigt, dass es sich dabei nicht um authentische Überreste handelt. Wie es scheint, sind wir alle einem harmlosen - wenn auch unglaublich kindischen - Streich aufgesessen. Und so enttäuschend das auch sein mag, kehrt mit dieser Nachricht hoffentlich auch wieder Ruhe und Frieden in Riverdale ein.
Wir werden versuchen, diesem Streich auf den Grund zu gehen und Sie selbstverständlich weiterhin auf dem Laufenden halten. Scheuen Sie sich in der Zwischenzeit jedoch nicht, bei etwaigen Fragen auf uns zuzukommen.

Hochachtungsvoll,
Hermione Lodge

Veronica:

Bravo, Mom. Ich kann mir zwar beim besten Willen nicht vorstellen, was du im Schilde führst und warum du die Knochen aus der Zeitkapsel im metaphorischen Sinne einfach so wieder begräbst, aber wie es aussiehst, hast du genau das bekommen, was du wolltest. Ich schätze, das sollte mich nicht überraschen.

Hermione Lodge:

Mija, abgesehen von der Tatsache, dass ich dir keinerlei Erklärungen schuldig bin, zeige ich dir gern persönlich Curdle Juniors Bericht. Bis dahin empfehle ich dir allerdings wärmstens, dass du noch einmal darüber nachdenkst, wie du mit deiner Mutter sprichst.

Veronica:

Glaub mir, ich habe ausführlich darüber nachgedacht.

Hermione Lodge:

Ich habe die Berichte. Alles ist perfekt. Danke, dass du dich darum gekümmert hast.

Hiram Lodge:

Ich habe es dir doch versprochen, mi amor, oder?

Toni:

Ist Hot Dog bereit für seinen großen Auftritt? Jughead meinte, ich soll mal hören, wie's läuft.

Sweet Pea:

Äh, ja, MOM. Ich glaube, das schaff ich schon.

Sweet Pea:

Der Hund ist gewaschen und gebürstet und freut sich auf seinen großen Moment im Rampenlicht.

Sweet Pea:

Fangs hat ihm aus gegebenem Anlass sogar eine neue Leine besorgt.

Toni:

Perfekt. Ich mache jede Menge Fotos.

Sweet Pea:

Erzähl mir bloß nicht, du hast nen Instagram gestartet. Ist nicht unbedingt Serpents-mäßig.

Toni:

Hab ich nicht … aber die Idee gefällt mir.

JUGHEAD

Da wir nicht einer vernünftigen Spur folgen konnten, was die Leiche in dem Ahornfass betraf – nur in Riverdale, meine Freunde, nur in Riverdale –, beschlossen Betty und ich, dass die beste Strategie war, direkt zur … na ja, vielleicht direkt zu der Quelle, aber immerhin zu einer Quelle zu gehen: Pop Tate, einem Mann, der die wahre Seele unserer Stadt verkörperte, vielleicht sogar mehr als unsere Gründerfamilien.

Außerdem war er derjenige, der Archies Dad die Karte für die Ausgrabung der Zeitkapsel gegeben hatte, und ein institutionelles Gedächtnis war schließlich eine machtvolle Sache.

Pop schien über alles zumindest ein bisschen was zu wissen, aber vor allem, wenn es dabei um Riverdale ging. Betty und ich hofften, dass dies auf die Zeitkapsel und die Geschichte der Revels ebenso zutraf wie auf alles andere.

Betty hatte in der dritten Stunde eine Freistunde, ich hatte Englisch, eins meiner besseren Fächer. Deshalb fand ich es okay, wenn ich ausnahmsweise den Unterricht schwänzte, nur dieses eine Mal, vor allem, weil es um etwas unbestreitbar Wichtigeres ging.

»Außerdem«, sagte ich zu Betty, »hat uns Direktor Weatherbee persönlich die Aufgabe übertragen, für Blue and Gold über die Revels zu berichten. Gehört das hier nicht auch mit dazu? Im Prinzip ist es also ein schulisches Projekt. Und da es sich dabei noch dazu um Journalismus handelt, ist es sowieso nur eine alternative Form des Englischunterrichts.«

»Wow, Jug«, erwiderte Betty, gespielt beeindruckt. »Das ist wirklich gut. Und wir dachten die ganze Zeit, Hermione Lodge sei die wahre Meisterin im Verdrehen der Wahrheit.«

»Nicht übel, oder? Man tut eben, was man kann.«

Wir hatten gerade mein Motorrad geparkt und standen nachdenklich vor dem Pop's. »Das ist eine reine Aufklärungsmission, Juggie«, sagte Betty, zog ihren Pferdeschwanz fester und setzte einen entschlossenen Blick auf.

»Ja«, erwiderte ich und nahm ihre Hand. »Stochern wir im Halbdunkel.«

Im Diner war nicht viel los, nur ein paar Autos auf dem Parkplatz und eine Handvoll Rentner an verschiedenen Tischen, die sich ein spätes Frühstück gönnten. Pop nahm unsere Ankunft mit undurchdringlicher Miene zur Kenntnis, so als hätte er uns erwartet, sei sich aber nicht sicher, ob er sich wirklich darüber freute. Im Großen und Ganzen schien Pop überzeugt davon zu sein, dass Betty und ich wild entschlossen waren, uns umzubringen, weil wir nicht davon abzubringen waren, unsere Nasen in all die Dinge in Riverdale zu stecken, die einfach nicht ganz koscher rochen. Und vielleicht hatte er ja sogar recht. Wir waren schon ziemlich nahe dran gewesen, mehr als nur ein Mal.

»Hey, Pop«, begrüßte ich ihn mit meinem besten gewinnenden Lächeln.

»Jughead und Betty. Bitte, sagt mir, dass ihr nur hier seid, weil ihr einen Milchshake und Pommes wollt.«

»Pop, es ist Viertel nach zehn am Morgen«, antwortete Betty.

»Was normalerweise die perfekte Zeit für einen Burger wäre, Pop. Und glaub mir, ein derartiges Angebot würde ich niemals ablehnen. Aber was soll ich sagen? Wie du sicher bereits vermutest – dem Ausdruck auf deinem Gesicht nach zu urteilen – sind wir heute in anderer Mission unterwegs.« Ich ging auf ihn zu, um meine Aussage zu unterstreichen, obwohl mein Magen sofort zu knurren begonnen hatte, sobald ich das kulinarische Angebot abgelehnt hatte. Ich sah Betty an. »Ich meine … wir könnten doch sicher auch gleichzeitig unsere Mission erfüllen und einen Milchshake trinken, oder?«

Sie grinste. »Ich bin vom Frühstück immer noch pappsatt, Jug – aber ich weiß, dass du das kannst.«

»Eine Mission, ja?«, fragte Pop und begann, den Milchshake zuzubereiten.

Betty und ich ließen uns an der Theke nieder.

»Wir folgen der Spur des Ahornfasses«, scherzte Betty, aber ihre Miene strafte ihren spielerischen Ton Lügen. »Um genau zu sein, des mit Knochen vollgestopften Ahornfasses, das mit einer alten Tradition in Zusammenhang steht, die den frühen Siedlern dieser Stadt angeblich sehr am Herzen lag – und die trotzdem in keinem einzigen Buch zur lokalen Geschichte auch nur erwähnt wird.«

Meine Freundin kam gern direkt zur Sache. Es gehörte zu den Dingen, die ich an ihr am meisten mochte.

»Seid ihr wirklich sicher, dass ihr nichts anderes findet, womit ihr euch amüsieren könnt?«, fragte Pop mit einem Kopfschütteln. Sein Ton war leicht, aber ich wusste, dass er sich Sorgen machte.

»Pop, du liebst uns doch genauso, wie wir sind, gib's zu«, erwiderte ich. »Das ist unsere Art, uns zu amüsieren.«

Er seufzte und begann, die Theke zu wischen. »Ihr zwei fordert Schwierigkeiten förmlich heraus. Wenn die Bürgermeisterin sagt, dass die Sache mit dem Fass nur ein Streich war, warum könnt ihr es dann nicht einfach glauben?«

»Weil es der willkürlichste Streich aller Zeiten wäre.

Weil falsche Leichen in einer Stadt, in der es von echten Leichen nur so wimmelt, kein bisschen lustig sind. Weil die Revels eine Ewigkeit lang angeblich eine Riesensache waren, aber noch nicht mal Cheryl Blossom je etwas davon gehört hat – und sie weiß alles über Riverdales Geschichte.« Betty zählte ihre Gründe an den Fingern ab, während sie sie auflistete.

Ich nickte und tätschelte ihre Schulter. »Ich glaube, damit ist die Frage beantwortet.«

Pop holte tief Luft. Er lehnte sich auf den Tresen und schaute uns direkt in die Augen. »Okay«, erwiderte er, »mal angenommen, ihr habt recht. Mal angenommen, es war kein Streich. Niemand weiß, wer es ist, oder auch nur, wie alt die Leiche ist. Niemand hat die geringste Ahnung. Und selbst der Gerichtsmediziner sagt, dass die Knochen nicht echt sind. Die Bürgermeisterin kennt seinen Bericht.«

Ich zuckte zusammen. Das war ein gutes Argument. »Sie hat Veronica sogar angeboten, ihr den Bericht zu zeigen.«

»Du weißt selbst, dass das nicht unbedingt etwas zu bedeuten hat. Vielleicht hat sie ihn gefälscht«, konterte Betty. »Oder jemand anders damit beauftragt, ihn zu fälschen. Vielleicht hat sie Veronica gegenüber auch nur geblufft.«

»Okay, aber: warum?«, beharrte ich und spielte des Teufels Advokat. »Falls diese Knochen echt sind … Du hast sie doch selbst gesehen, Betty. Du weißt, in welchem Zustand sie waren. Falls sie echt sind, ist, wer auch immer in diesem Fass war, seit Langem tot. Was zur Hölle sollte er also mit Hermione zu tun haben?«

Betty schaute mich an. »Ich habe keine Ahnung«, gab sie zu. »Aber trotzdem, irgendwas stimmt hier nicht.«

»Warum begreift eigentlich niemand in dieser Stadt, dass es, sobald eine Leiche auftaucht, das Beste ist, so weit wie möglich von ihr – und von dem, was sie getötet hat – wegzulaufen?« Pop klang unendlich frustriert.

»Weil wir inzwischen gelernt haben, dass die Geheimnisse der Menschen in dieser Stadt im wahrsten Sinne des Wortes töten können«, antwortete ich.

»Und weil das in dieser Stadt vollkommen unmöglich ist«, ergänzte Betty. »Und gerade du solltest das besser wissen als jeder andere, Pop. Black Hood hat Fred Andrews genau hier angeschossen. Du hast das Blut selbst aufgewischt.«

Pop ließ ihre Worte sacken. Seine Miene wurde noch ernster, falls das überhaupt möglich war. Ich wusste nicht, was in seinem Kopf vorging, aber er schien sich zu einer Entscheidung durchzuringen. »Ihr zwei glaubt wirklich nicht, dass es ein Streich war?«

»Nein«, antwortete Betty. »Glauben wir nicht.«

»Das Ganze ist ziemlich suspekt«, bestätigte ich.

»Aber ihr hab keinerlei Anhaltspunkte?«

»Du warst unsere erste Anlaufstelle. Du weißt alles über die Geschichte dieser Stadt – sogar über die Dinge, von denen nicht mal Cheryl eine Ahnung hat. Hast du mir nicht mal erzählt, dass du Madonna und ihre komplette Entourage an dem Tisch da drüben bedient hast?« Ich zeigte darauf. »Damals, in den Achtzigern?«

Er lächelte. »Kann schon sein.«

»Siehst du?«

Bettys Augen begannen zu leuchten. »Du und FP! Erst gestern habt ihr darüber gesprochen, dass ein paar unserer Eltern – oder, du weißt schon, ein paar der Erwachsenen, jedenfalls, ganz scharf darauf sind, die Revels wieder aufleben zu lassen. Obwohl es so aussah, als hätte noch nie jemand irgendetwas davon gehört!«

»Betty«, erwiderte Pop bedächtig, »wenn keiner jemals etwas von den Revels gehört hat, woher wusste dann irgendjemand, dass er sie überhaupt wieder zurückbringen kann?« Er sah ihr für einen langen Moment in die Augen, wandte sich dann ab und ging mit einer frischen Tasse Kaffee zu einer der Sitznischen in der Ecke des Diners.

»Er hat recht. Irgendjemand wusste davon. Vielleicht sogar mehrere Leute.« Betty sah mich an. »Wir müssen herausfinden, wer es war – wer sich dafür eingesetzt hat, die Revels zurückzubringen. Können wir deinen Dad fragen?«

Ich schüttelte energisch den Kopf. »Fehlanzeige. Nachdem Bürgermeisterin Lodge ihn heute Morgen informiert hat, hat er sofort klargestellt, dass das ihre Version der Geschichte ist und dass sie auch dabei bleiben werden. Selbst wenn eine riesige Vertuschungsaktion dahintersteckt – aus ihm kriegen wir nichts mehr über die Revels heraus.«

»Aber Pop hat recht«, beharrte Betty. »Irgendjemand wusste irgendwas. Ich denke, wir müssen einfach nur ein bisschen tiefer graben.«

Ich sah sie an. »Sämtliche Aufzeichnungen über die Geschichte der Stadt finden wir in der Bibliothek.«

»Tja, dann ist das wohl unsere nächste Anlaufstelle«, erwiderte Betty entschlossen.

Pop kehrte mit zufriedener Miene an die Theke zurück. »Ich glaube, da würde ich an eurer Stelle auch weitersuchen. Aber erst nach der Schule«, fügte er wissend hinzu.

Ich legte ein wenig Kleingeld für den Milchshake auf den Tresen und Betty und ich hüpften von unseren Hockern. »Dann gehen wir da auch hin«, sagte ich. »Nach der Schule, natürlich.«

Wir waren so in Gedanken, weil wir vielleicht unsere erste Spur gefunden hatten, dass wir, als wir das Diner verließen, sofort gegen eine Wand aus Gliedmaßen und Tabletts prallten.

»O Gott! Bitte, entschuldige –«, begann Betty, verstummte jedoch abrupt, als sie erkannte, wer diesen Turm aus Aluminium auf den ausgestreckten Armen balancierte. »Evelyn?«, fragte sie kühl und wich ein klein wenig zurück.

Die beiden hatten nicht viel füreinander übrig und ich konnte Betty daraus wirklich keinen Vorwurf machen.

Aber warum war Evelyn hier, jetzt, mitten an einem Schultag und mit einer Tonne Aluminiumtabletts auf ihren dünnen Ärmchen?

»Große Party auf der Farm?«, fragte Betty und hob eine Augenbraue. »Holst du bei Pop was zu essen für alle? Wo ihr doch alle so gern sämtliche Aufgaben miteinander teilt, hätte ich eher vermutet, dass ihr gemeinsam kocht.«

Evelyn schenkte Betty ein leises, geduldiges Lächeln. »Du hast recht, Betty. Normalerweise kochen wir wirklich alle Mahlzeiten gemeinsam. Kochen ist schließlich eine ganz wundervolle Möglichkeit, einen Sinn für Gemeinschaft zu wecken. Aber das hier ist für die Revels. Wir helfen Pop, die Kanapees zuzubereiten. Du weißt schon, für Cocktails und Kanapees am Freitag? Ein paar von uns Farmies haben sich freiwillig gemeldet und helfen bei dem Event. Wir transportieren Zubehör, arbeiten als Küchenhilfen und helfen beim Aufbau, solche Sachen. Ich wollte nur schnell die Tabletts bei Pop abliefern. Dann stehen sie schon bereit, wenn wir mit den Häppchen fertig sind.«

»Wirklich?« Betty wirkte misstrauisch. Es erschien tatsächlich erstaunlich sozial für eine Gruppe, die ansonsten eher den Rand der Gesellschaft und Geheimniskrämerei bevorzugte.

»Natürlich.« Ein flüchtiges, überhebliches Grinsen huschte über Evelyns Gesicht. »Unsere Familie teilt alles, weißt du? Bei uns gibt es keine Geheimnisse.«

»Natürlich«, sagte Betty mit dünner, ein wenig zitternder Stimme. »Ich erinnere mich.«

Ich schlang einen Arm um ihre Taille. Ich konnte sehen, dass sie so angespannt die Fäuste ballte, dass sie mit den Fingernägeln blutige Halbmonde in ihre Handflächen bohrte. Ich musste sie hier wegbringen, und zwar schnell.

Evelyn bringt es sogar fertig, sich total eigenartig aufzuführen, wenn sie nur ein paar Tabletts durch die Gegend trägt. Noch dazu rein zufällig mitten an einem Schultag.

Wir konnten uns ein andermal um die Farm kümmern – und darum, dass Bettys Mom und Schwester in ihre Fänge geraten waren. Mich beschlich irgendwie das Gefühl, dass wir dazu noch reichlich Gelegenheit haben würden.

»Bis dann, Evelyn«, sagte ich. »Viel Glück als Küchenhilfe.«

Ich winkte ihr über die Schulter zu, während ich Betty von ihr wegschob. Vielleicht blieb uns ja noch genügend Zeit, wieder ein bisschen runterzukommen, bevor wir zurück zum Unterricht mussten.

Selbstbetrug: In Riverdale machten wir früher oder später alle davon Gebrauch.

Zuerst kommt der Maple Man.

Aber er ist nicht nur eine Geschichte, kein Code oder Symbol für etwas Tiefgreifenderes. Nein, der Maple Man ist echt, und er holt sich deine Töchter. Deine Schwestern. Deine Mädchen. Die Jungen. Die Unschuldigen, verstehst du?

Die Mädchen. Nur so fließt der Ahornsirup. Sie haben einen Schönheitswettbewerb daraus gemacht. Junge Mädchen, in einer Reihe – wer wird die Glückliche? Ausgewählt zu werden, war eine große Ehre. Und die Stadt florierte.

Die Menschen hier sagen gern, dass Riverdale auf Ahornsirup erbaut wurde. Aber wir wissen es besser. Der Maple Man weiß es besser.

Riverdale wurde auf Blut erbaut.

Wahrscheinlich dauert es jetzt nicht mehr lange, bis die Wahrheit ans Licht kommt. Bevor es sich nicht mehr leugnen lässt. Bevor die Menschen einem weiteren Schrecken, einer weiteren Realität begegnen müssen.

Ich frage mich: Werde ich erleichtert sein, wenn alles vorbei ist? Möglicherweise, ja.

Aber im Augenblick … habe ich vor allem Angst.

KAPITEL 10

Dr. Curdle Jr.:

Hatten Sie schon Gelegenheit, die beiden Dokumente zu lesen, die ich Ihnen geschickt habe, Frau Bürgermeisterin?

Hermione Lodge:

Ja, vielen Dank. Wie Sie ja wissen, habe ich den Rest der Stadt bereits in einem offenen Brief darüber informiert, dass es sich nur um einen Streich handelte. Ich gehe davon aus, dass Sie die Spende erhalten haben?

Dr. Curdle Jr.:

Ja, ich habe den Brief gelesen. Ausgezeichnete Wortwahl.

Dr. Curdle Jr.:

Und die Spende ist ebenfalls eingegangen. Vielen Dank.

Hermione Lodge:

Das war das Mindeste, was wir tun konnten. Aber ich möchte mich trotzdem noch einmal vergewissern: Laut Ihrem zweiten Bericht ist es vollkommen unmöglich, die Leiche allein anhand der Knochen zu identifizieren?

Dr. Curdle Jr.:

Korrekt. Sie sind zu alt und zu verwest, unglücklicherweise. Alles, was ich mit Sicherheit sagen kann, ist, dass sie menschlich sind.

Hermione Lodge:

Ich verstehe. Noch einmal: vielen Dank. Wir wissen Ihre prompte … Unterstützung zu schätzen.

Dr. Curdle Jr.:

Selbstverständlich, Frau Bürgermeisterin. Und ich weiß Ihre Wohltätigkeit sehr zu schätzen.

Hermione Lodge:

Curdle hat seine Anweisungen. Ich denke, es ist alles in trockenen Tüchern.

Hiram Lodge:

Freut mich zu hören. Gib mir Bescheid, falls sonst noch irgendwas ist.

ARCHIE

Veronica hatte mich gebeten, mich nach der Schule mit ihr zu treffen, mir jedoch nicht verraten, warum. Betty und Jughead waren mit ihren Ermittlungen im Fall des Ahornfasses beschäftigt. Sie hatten uns erzählt, dass sie einige Recherchen in der Bibliothek anstellen wollten. In der Zwischenzeit sollten Veronica und ich weiter gute Miene zum bösen Spiel machen, nicht zuletzt, weil auch unsere Eltern verlangten, dass wir trotz des Leiche-in-der-Zeitkapsel-Zwischenfalls weitermachten, als sei auch dies nur ein ganz normaler Tag in Riverdale.

Was es in gewisser Weise auch war. Nur eben nicht so, wie sie es sich wünschten, ihr wisst schon.

Wie dem auch sei, soweit ich es beurteilen konnte, waren im Moment ungefähr eine Million wahnsinnig wichtiger Dinge auf einmal los, auch wenn sie sich teilweise zu widersprechen schienen. Ich kam zu dem Schluss, dass es das Beste war, wenn ich einfach dorthin ging, wo man mich hinbestellt hatte, und das tat, worum man mich gebeten hatte, so gut ich es eben konnte. Und hier war ich also, fuhr mit meiner alten Kiste vor Kevins Haus vor und fragte mich, wann ich zum letzten Mal hier gewesen war. Ich konnte mich nicht daran erinnern. Ronnie hatte ein paarmal bei ihm übernachtet und letztes Jahr hatte er vor der Theateraufführung in der Schule eine Party für die komplette Besetzung geschmissen, aber davon abgesehen … Sosehr ich Kevin auch mochte, wir hingen eigentlich nie nur zu zweit ab, ohne dass Ronnie oder Betty dabei waren. War es wirklich schon so lange her? Vielleicht.

Er öffnete mir die Tür und schien sich aufrichtig zu freuen, mich zu sehen. Sein Gesicht war ein kleines bisschen rot und verschwitzt und er trug ein sehr eng anliegendes schwarzes T-Shirt und eine schwarze Leggings.

»Hey, Arch. Veronica ist unten. Willst du was trinken?« Er zog mich ins Haus, ohne mir seinen Aufzug zu erklären oder mir zu sagen, was hier eigentlich los war. Ich beschloss, einfach abzuwarten, was passierte.

»Gern, ’ne Limo wäre toll, wenn du eine hast«, antwortete ich.

»Na klar.«

Wir machten einen kurzen Umweg über die Küche und holten uns Limonade aus dem Kühlschrank.

»Und ein Pellegrino für Veronica. Hab ich auf ihren Wunsch hin extra besorgt. Ich schätze, das ist der Schülerkadett in mir – sehr zuverlässig«, scherzte Kevin, bevor er in den Keller hinunterging, an den ich mich von der Party noch vage erinnern konnte. Natürlich sah er ganz anders aus, wenn er nicht gerade vor umhertaumelnden Schülern mit blauen und roten Plastikbechern aus allen Nähten platzte.

Auch die Musik war heute anders.

»Hört ihr zwei euch … Cats an?« Ich wusste nicht viel über Musicals, aber an diesen Song konnte ich mich von einem Theaterausflug ins Riverdale Playhouse in der Grundschule noch dunkel erinnern, ungefähr in der dritten oder vierten Klasse. Er hatte auf jeden Fall Eindruck bei mir hinterlassen, vor allem, weil es praktisch das einzige Musical war, das ich bis heute gesehen hatte.

Keiner von uns wusste damals, dass die Katzen ins Publikum springen würden. Betty, die wie immer neben mir saß, erschrak fast zu Tode, als es passierte. Sie kreischte völlig hysterisch und krallte sich so fest in meinen Arm, dass ich noch eine Woche lange blaue Flecken von ihren Fingern hatte. Ich war mir sicher, dass sie uns rausschmeißen würden, aber ich schätze, diese Theater sind an große Gruppen mit kleinen Kindern gewöhnt. Niemand zuckte auch nur mit der Wimper und Betty beruhigte sich auch irgendwann wieder.

Ich bog um die Ecke und sah Veronica in schwarzer Strumpfhose und schwarzem Gymnastikanzug vor mir.

Außerdem trug sie Tanzschuhe. Sie und Kevin machten einen ziemlich professionellen Eindruck.

»Archiekins!« Sie rannte zu mir und küsste mich. Ihr Gesicht war dank einer dünnen Schweißschicht ein bisschen glitschig und ein wenig gerötet.

»Ihr beide … tanzt? Zu Cats?« Es war im wahrsten Sinne des Wortes das Letzte, was ich erwartet hatte, als ich die Treppe hinuntergegangen war. Aber wenn ich mir die beiden in ihren Quasi-Uniformen so anschaute, passte es irgendwie.

»OMG, Kev, du bist ein Lebensretter«, rief sie aus und öffnete den Deckel der Pellegrino-Flasche, die er ihr reichte. Sie gab ein leises Zischen von sich, als das Metallsiegel brach. »Woher wusstest du das?«

»Nenn' es Schwuler-Ehemann-Intuition«, antwortete er, öffnete erst seine Limo, dann meine und reichte sie mir.

»So einen sollte jeder haben«, verkündete Veronica und hob ihre Flasche. »Ein Toast. Auf Freunde.«

»Auf Freunde«, stimmte ich ihr zu und stieß mit meiner Dose an die Getränke der anderen. Wir tranken einen Schluck.

Veronica presste sich die kühle Glasflasche gegen die Stirn. »Göttlich.« Sie fächelte sich eine Minute lang Luft zu und schaute mich dann an. »Und um deine Frage zu beantworten: Ja, Archiekins, du hast richtig gehört – das ist Cats.«

»Okay«, erwiderte ich vorsichtig. »Aber … warum?«

»Nur eine kleine Nummer, die Kevin und ich für die Talentrunde des Royal Maple Wettbewerbs vorbereiten.«

»Veronica, du führst wirklich ein märchenhaftes Leben«, sagte Kevin grinsend. »Ein perfekter, hingebungsvoller schwuler Ehemann und ein sensibler, aber starker Freund, der auch noch Musicalsongs erkennt, wenn er sie hört?«

»Vergiss nicht die unerschrockene BBF, die jeden IQ-Test sprengt und nach der Schule mit mir Vixens-Choreografien übt. Ja, es ist wahr. Mein Leben ist die Post-Millenniumsversion von ›alles haben‹ und ich werde mich nicht dafür entschuldigen.« Sie stellte die Flasche ab, fasste ihr Haar zu einem Pferdeschwanz zusammen und grinste zufrieden.

»Okay«, sagte sie dann, »der Clou an der Sache ist, dass wir den Tanz in Kevins Talentrunde gemeinsam aufführen werden.«

»Darfst du das denn?«, fragte ich. »Wenn du gar nicht bei dem Wettbewerb mitmachst?«

Sie nickte. »Wir haben mit Weatherbee gesprochen und er hat uns seinen Segen gegeben. Die Preisrichter wissen, dass sie Kevin nur anhand seiner eigenen Leistung bewerten dürfen, nicht meiner.« Sie warf ihm einen Seitenblick zu. »Was wirklich ein Jammer für dich ist, Kev, weil Ginger Rogers gegen mich total einpacken kann.«

»Ich würde die Extrapunkte wirklich liebend gern

einstreichen, nur leider geht es in diesem Fall nicht nach mir«, erwiderte Kevin. »Aber ich bin mir sicher, dass Archie endlich wissen will, warum wir ihn hergebeten haben.«

»Ich bin definitiv neugierig«, gab ich zu. »Nicht dass ich mich nicht auch so freue, euch beide zu sehen.«

»Gleichfalls, Archie«, sagte Veronica. »Die Sache ist die: Wir brauchen eine unbeteiligte Meinung und hatten gehofft, dass du sie uns liefern kannst. Es geht um Musik und du bist schließlich Musiker.«

»Der sich auch noch mit Musicals auskennt«, ergänzte Kevin. »Die Frage ist nur, kannst du uns trotz deiner Beziehung mit Veronica ein objektives Feedback geben?«

Ich lachte. »Klar. Schießt los.«

»Wir haben eine kleine künstlerische Meinungsverschiedenheit wegen der Songauswahl für unseren Auftritt beim Wettbewerb.«

»Also nicht Cats?«

»Vielleicht Cats«, antwortete Kevin. »Das gehört auch zu unserer künstlerischen Meinungsverschiedenheit. Eigentlich ist es der Kern der Meinungsverschiedenheit.«

»Es ist die Meinungsverschiedenheit«, stellte Veronica klar.

»Kreative Differenzen?«, fragte ich.

»Ja, Archiekins, du hast es erfasst«, antwortete Veronica und führte aus: »Angesichts der schieren Anzahl an

River Vixens und ehemaligen Pussycats, die sich für den Royal Maple Wettbewerb angemeldet haben –«

»Ich liebe diesen nicht geschlechterspezifischen Titel«, warf Kevin ein.

»Das ist aber auch schon das Einzige, was die Veranstalter richtig gemacht haben«, erwiderte Veronica. »Aber wie dem auch sei, die große Mehrheit der uns bekannten Wettbewerbsteilnehmer sind entweder Sänger/innen oder Tänzer/innen. Wir wollten deshalb etwas zum Besten geben, das uns von den anderen abhebt. Musicalnummern erschienen uns die beste und sicherste Wahl zu sein, was die Einzigartigkeit unserer Darbietung betrifft.«

»Okay, und worin liegt dann die Meinungsverschiedenheit?«, wollte ich wissen.

»Veronica hat eine Janet-Jackson-artige Version von ›My Shot‹ aus Hamilton vorgeschlagen.«

Kevin wartete einen Moment, um zu sehen, ob mir der Titel irgendetwas sagte. Aber alles, was ich über Hamilton wusste, war, dass sich die Show einer riesigen Fangemeinde erfreute und die Tickets ein Vermögen kosteten. Als er meinen leeren Gesichtsausdruck sah, fügte er hinzu: »Hip-Hop mit jeder Menge Show und Pomp, vielleicht sogar ein paar Stühlen als Requisiten.«

»Das könnte cool werden«, befand ich.

»Könnte es definitiv. Und ich kann dir gar nicht sagen, wie oft ich mir die Show schon in Zwanzig-Minuten-Clips auf ViewTube angeschaut habe.« Er kniff die

Augen zusammen. »Diese Ticketverlosung ist echt das Letzte. Es gibt sogar militärische Foltertechniken, die menschlicher sind.«

»Du wartest auf Lottterietickets?« Veronica wirkte aufrichtig erstaunt. »Kev, ich kann nicht glauben, dass du nichts gesagt hast! Daddy und Lin kennen sich seit ihrer Spendenveranstaltung für Shakespeare im Park. Ich rufe ihn an. Sorge dich nicht, mein Freund.«

Kevins Augen begannen zu leuchten. »Veronica, so wahr mir Gott helfe, wenn du mich nur an der Nase herumführst, ist diese Ehe am Ende.«

Sie winkte ab. »Erinnere mich heute Abend noch mal dran.« Sie holte tief Luft und kehrte zu dem eigentlichen Problem zurück. »Wie dem auch sei, Kevin stimmt mir zu, dass es cool werden könnte. Die Sache ist nur, dass wir uns damit wahrscheinlich nicht so sehr abheben werden, wie wir es könnten. Ich meine, für jede Toni, Ginger und Tina an der Riverdale High gibt's schließlich auch eine Nicki, Beyoncé oder Ariana – mit einem Tophit am Start und einer allseits bekannten Tanzchoreografie obendrein. Und inwiefern wäre das in stilistischer Hinsicht etwas anderes als das, was wir vorhaben?»

»Veronica!«, platzte Kevin heraus. »Du weißt, dass Queen Bey immer an erster Stelle zu nennen ist, wenn du eine Liste mit Popikonen runterratterst. Das steht sogar im Handbuch für Stilfragen, direkt hinter dem Kapitel über Kommasetzung.«

»Du hast recht. Meine aufrichtige Entschuldigung an

ihre Hoheit. Wie dem auch sei«, sie strich sich eine Haarlocke aus dem Gesicht, die sich aus ihrem Pferdeschwanz gelöst hatte und ihr über die Augen gefallen war, »Kevins Gegenvorschlag war eine langsame, traditionelle Nummer im Stil eines Turniertanzes. Ein Walzer zum Beispiel. Daher auch ›Memory‹.«

»Daher auch ›Memory‹, alles klar«, erwiderte ich. »Ich verstehe die Logik dahinter.«

»Aber Veronica ist sich nicht sicher, ob es wirklich die richtige Wahl ist.« Kevin seufzte tief.

»Es ist ein bisschen kitschig«, sagte sie. »Und technisch gesehen ist der Song auch nicht wirklich ein Walzer. Es ist also nicht die stimmigste Wahl. Das ist alles, was ich dazu gesagt habe. Es war kein definitives Ja oder Nein.«

»Es ist definitiv ein bisschen kitschig«, stimmte Kevin ihr zu. »Aber können wir das Ding nicht einfach beim Namen nennen, Leute? Mal ernsthaft: Musicals sind ein bisschen kitschig. Genau das macht sie ja aus. Wir wollen doch auch gar nichts anderes behaupten. Cats ist ein Klassiker, und das aus gutem Grund. Ich jedenfalls finde, wir sollten uns diese Tatsache zunutze machen.«

»Das ist ein gutes Argument«, fand ich. »Und sehr logisch.«

»Ich weiß«, stimmte Veronica mir schmollend zu. »Das ist es ja gerade. Ich bin nicht generell anderer Meinung. Ich bin nur noch nicht hundertprozentig überzeugt. Es … ich weiß auch nicht … rührt einfach nicht meine Seele an oder was auch immer.«

»Es rührt nicht deine Seele an?«, wiederholte Kevin zweifelnd. »Das sind ziemlich hohe Ansprüche für die Songauswahl der Talentrunde eines provinziellen Schönheitswettbewerbs«, wandte er ein. »Und überhaupt ist deine Seele an irgendwelche Wellness-Resorts in der Karibik gewöhnt und hat auf diversen Inseln – mehrfach, wie ich hinzufügen möchte – neben solchen Größen wie Demi Moore und Karlie Kloss Yoga praktiziert. Sie ist durch banalere Erfahrungen also ohnehin nicht leicht zu rühren. Außerdem nimmst du doch gar nicht selbst an dem Wettbewerb teil!«

»Hmm«, erwiderte sie. »Die ayurvedische Kopfmassage war wirklich lebensverändernd. Erinnere mich daran, dass ich uns auch so eine buche, nachdem ich die Hamilton-Tickets besorgt habe. Vielleicht sollte ich mir das langsam doch besser alles aufschreiben … Aber ja, na schön, ich verstehe dein Argument.«

»Wann müsst ihr eure Musikauswahl für den Wettbewerb denn einreichen?«, wollte ich wissen und dachte nebenbei über eine Lösung nach.

»Erst am Freitag«, antwortete Veronica. »Aber um ehrlich zu sein, glaube ich, dass wir den Song auch noch am Samstagmorgen reinschmuggeln könnten. Ich meine, ich will hier nicht auf so niedere, hässliche Methoden wie Vetternwirtschaft zurückgreifen, aber ich bin die Tochter der Bürgermeisterin. Wahrscheinlich gewähren sie uns also ein paar Stunden zusätzlich, wenn es wirklich sein muss.«

»Aber die Choreografie wäre eine ganz andere, falls wir uns für ›My Shot‹ entscheiden«, gab Kevin zu bedenken. »Deshalb haben wir sowieso nicht wirklich bis Freitag Zeit.«

»Stimmt. Also ... dann werft doch eine Münze: Ballade oder Hip-Hop? Aber davon mal ganz abgesehen wisst ihr schon, dass ihr nicht nur zwischen Cats oder Hamilton wählen müsst, oder? Wenn ›Memory‹ nicht der richtige Song ist, findet ihr bestimmt eine andere Ballade, die besser zu euch passt.«

»Eine Münze werfen?«, überlegte Veronica. »Könnte es wirklich so einfach sein?«

»Ich bin dafür«, sagte Kevin. »Sonst stecken wir ewig in dieser Pattsituation fest.«

Veronica lächelte. »Das ist nun mal der Nachteil an einer Partnerschaft zweier willensstarker, selbstbewusster Persönlichkeiten. Aber dieses Kreuz müssen wir wohl tragen.«

»Wie wahr.«

Vor der Wand stand eine kleine, gemütlich aussehende Couch mit abgenutztem Karobezug, auf der ich mich niederließ. Meine Limonade nahm ich mit. »Dann zeigt mir mal, was ihr draufhabt«, forderte ich sie auf. »Ich will es sehen, bevor ihr die Münze werft. Und danach sehen wir weiter.«

»Ein frischer Blick! Perfekt, Archiekins!« Veronica reichte Kevin sein Handy. »Maestro, Musik, bitte!«

KAPITEL 11

Sweet Pea:

Hallo?

Josie:

Was gibt's?

Sweet Pea:

Hab mich nur gefragt, ob du dich heute Abend treffen willst?

Josie:

Oh, danke, aber ich kann nicht. Motoren und Musik ist am Donnerstag. Ich muss üben.

Sweet Pea:

Arbeit allein macht auch nicht glücklich …

Josie:

Aber sie bringt diese Diva ganz nach oben.

JOSIE

Ich saß in meinem Zimmer, mit schalldichten Kopfhörern über den Ohren, als die Nachricht von Sweet Pea eintraf. Sein halb ironischer Serpent-Name passte zu meinem Homeboy – er war süß. Er schien nur einfach nicht zu kapieren, dass ich die Sache zwischen uns – was immer sie auch war oder irgendwann gewesen war – ganz unverbindlich und vor allem geheim halten wollte.

Mochte ich ihn? Total. Und ihn zu küssen kostete mich auch nicht die geringste Überwindung. Aber ich war im Moment definitiv nicht auf der Suche nach einem festen Typen. Ja, ich fühlte mich einsam. Aber die Juilliard School winkte, flirrte wie eine schillernde Fata Morgana am nicht allzu fernen Horizont, direkt meinen kühnsten Träumen entsprungen. Die Juilliard war der beste, der absolut einzige Ort für mich, wenn ich diese Popstar-Musik-Sache wirklich durchziehen wollte. Was ich definitiv wollte. Was ich genau genommen bereits tat. Weil ich auch die Beste war.

Und manchmal bedeutete die Beste zu sein eben, Opfer zu bringen.

Das wusste ich nur allzu gut.

Und was ich noch wusste? Echte Verbindungen – Freundinnen, feste Typen, Leute, denen man sein Herz öffnen und denen man vertrauen wollte? Sie waren nicht so leicht zu finden. Ich war schon einmal verletzt worden und es tat richtig weh. Ganz gleich, wie gut ich es verstecken konnte. Wenn es um echte Verbindungen ging, hatte ich mehr oder weniger aufgehört, danach zu suchen.

Also, ja, Sweet Pea und ich schickten uns hin und wieder Nachrichten, und das war nett. Aber ich war viel zu beschäftigt, um mir wirklich Zeit für ihn zu nehmen. Davon abgesehen war ich im Augenblick total mies drauf. Und wenn ich mich jetzt mit ihm getroffen hätte, hätte mich das nur daran erinnert, dass ich total mies drauf war.

Ich nahm die Kopfhörer ab. Vergiss Proben, vergiss den dämlichen Autokorso. Ich stand auf, streckte die Arme über dem Kopf aus und ging dann in die Küche hinunter, um mir etwas zu trinken zu holen.

»Josie!«

Ich kreischte beinahe vor Schreck, machte einen Satz rückwärts, knallte dabei die Kühlschranktür zu und verschüttete ein bisschen von der Limonade, die ich mir gerade eingeschenkt hatte, auf mein T-Shirt. Sie war kalt und klebrig. »Perfekt.« Wäsche waschen hatte auf meiner To-do-Liste für diesen besch…eidenen Abend gerade noch gefehlt.

Ich drehte mich um und sah Archie Andrews in der Tür stehen. Er wirkte amüsiert, aber auch ein kleines bisschen schuldbewusst. Aber nur ein kleines bisschen.

»Tut mir leid, ich wollte dich nicht erschrecken«, entschuldigte er sich. Er schnappte sich eine Handvoll Papiertücher von der Theke und machte sie unter dem Wasserhahn nass. Dann begann er ungeschickt, meine mit Limonade getränkten Klamotten abzutupfen, bevor er verlegen wieder zurückwich, als ihm bewusst wurde, dass er im Prinzip gerade beinahe meinen Busen begrapscht hätte, wenn auch aus Versehen.

Er war mir so nahe, dass ich sein Shampoo riechen konnte – natürlich und frisch. Für eine Sekunde breitete sich tatsächlich Gänsehaut auf meinen Armen aus. Und genau das – die Tatsache, dass diese plötzliche Nähe eine unfreiwillige, wenn auch flüchtige Reaktion in mir auslöste – erschreckte mich sogar noch mehr als sein Anschleichen. Ich wich zurück, schnappte mir ein eigenes Küchentuch und begann, mein Shirt selbst zu trocknen – ein wenig zu manisch, in bester Lady-Macbeth-Manier.

»Schon okay, Archie. Nichts, was sich mit einer Runde im Schonwaschgang nicht wieder aus der Welt schaffen ließe.« Ich seufzte.

Besch…eidener Abend, sag ich ja. »Viel leichter als meine anderen Probleme.«

Ich schwöre, dass ich nicht nach Mitleid heischte. Wenn mich jemand gefragt hätte, ob ich es für eine gute

Idee hielt, Archie Andrews mein Herz auszuschütten, hätte ich ihn für verrückt erklärt. Wie bereits angedeutet hielt ich es für keine gute Idee, irgendjemandem mein Herz auszuschütten. Es kam einfach so aus mir heraus. Aber hinter mir lag eben ein langer Tag.

Woche.

Monat.

Highschool-Zeit?

Sofort breiteten sich Sorgenfalten auf Archies Stirn aus. »Was ist los?«

Ich winkte ab. »Alles okay«, antwortete ich. »Ehrlich. Mach dir keinen Kopf. Was machst du überhaupt hier?« Dann fiel es mir wieder ein. »Oh, Veronica ist bei Kevin, stimmt's? Ich hab gehört, wie sie nach unten verschwunden sind. Und sorry, falls das eher aggressiv als neugierig klang.« Ich lächelte und versuchte, ihm meine weichere Seite zu zeigen. Warum ging ich im Zweifelsfall immer gleich in die Defensive?

»Schon okay«, versicherte Archie. »Ja, sie proben für die Talentrunde. Turniertanz, glaube ich. Veronica darf mit Kevin auftreten, obwohl sie nicht offiziell an dem Wettbewerb teilnimmt.«

»Klingt gut!«

»Ja. Ronnie wollte, dass ich vorbeikomme, mir ihren Tanz ansehe und ihnen Feedback zu ihrer Musikauswahl gebe –«

»Sie wollten deine Meinung zur Musik?« Ich konnte nicht anders. Ich platzte einfach damit heraus, wie bei einem unfreiwilligen Muskeltick, der völlig außerhalb meiner Kontrolle lag.

Ich errötete. »Tut mir leid. Ich hab nicht gemeint … Ich meine, du weißt schon … Ich finde, du hast wirklich Talent, Archie. Es ist nur –« Ich seufzte. »Ich sollte wahrscheinlich komplett aufhören zu reden, solange ich … nicht in Bestform bin. Sonst muss ich mir noch irgendwann die Zunge abbeißen, wenn das so weitergeht.«

»Nein, nein, ich versteh dich schon«, versicherte er. »Ich meine, du bist schließlich der hauseigene Rockstar der Riverdale High. Und ich glaube nicht, dass dem irgendjemand widersprechen würde.«

»Na ja, es ist auf jeden Fall echt süß von ihr, dass sie sich für Kevin so ins Zeug legt«, sagte ich und meine Stimme klang für einen Moment richtig sehnsüchtig. »Das muss nett sein.« Die Worte kamen mir über die Lippen, bevor ich darüber nachdenken oder mir tatsächlich die Zunge abbeißen konnte. Was zur Hölle, Josie? Was soll denn diese Selbstmitleidsnummer?

»Ja.« Er fuhr sich mit einer Hand durch sein dichtes rotes Haar und es stand in fünfzehn verschiedene Richtungen ab. Er sah dadurch ganz jung aus, süß, wie ein kleines Kind. »Du nimmst aber nicht am Wettbewerb teil, oder?«

»Nein«, antwortete ich. »Mir reicht ein Auftritt – Motoren und Musik am Donnerstagabend.«

»Oh, richtig! Du singst, natürlich.«

»Ganz einsam und allein«, bestätigte ich. Ich konnte einfach nicht widerstehen. Wieder bohrte sich das stechende Selbstmitleid zwischen meine Rippen.

»Wieso einsam? Ich dachte, du stehst dieses Jahr bewusst allein auf der Bühne.«

Ich wusste, dass er sich nichts dabei dachte, aber es tat trotzdem weh, die Worte zu hören: allein auf der Bühne. Ganz allein.

»Ja, stimmt schon«, erwiderte ich und schluckte schwer.

Er neigte den Kopf zur Seite und sah mich mit aufkeimendem Verständnis an. »Aber seither ist zwischen dir und den Pussycats alles anders.«

Ich zuckte mit den Schultern. »Ich verstehe sie ja. Sie fühlen sich verraten. Aussortiert. Verdammt, ich hab sie ja auch aussortiert, irgendwie.«

»Ja, so was ist immer hart«, sagte er, und der Ausdruck in seinen Augen zeigte mir, dass er es wirklich so meinte. Es schien, als wüsste er, wovon er sprach. »Ich musste mir auch einiges anhören, als ich angefangen habe, ernsthaft Musik zu machen und kaum noch Zeit für Football hatte. Die Jungs haben es absolut nicht verstanden.«

Ich schenkte ihm ein Lächeln. »Du meinst, Reggie Mantle mangelte es tatsächlich an der Sensibilität und emotionalen Intelligenz, um dir bei deiner Entscheidung ein gutes Gefühl zu geben?«

»Ja.« Archie lachte. »Schockierend.« Dann leuchteten

seine Augen, so als hätte er gerade ein Aha-Erlebnis gehabt. »Hey«, rief er aus. »Also, wenn dein ... Bruder?«

»Sicher. ›Bruder‹ passt«, antwortete ich. »Auch wenn wir immer noch in der Eingewöhnungsphase sind.«

»Okay. Also, wenn dein Bruder und meine Freundin zusammen auftreten, warum ... vereinen wir dann nicht auch unsere Kräfte?«

Später, als ich meine Begegnung mit Archie in der Küche noch einmal Revue passieren ließ, kam es mir beinahe wie Schicksal vor, dass wir zu dieser Erkenntnis gelangt waren. Sie lag absolut nahe: Wir waren schon einmal zusammen aufgetreten. Wir wussten, dass wir auf der Bühne gut harmonierten. Und auch wenn keiner von uns wirklich schüchtern war, was Liveauftritte anging, waren wir in unserem tiefsten Inneren beide sehr verletzlich. Im Nachhinein kam es mir sogar ziemlich komisch vor, dass wir nicht schon viel früher auf diese Idee gekommen waren.

In dem Augenblick gelang es Archie jedoch, mich damit vollkommen zu überrumpeln, was wahrscheinlich verschiedene Gründe hatte – nicht zuletzt, dass mich die On-Off-Kiste mit Sweet Pea immer noch beschäftigte, ebenso wie die Abfuhr durch meine Cats und das vage, ziemlich willkürliche Gefühl, etwas zu verpassen, weil Kevin Veronica gebeten hatte, ihm mit dem Talentwettbewerb zu helfen. Wahrscheinlich war es einfach nur einer dieser seltsamen, sehr menschlichen Momente der Unsicherheit. Wenn's einmal nicht lief, verlor man irgendwann den Glauben an sich … ohne jetzt überzudramatisieren.

Aber ein winziger Teil von mir fragte sich auch, ob es mehr war als nur das. Archie war wirklich entzückend, man konnte ihm nur schwer widerstehen. Ich meine, nicht in romantischer Hinsicht – er war mit Veronica zusammen und so ein Mädchen bin ich absolut nicht. Nein, es war eher diese »netter Junge von nebenan«-Sache, von der alle Mütter immer redeten. Sonnige Vibes wirkten nun mal anziehend, vor allem, wenn sich so viele andere Dinge im Leben ziemlich finster anfühlten.

Auch Archie hatte in seinem Leben schon genügend finstere Zeiten erlebt. Aber der Kern seines Wesens, dieses charakteristische »Archie-mäßige«, war immer noch da, direkt unter der Oberfläche. Und es war ansteckend, selbst für eine Zynikerin wie mich.

Und deshalb war ich einfach vollkommen überrascht, als er vorschlug, dass wir uns zusammentaten und vielleicht sogar gemeinsam mit einer neuen, eigenen Komposition auftraten, falls wir es in der Kürze der Zeit schafften. Offensichtlich hatte ich tiefer in Selbstmitleid gebadet, als ich mir selbst eingestanden hatte, und dieser sonnige Rettungsanker kam ganz unerwartet.

Aber da ich nicht auch dumm bin, sagte ich Ja. Wir beschlossen, uns am nächsten Tag in der Mittagspause zu treffen und eine kurze Setlist zusammenzustellen.

Man muss die Sonne schließlich genießen, wann immer sie scheint.

Veronica:

Hey! Ich war eben bei Kev. Wir haben für seine Talentrunde beim Wettbewerb geprobt.

Betty:

Turniertanz?

Veronica:

Turniertanz. Wir haben ne Münze geworfen – das Glück war mir nicht hold. Aber ich werde natürlich auch zu CATS die beste, unironischste Version von Ginger Rogers in mir wecken. Versprich mir, dass du sämtliche Videobeweise zerstörst.

Betty:

Hoch und heilig. Ist Archie vorbeigekommen?

Veronica:

Ja. Eine Münze zu werfen war seine Idee ... Oh! Und er tritt mit Josie bei der Autokorso-Show auf. Sie haben es beschlossen, als er bei Kevin war.

Betty:

Cool!

Veronica:

Finde ich auch. Ich bin froh, dass er die Gelegenheit hat, auch aufzutreten und nicht nur hinter den Kulissen zu schuften.

Betty:

Aber DU hast auch Spaß?

Veronica:

OMG, MEGA-Spaß. Ich weiß, dass ich gegen den Wettbewerb und seine sexistischen Wurzeln geschossen habe, aber ich muss zugeben: Ich finde langsam Gefallen daran. Die Rolle als Kevins ambitionierte Über-Mom gefällt mir ziemlich gut.

Betty:

Wieso überrascht mich das nicht? Solange du ihn bei der Stange hältst und einen gigantischen Lohan-mäßigen Zusammenbruch vermeidest, kann eigentlich nichts schiefgehen.

Veronica:

Krieg ich hin.

Veronica:

Wie läuft's bei dir, Spürnase?

Betty:

Schleppend. Gib mir noch ein bisschen Zeit.

Veronica:

So viel du willst. Ich hab volles Vertrauen in mein Mädchen. Halt mich auf dem Laufenden! 💋

Betty:

👋 Bis später!

KAPITEL 12

Chuck:

Hey, Kumpel.

Reggie:

Was gibt's?

Chuck:

Weißt du schon, was du bei der Talentrunde machst?

Reggie:

Außer meine Muskeln spielen lassen? Haha.

Chuck:

An so was hab ich auch schon gedacht. Ich weiß, dass Keller irgendnen Tanz MIT Veronica aufführt. Was hältst du davon, wenn wir auch was zusammen machen? Wenn gemeinsame Auftritte schon erlaubt sind?

Reggie:

Also, versteh das jetzt nicht falsch, Mann, ich bin total offen und alles, aber ich hab echt nicht vor, mit dir im wahrsten Sinne des Wortes gemeinsam über die Bühne zu hüpfen.

Reggie:

Außerdem hilft Ronnie Kevin nur, weil sie nicht selbst an dem Wettbewerb teilnimmt, glaube ich.

Chuck:

Äh, ja. Ich dachte eher an Sparring, Kumpel. Aber gutes Argument.

Reggie:

Tut mir leid, wenn ich dich enttäuschen muss, Alter. Aber diesmal kämpft jeder für sich allein – und gegen mich hast du keine Chance!

Chuck:

Das werden wir noch sehen, Mantle.

BETTY

Liebes Tagebuch,

es hatte kaum zum Schulschluss geläutet, als Juggie und ich auch schon durch die Tür stürmten, um unsere Ermittlungen wieder aufzunehmen. Die Schule zu schwänzen war keine Option, wenn wir uns »normal verhalten« wollten, was immer das auch bedeutete.

Wie so vieles andere in unserer Stadt wirkte die Stadtbibliothek von Riverdale auf den ersten Blick ausgesprochen charmant. Sie befand sich in einem hübschen Haus mit weißen Holzschindeln und adrettem Blumenbeet im Vorgarten, das in beeindruckender Blüte stand, obwohl uns das Herbstwetter längst fest im Griff hatte. Es war ein einladendes Gebäude, auch wenn die Angelegenheit, die uns hierherbrachte, alles anderes als fröhlich und herzerwärmend war.

Wir waren seit Schulschluss hier, inzwischen schon mehrere Stunden. So lange, dass wir dank der spärlichen Neonbeleuchtung über uns schon ganz verschwommen sahen und uns von den unzähligen Mikrofiche-Seiten richtig schwindlig war. Normalerweise liebte ich die Bibliothek, aber heute stressten mich die endlosen Sackgassen während unserer Suche nur.

»Ich verstehe das nicht, Jug«, sagte ich, stieß mich vom Schreibtisch ab und blinzelte heftig. Die Negativbilder des Mikrofiche-Films tanzten über die Innenseite meiner Augenlider. »Die Revels gibt es angeblich schon seit Generationen, schon vor der offiziellen Gründung der Stadt. Aber in keiner dieser Aufzeichnungen werden sie auch nur mit einem Wort erwähnt.«

»Sieht jedenfalls ganz danach aus.« Er zog einen Stuhl an meinen Tisch heran, auf dem sich der Projektor befand. Wir mussten in dem kleinen Raum versetzt hintereinandersitzen. Der Projektor stand neben einem riesigen Computermonitor und der komplette Schreibtisch war vollgestellt. Eigentlich war der Arbeitsplatz nur für eine Person gedacht. Es störte mich natürlich nicht, dass er mir so nahe war – wem wollen wir was vormachen? Ich liebte es, wenn er mir so nahe war –, aber es war ziemlich eng dort drin, und ich wurde langsam von einer inneren Unruhe erfasst, die nichts mit Jughead zu tun hatte. Unsere Recherchen machten mich nervös. Unsere Recherchen und die Tatsache, dass uns immer noch jede vernünftige Spur fehlte.

»Die Frage ist nur: Warum?« Ich stöhnte, vollkommen erschöpft und unendlich frustriert. Mehrere Generationen unserer Stadtgeschichte waren auf diese Filme gebannt: Hochzeiten, Examensfeiern, Jahrmärkte … Es gab sogar eine Kategorie mit landwirtschaftlichen Wettervorhersagen aus dem Farmerjournal. Wir hatten tatsächlich Zugriff auf Informationen zur Niederschlagsmenge an einem bestimmten Datum vor einem halben Jahrhundert. Die Aufzeichnungen reichten sogar bis in die 1860er zurück. Allem Anschein nach ließen sich anhand der Filme die winzigsten, alltäglichen Details recherchieren.

Nur von den Revels war nirgends die Rede.

»Ich denke, die eigentliche Frage, die wir uns stellen sollten, ist, warum sich Bibliothekarin Dinkle standhaft weigert, ins digitale Zeitalter umzuziehen?« Jughead warf der fröhlichen grauhaarigen Frau hinter der Infotheke ein vorsichtiges Lächeln zu, um ihr zu zeigen, dass er nur Spaß machte – mehr oder weniger. Sie hatte ihn jedoch gar nicht gehört. »Ich hab ja absolut nichts gegen Retro-Charme, aber diese ganze Suche wäre mit ›Steuerung F‹ entschieden schneller gelaufen.«

Ich verdrehte die Augen. »Jughead, wir sind hier in Riverdale, der vergessenen Stadt. Hat hier überhaupt jemand eine Ahnung, in welchem Jahrzehnt wir uns befinden?«

»Auch wieder wahr«, gab er zu und grinste. »Außerdem ist es sehr zu meinem Vorteil, wenn sich dieser Retro-Charme auch auf Pops Preise erstreckt.«

»Ganz genau«, stimmte ich ihm zu. »Also lass es gut sein. Unser Problem ist nicht das Medium der Revels-Artikel – sondern die Tatsache, dass es überhaupt keine gibt.«

»Okay«, erwiderte Jughead. Neue Entschlossenheit brachte seine Augen zum Leuchten. »Also, was wissen wir?«

»Die Zeitkapsel wurde bei der ursprünglichen Gründungsfeier von Riverdale vergraben, 1941.«

»Tja, jedenfalls, sofern man den Erwachsenen und anderen Autoritätspersonen in dieser Stadt glauben darf«, ergänzte Jughead. »Was ich, ehrlich gesagt, zu bezweifeln wage. Wer weiß schon mit Sicherheit, woher die Zeitkapsel wirklich stammt, und von wann?«

»Ich verstehe, was du meinst«, sagte ich und rieb mir mit den Fingern den Haaransatz. Mein Pferdeschwanz saß so straff, dass ich langsam Kopfschmerzen bekam. Oder vielleicht lag es auch nur an unseren Recherchen? »Aber logisch betrachtet ergibt es durchaus Sinn, dass die Stadt die Zeitkapsel bei ihrer offiziellen Gründung vergraben hat. Entschieden mehr Sinn, als dass sie jemand fünfundsiebzig Jahre später wieder ausgräbt und zum Scherz eine falsche Leiche darin versteckt. Ich denke also, wir sollten von der Annahme ausgehen, dass das, was wir über die Zeitkapsel an sich wissen, tatsächlich der Wahrheit entspricht. Auch wenn wir natürlich weiterhin mit offenem Blick an die Sache herangehen müssen.«

»Mein Blick ist so offen, dass ich schon das Gefühl habe, mein Hirn sickert mir aus den Augenhöhlen«, erwiderte Jug scherzhaft, mehr oder weniger. Ich schlug ihn auf den Arm, um ihn dazu zu bringen, sich wieder zu konzentrieren. »Aber mal ernsthaft«, sagte er und setzte sich aufrechter hin, um mir zu zeigen, wie ernsthaft er war. Es funktionierte, halbwegs zumindest. »Vielleicht sollten wir unsere Suche ein bisschen feiner abstimmen. Warum suchen wir nicht direkt nach bestimmten Veranstaltungen, anstatt nach Artikeln über die Revels im Allgemeinen zu graben? Wer weiß, vielleicht hieß das Festival anfangs ja gar nicht offiziell so oder es gibt irgendeinen anderen Grund, warum die Suche danach keine Ergebnisse liefert.«

»Wir sollen es also mit einem anderen Suchbegriff versuchen, meinst du?«

Gab es überhaupt noch Begriffe, nach denen wir nicht gesucht hatten? Wir hatten es mit allen möglichen Kombinationen probiert und versucht, durch die Hintertür an Informationen über die Revels zu gelangen, alles ohne Erfolg. Es war, als würden wir mit dem Kopf gegen die Wand hämmern, nur ein bisschen weniger spaßig. »Wir haben es mit ›Revels‹ versucht und mit ›Bürgermeister‹. Wir haben es sogar mit den Namen verschiedener Bürgermeister versucht.«

»Und mit ›Zeitkapseln‹.« Jughead trommelte mit den Fingern auf die Tischplatte. »Und wir haben noch nicht mal zu ›Zeitkapseln des Todes‹ irgendwas in den Zeitungen gefunden. Was wirklich ein Jammer ist, wenn du mich fragst. Ich finde, das hat richtig Klang. Da hat jemand eine echte Gelegenheit verpasst.«

Ich konnte nicht anders, als darüber zu grinsen. »Riverdale hat definitiv eine Vorliebe dafür, seine Leichen ganz tief im Keller zu vergraben«, stimmte ich ihm zu.

»In diesem Fall beinahe wortwörtlich. Versteckt unter einem entzückenden süßen Schleier. Oder in einem Ahornsirupfass«, fügte Jughead hinzu.

»Und zur perfekten Vertuschung mit einer hübschen Feier garniert ...«

»Wie zum Beispiel den Revels«, beendete Jug den Satz. Aus seiner Miene sprach die geduldige, aber unübersehbare Frage: »Aber haben wir das nicht längst in Betracht gezogen?«

»Wie zum Beispiel den Schönheitswettbewerb«, korrigierte ich ihn.

»Den Royal Maple.«

»Der Name ist neu«, erinnerte ich Jug. »Der Wettbewerb ist jetzt inklusiv, schon vergessen?« Ich lehnte mich vor und ließ die Finger über die Tastatur fliegen. Miss Maple. Schönheitswettbewerb.

Ich rutschte ungeduldig auf meinem Stuhl hin und her und wartete, was die Mikrofiche-Datenbank zum Vorschein brachte. Der antike Computer ratterte eine gefühlte Ewigkeit lang, die in Wahrheit vermutlich nur ein paar Sekunden dauerte. In jenem Moment kamen sie mir allerdings wie die längsten Sekunden meines ganzen Lebens vor.

Endlich tauchten die Suchergebnisse auf dem Bildschirm auf. Oder besser gesagt: das Suchergebnis.

»Nur ein einziger Treffer«, sagte Jughead. »Ist das wissenschaftlich überhaupt möglich?«

»Anscheinend schon.«

»Wunder gibt es immer wieder.«

Die Datenbank führte uns zurück ins Mikrofiche-Archiv, in dem wir den Film aus dem Regal zogen, den wir brauchten. Ungeduldig sah ich zu, wie Jug ihn in die Maschine lud und an der Schärfeeinstellung drehte. »Mal ernsthaft«, murmelte er, »als ich das letzte Mal nachgeschaut hab, befanden wir uns im einundzwanzigsten Jahrhundert. Wenn unsere Highschool eine Spacebook-Seite hat, dann kann unsere Bibliothek ihre Dateien auch in die Cloud hochladen.«

»Und wenn du bereit bist, für die angehäuften Überstunden, die durch das Einscannen anfallen, zu bezahlen, Mr Rockefeller, dann schreiben wir es gern mit auf unsere aktuelle Projektliste«, sagte Ms Dinkle in spitzem Ton. Sie zwinkerte uns jedoch zu, um ihren Worten ein wenig die Schärfe zu nehmen.

»Sicher, natürlich. Das alte Lied vom Geld – es ist eine Schande. Bibliothekare sind unterbezahlt und werden viel zu wenig gewürdigt«, stammelte Jughead und lief knallrot an.

»Aber nicht von uns! Wir wissen Ihre Arbeit sehr zu schätzen«, warf ich ein.

Sie schenkte mir ein freundliches Lächeln.

An Jughead gewandt sagte ich: »Bist du jetzt fertig mit deiner Pro-Technologie-Tirade? Weil«, ich zeigte auf den Bildschirm, »der Film nämlich bereit ist.«

Wir lehnten uns vor und kniffen die Augen zusammen. Der Bildschirm war …

»Leer?« Mir wurde ganz schwer ums Herz. »Stimmt mit dem Film vielleicht irgendwas nicht? Oder haben wir den falschen erwischt?«

»Nein, ich hab's doppelt und dreifach überprüft«, versicherte Jug. »Das ist der Film, den wir wollten. Es ist nur nichts drauf, was wir wollten. Ms Dinkle?«, rief er und lehnte sich auf seinem Stuhl zurück, um sich besser mit ihr unterhalten zu können. »Gibt's irgendeinen Grund, warum sich ein leerer Film in der Datenbank befinden sollte?«

Sie erhob sich und kam zu uns, um selbst einen Blick auf den Bildschirm zu werfen. Ihr langer Tweedrock raschelte beim Gehen. In der Stille des Rechercheraums klang es viel zu laut – wir drei waren die Einzigen hier drin.

»Na ja«, sagte sie mit einem Stirnrunzeln, »es ist schon seltsam, dass der Film leer ist. Er ist eine digitale Kopie eines Original-Zeitungsartikels.«

Jughead richtete sich gerader auf und dachte darüber nach. »Wenn er leer ist, bedeutet das also, dass sich jemand an dem Quellenmaterial, aus dem er stammte, zu schaffen gemacht hat –«

»Was wiederum bedeutet, dass jemand diesen speziellen Artikel aus der Zeitung entfernt hat, bevor sie eingescannt wurde«, schnitt ich ihm das Wort ab und beendete den Satz, während sich die Puzzleteile in meinem Kopf zusammensetzten. »Weil er nicht wollte, dass er eingescannt wird?«

Jughead nickte. »Könnte sein.« Er schüttelte den Kopf und schaute wieder auf den Bildschirm. »Aber was ist das für ein Fleck? Ist er beschädigt?«

Ms Dinkle blickte auf die Stelle, auf die er deutete. »Beschädigt? Oh, nein.« Sie neigte den Kopf zur Seite. »Das ist kein Fleck. Ich bin mir ziemlich sicher, dass das das ›Quellenmaterial‹ ist, wie du es genannt hast. Seht ihr?« Sie streckte einen Arm zwischen uns aus. Ihre Kleidung roch nach einer angenehmen Mischung aus Mottenkugeln und Kamillentee. Sie drehte an der Einstellung des Geräts und passte die Auflösung an, bis das Bild wieder schärfer wurde.

»Das ist wirklich kein Fleck«, sagte Jughead überrascht. »Das ist ein Foto.«

»Aber … wovon?« Ganz gleich, wie sehr ich auch die Augen zusammenkniff, ich konnte es einfach nicht genau erkennen. Es war wie ein einsames Puzzleteil, ohne Kontext in einem leeren Raum.

»Schwer zu sagen. Sieht aus, als wäre es alles, was übrig geblieben ist, als man den Artikel … zerstört hat, schätze ich?« Jughead seufzte. Wieder eine Sackgasse, wieder ein Schlag mit dem Kopf gegen die Wand. »Moment mal.« Jug suchte auf seinem Smartphone nach irgendetwas und hielt es dann neben den Monitor, um es zu vergleichen.

»Ist das … ein Kreuz?«, fragte ich unsicher.

»Ein Kreuz? Bist du sicher?«, fragte die Bibliothekarin.

»Es sieht aus wie ein Kreuzanhänger an einer Halskette. Ein Kruzifix. Finden Sie nicht?« Ich reichte ihr Jugs Handy, das die Ergebnisse seiner Bildsuche zeigte: unzählige verschiedene Kreuze an unzähligen verschiedenen Hälsen. Sie blickte mit zusammengekniffenen Augen auf das Smartphone, bevor sie ein halbherziges zustimmendes Brummen von sich gab, sich entschuldigte und wieder an ihren Schreibtisch zurückkehrte.

Das Bild auf dem Mikrofiche war verschwommen und verzerrt, aber wenn es überhaupt nach etwas aussah, dann nach einem aufwendig gearbeiteten Kreuz, das an einer dicken, soliden Kette baumelte. Und der kleine Fleck daneben …

»Ist das da …« Ich streckte eine Hand aus und fuhr mit dem Finger über das Foto auf dem Bildschirm. »Der Rand einer Taschenuhr?«

Jug stieß einen Pfiff aus. »Adlerauge Cooper! Das könnte definitiv sein. Ein Kreuz und eine Taschenuhr.«

Es war unser allererster Hinweis. Ich spürte, wie die Aufregung in meinem Magen rumorte. Sie wurde jedoch sofort wieder durch ein überwältigendes Gefühl der … nun, Überwältigung abgelöst. War das Ganze nicht trotzdem vollkommen sinnlos? Wir waren immer noch meilenweit von irgendetwas entfernt. Ein zerrissenes Foto, das vielleicht den Rand einer Taschenuhr zeigte? Oder vielleicht eine Halskette, an der vielleicht ein Kreuz hing? Besonders viel war es nicht. Es mochte ein Hinweis sein, aber er war ziemlich kryptisch. Im Prinzip rollten wir unseren Stein immer noch bergauf.

Andererseits war unsere Erfolgsquote ziemlich gut, wenn es um das Lösen von Rätseln ging.

»Also, irgendjemand hat ein Foto aus einem alten Artikel über die Revels gerissen, und das, was er davon übrig gelassen hat –«

»Höchstwahrscheinlich aus Versehen«, warf Jughead ein. »Wann werden die bösen Jungs das endlich lernen? Wer etwas zu verbergen hat, sollte sich wirklich die Zeit nehmen, gründlich vorzugehen.«

»Das, was er davon übrig gelassen hat«, fuhr ich unbeirrt fort, »war dieser zufällige Teil eines Fotos, auf dem jemand ein Kreuz um den Hals trägt. Und auf dem vielleicht jemand eine Taschenuhr hält.« Ich schüttelte den Kopf. »Nicht gerade eine heiße Spur.« Untertreibung, dein Name ist Betty Cooper.

»Jemand, der religiös ist?«, vermutete Jughead.

»Hier in der Gegend gibt's jede Menge Kirchen«, erwiderte ich. »Vielleicht sind die Menschen dank der düsteren Unterwelt dieser Stadt besonders scharf aufs Beten?«

»Ich könnte nicht behaupten, dass sie diesen Effekt auch auf mich hatte«, erwiderte Jug trocken. »Was ist mit den Nonnen? Den Schwestern? Sie sind vielleicht weniger ›religiös‹ als ›total durchgeknallt‹, aber zumindest klamottentechnisch wahren sie den Schein.«

Ich dachte darüber nach. Ein winziger Hoffnungsschimmer flackerte in mir auf, aber ich versuchte, meine Gefühle im Zaum zu halten. »Jughead«, sagte ich, »du weißt, wie sehr es mich freuen würde, wenn die Schwestern irgendetwas damit zu tun hätten. Nach allem, was sie Polly angetan haben, unseren Freunden ... Sie sollten definitiv dafür bestraft werden. Sie verdienen noch viel mehr ... Schmerzen, als sie bereits erleiden mussten. Aber ich will aufgrund meiner Gefühle gegenüber den Schwestern auch keine voreiligen Schlüsse ziehen. Wir müssen in dieser Sache methodisch vorgehen.«

»Ich kann methodisch vorgehen«, versicherte Jughead. »Ich kann mit offenem Blick an die Sache herangehen. Aber das bedeutet nicht, dass wir die Schwestern nicht unter die Lupe nehmen werden. Und falls sie schuldig sind, werden wir es beweisen und sie an die Wand nageln.»

»Klingt gut«, erwiderte ich, »wenn auch ein bisschen brutal. Aber vergiss nicht: Das entscheidende Wort ist falls.«

Wir druckten das beste Bild aus, das der winzige Rest des Fotos hergab, und bedankten uns bei Ms Dinkle für ihre Hilfe.

Als wir die Bibliothek verließen, kniff ich gegen das plötzliche grelle Licht der in der Ferne untergehenden Sonne die Augen zusammen.

Ich blinzelte.

Dann schnappte ich nach Luft.

»Was ist denn, Betty?«, fragte Jughead mit unüberhörbarer Neugier.

»Unser aller Lieblingskultanhängerin – auf vier Uhr.«

Ich zeigte in die Richtung.

Ein Stück entfernt, zu unserer Rechten, stand Evelyn – schon wieder. Sie und Ethel Muggs – ausgerechnet – steckten die Köpfe zusammen und schienen sehr ins Gespräch vertieft zu sein. »Man könnte fast meinen, sie verfolgt uns«, scherzte Jughead.

»Das würde ich ihr zwar durchaus zutrauen, aber ich bezweifle es trotzdem«, erwiderte ich. »Die Bibliothek war leer. Wir hätten sie entdeckt, wenn sie uns tatsächlich nachspioniert hätte. Aber worüber sie und Ethel sich auch immer unterhalten, es sieht ziemlich ernst aus. Sie haben noch nicht einmal bemerkt, dass wir hier stehen.«

»Dieses Rätsel lösen wir ein andermal«, sagte Jughead und hob meinen Arm, um auf meine Uhr zu schauen. »Wollen wir's für heute gut sein lassen? Ich hab meinem Dad versprochen, dass ich zum ›Familienabendessen‹ wieder zu Hause bin, und wenn ich es versäume –«

»Wäre das alles andere als ›normal‹«, beendete ich den Satz für ihn.

Er gab mir einen Kuss. »Mein Appetit ist nun mal stärker, wie immer.«

Eine plötzliche Windböe peitschte durch die Bäume und ich erschauderte. Ja, dieses Rätsel würden wir ein andermal lösen, ganz bestimmt. Die Knochen gingen schließlich nirgendwohin – genauso wenig wie wir.

MITTWOCH

KAPITEL 13

Archie:

Steht unsere Probe in der Mittagspause noch?

Josie:

Bin unterwegs. Hast du deine Gitarre dabei?

Archie:

👍 Treffen wir uns im Musikraum?

Josie:

Ja, mein Keyboard ist sowieso dort im Schrank. Wenn's nicht unbedingt sein muss, können wir uns die Mühe sparen, es irgendwohin zu schleppen.

Archie:

Stimmt, gutes Argument. Bin unterwegs.

Unbekannte Nummer:

Es ist alles bereit. Später mehr.

ARCHIE

Auf dem Weg zum Musikraum und meinem Treffen mit Josie kam ich an der Aula vorbei und konnte nicht anders, als einen Blick hineinzuwerfen. Ronnie hatte mir nach ihrer eigenen Probe dort erzählt, dass es im Saal drunter und drüber ging und er vor Schülern, die sich auf den Wettbewerb vorbereiteten, beinahe aus allen Nähten platzte. Ich muss zugeben, dass ich neugierig war. Auch wenn ich selbst nicht daran teilnahm, fand ich das Ganze trotzdem unterhaltsam.

Tatsächlich waren die Vorbereitungen in der Aula in vollem Gange. Ich schätze, Josie und ich waren nicht die Einzigen, die die Idee hatten, die Mittagspause zum Proben zu nutzen. Zahlreiche Schüler probten allem Anschein nach für die Talentrunde, während der Rest mit allem möglichen anderen Wettbewerbskram beschäftigt war und beispielsweise für die Interviewrunde übte. Fangs las Antworten von Karteikarten ab, während Peaches 'N Cream in typischer Über-Mom-Manier ihre Mundwinkel mit den Fingern hochzog und ihn dazu animierte, beim Vorlesen immer schön zu lächeln. Jughead hatte mir erzählt, dass er den Serpents den »Befehl« gegeben hatte, an dem Wettbewerb teilzunehmen, und nach allem, was ich gehört hatte, hatte Fangs auch schon jede Menge Spaß daran gehabt, Hot Dog bei der Haustierparade zu präsentieren.

Etwas näher an der Bühne klebten Cheryls treue Lakaien, Ginger und Tina, lange Streifen aus blauem Klebeband auf den Boden. Ich hoffte um ihretwillen, dass sie tatsächlich die Erlaubnis dazu hatten, denn mit unserem neuen Hausmeister war nicht gut Kirschen essen. Sie trugen geradezu Furcht einflößend hohe Absätze, stolzierten immer wieder auf der blauen Linie entlang und winkten dabei. Ich fand, dass sie fast ein bisschen irre aussahen. Aber, hey, ich war schließlich noch nie bei einem Schönheitswettbewerb gewesen. Die richtige Körperhaltung war vermutlich wichtig – genauso wie andere nützliche Dinge, zum Beispiel, dass man in schicken, unbequemen Schuhen anmutig über die Bühne schreiten konnte.

Ginger und Tina holten jede eine kleine Dose mit … Vaseline? … aus ihrer Handtasche, schnitten ziemlich unheimliche Gesichter und fletschten die Zähne, während sie sich das Zeug in den Mund schmierten. War das ein Mädchending? Ein Schönheitswettbewerbding? Oder einfach nur total strange? Ich würde Veronica danach fragen müssen, wenn ich das nächste Mal mit ihr sprach.

Oder vielleicht konnte Josie es mir auch erklären. Ich sah auf mein Handy, um zu sehen, wie spät es war. Vermutlich war sie inzwischen schon im Musikraum. Ich machte mich auf den Weg und hoffte inständig, dass sie mich nicht zwingen würde, mir für unseren Auftritt den Mund mit irgendeiner klebrigen Salbe zu schmieren.

»Archie!«

Ich blickte auf und sah Ethel Muggs, die im selben Moment die Aula betrat, als ich sie verließ. Sie hielt ein Farm-T-Shirt in der Hand.

Seit wann ist Ethel denn ein Farmie? Ich würde Betty danach fragen müssen. Vielleicht hatte ich ja irgendwas nicht mitgeschnitten.

»Hey, Ethel«, sagte ich. »Tut mir leid, ich war gerade ganz woanders. Ich wollte dich nicht umrennen.«

»Kein Problem«, erwiderte sie. »Aber … du machst doch nicht bei dem Schönheitswettbewerb mit, oder? Du und dein Dad baut nur die Kulissen, stimmt's?«

»Ja, wir sind fast fertig. Es steht alles hinter der Bühne«, antwortete ich. »Alles, was noch fehlt, sind ein paar Stände fürs Straßenfest.«

»Cool«, sagte sie. »Das wird sicher lustig.«

»Ja, ganz bestimmt.« Ich schaute auf die Uhr auf meinem Handy. »Ehrlich gesagt muss ich los. Ich bin mit Josie verabredet.«

»Oh, natürlich, Archie«, erwiderte Ethel. Sie bedachte mich mit einem flüchtigen, geheimnisvollen Lächeln und zog von dannen.

Irgendetwas kam mir sofort komisch vor, als ich den Musikraum betrat. Das Licht war an, aber das Zimmer war leer. Jeder, der diesen Raum regelmäßig nutzte, wusste, dass wir immer das Licht ausmachten, wenn wir ihn verließen. Ein kleiner Tick von Ms Grundys Nachfolger.

Was noch seltsam war: Josies Keyboard stand aufgebaut im Raum, war aber nicht eingeschaltet. Sie liebte dieses Instrument. Es war perfekt eingestellt … und sehr teuer. Sie behandelte es besser, als die meisten Leute ihre Freunde behandelten. Sie hätte es niemals einfach so draußen stehen lassen und riskiert, dass es jemand beschädigte oder sogar klaute. Das sah ihr überhaupt nicht ähnlich. Dafür war sie viel zu verantwortungsbewusst – und viel zu pedantisch, wenn auch auf positive Weise.

Im Zimmer war es vollkommen still. Obwohl das Licht brannte, kam es mir seltsam düster und unheimlich vor, und all meine Sinne schalteten auf höchste Alarmstufe. Ich hatte das Gefühl, dass kurz vor mir jemand hier gewesen war. Nur Schüler aus dem Musikkurs hatten einen Schlüssel zu diesem Raum, und auch wenn ich natürlich nicht das komplette Gebäude durchkämmt hatte, war mir in der Aula oder auf dem Weg hierher niemand aus dem Musikkurs begegnet, nur ein paar vereinzelte Schüler aus der Theater-AG, die einigen Teilnehmern des Wettbewerbs dabei halfen, ihre schicken Kleider und Anzüge für diesen Teil ihres Auftritts zu ändern oder einzusäumen.

Ich holte tief Luft, ging durch den Raum und ließ den Blick über sämtliche Oberflächen schweifen, obwohl ich selbst nicht sagen konnte, wonach ich eigentlich suchte. Nach irgendetwas Ungewöhnlichem, wahrscheinlich. Irgendetwas, das erklären würde, warum ich das unheimliche Gefühl hatte, beobachtet zu werden.

Und dann hörte ich es.

Ein leises, gedämpftes Geräusch. Wie das Kratzen der Mäuse, die Dad und ich damals im Sommer in ihrem Nest in unserer Garage entdeckt hatten. Beinahe hätte ich es nicht gehört.

Dann verwandelte sich das Kratzen in ein menschlicheres Geräusch, ein Schlagen oder Klopfen. Es klang, als würde jemand mit den Fäusten gegen eine Tür hämmern – und in diesem Zimmer gab es nur eine Tür außer der, durch die ich hereingekommen war: die Tür zum begehbaren Wandschrank.

»Hallo?«, rief ich zögernd.

Das Klopfen wurde lauter, energischer, und dann schrie jemand. Ist das eine Mädchenstimme? Vielleicht, ich war mir nicht sicher.

»Wer ist da?«, rief ich. Aber wer immer es auch war – warum war er im Schrank eingesperrt?

Das Hämmern und Schreien aus dem Schrank wurden noch lauter und verzweifelter. Jetzt erkannte ich eindeutig, dass es sich um die Stimme eines Mädchens handelte. Ich fummelte in meiner Tasche herum und kramte den Schlüsselbund heraus, um die Tür aufzuschließen.

»Ich komme!«, rief ich und suchte hastig nach dem richtigen Schlüssel an meinem scheppernden Schlüsselbund. »Ich hab's gleich! Geh zurück, ich mach jetzt die Tür auf.«

»Archie?« Die Stimme klang hoch und definitiv ziemlich hysterisch. Und jetzt erkannte ich sie auch.

»Josie?« Ich fummelte immer noch an meinem Schlüsselbund herum und steckte in der Hektik mehrere falsche Schlüssel ins Schloss. Dann landete der komplette Bund mit einem lauten Klirren auf dem Boden.

»Arch, was ist denn da draußen los? Sag mir, dass du den Schlüssel hast! Meiner ist mit mir hier drin. Wenn du nicht den richtigen dabei hast, dann kannst du ihn im Sekretariat holen –«

»Nein, nein, ich hab ihn dabei, er ist nur runtergefallen. Tut mir leid. Jetzt hab ich's gleich.« Ich versuchte es erneut und steckte den Schlüssel diesmal langsamer ins Schloss. Er passte. »Okay.« Das Schloss öffnete sich mit einem befriedigenden *Klick*, und ich riss die Tür auf, nicht sicher, was mich erwartete.

»Archie, Gott sei Dank!«, stieß Josie aus, stürzte aus dem Schrank und schlang dankbar die Arme um mich. »Eigentlich bin ich eher nicht der ängstliche Typ, aber Klaustrophobie ist wohl meine größte Schwachstelle.«

Sie fasste sich wieder, schloss kurz die Augen und holte ein paarmal ganz tief Luft. »Ich dachte schon, ich müsste für immer da drinbleiben.«

»Für immer sicher nicht. Wir waren schließlich hier verabredet, schon vergessen?« Ich wollte sie damit nur beruhigen.

Aber Josie war nicht beruhigt. Nicht dass ich ihr deswegen einen Vorwurf machte. Sie kniff die Augen zusammen. »Archie, es ist eine Phobie. Sie ist per Definition irrational. Ganz davon zu schweigen, dass mich irgendein Irrer willkürlich in den Schrank geschubst, die Tür hinter mit zugeknallt und mich eingeschlossen hat – da kann der gesunde Menschenverstand schon mal aussetzen, schätze ich. Ich meine – was zur Hölle?«

»Ernsthaft? Du bist sicher, dass dich jemand eingeschlossen hat? Mit Absicht, meine ich?« Es kam mir nur so unglaublich vor ... und willkürlich, wie sie bereits selbst gesagt hatte. Unglaubliches gab es hier in Riverdale ständig – willkürlich kam allerdings etwas seltener vor.

Sie betrachtete mich mit perfekt hochgezogener Augenbraue. »Archie, glaubst du wirklich, ich hätte das nur aus Spaß gemacht?«

Ich schüttelte den Kopf und versuchte, zurückzurudern. »Nein, natürlich nicht. Tut mir leid, ich wollte damit nicht andeuten ... Es ist nur so seltsam.«

»Das musst du mir nicht sagen. Ich war schon früher hier, als ich dachte. Eigentlich dachte ich, du wärst auch schon hier, um alles vorzubereiten. Aber selbst wenn ich gewusst hätte, dass du noch nicht da bist, hätte ich mir sicher keine Sorgen gemacht, weil ich dann allein hier drin bin … wenn du weißt, was ich meine.«

»Ich war noch kurz in der Aula, weil ich sehen wollte, was da so los ist«, erwiderte ich und wünschte mir plötzlich, ich hätte es nicht getan. Wäre ich sonst rechtzeitig im Musikraum gewesen, um zu sehen, wer Josie eingesperrt hat? Hätte ich es verhindern können?

»Okay, ist ja eigentlich auch kein Problem. Ich hatte genug zu tun, während ich auf dich gewartet hab. Ich bin ein großes Mädchen, ich kann schon auf mich allein aufpassen. Oder zumindest dachte ich das.«

»Du kannst auf dich allein aufpassen – es sei denn, irgendjemand da draußen hat es auf dich abgesehen. Das war nicht deine Schuld«, sagte ich und fühlte mich richtig mies, weil ich es nicht hatte verhindern können. Ich konnte sehen, dass Josie nicht nur wütend war. Hinter der tapferen Fassade war sie wirklich aufgewühlt. Und das war nur allzu verständlich.

»Ich hab das Licht eingeschaltet, mein Keyboard rausgeholt und es aufgebaut. Dann hab ich meine Notenblätter aus dem Aktenschrank genommen. Und dabei hab ich die Schritte gehört.«

»Die Schritte – war daran irgendwas Besonderes?«

Sie zuckte mit den Schultern. »Nein, sie klangen wie ganz gewöhnliche Schritte. Weder besonders schwer noch besonders leicht. Ich hab auf dich gewartet, deshalb fand ich daran auch überhaupt nichts verdächtig. Wir sind hier in einem Schulgebäude, hier laufen überall Leute rum. Ich hab sogar deinen Namen gerufen, weil ich dachte, dass du es bist. Aber natürlich hab ich keine Antwort gekriegt.«

»Verstehe. Und was ist dann passiert?«

»Ich wollte gerade kurz aus dem Wandschrank kommen und sehen, wer da ist, als die Tür zuknallte. Ich hab geschrien. Ich glaube, irgendwas Sinnloses wie ›Hey!‹ Dann bin ich zur Tür gestürzt und hab am Knauf gerüttelt, aber er ließ sich nicht drehen. Da ist mir klar geworden, dass ich eingesperrt war.«

Ich runzelte die Stirn. Sehr dubios. Aber leider lieferte Josie auch nicht allzu viele hilfreiche Details. »Sonst noch was?«

Sie seufzte. »Ja, eine Sache. Aber es ist ziemlich vage. Während ich an der Tür gerüttelt hab, hab ich ein Lachen gehört. So als wäre diejenige, die sich auf der anderen Seite der Tür befand, ziemlich zufrieden mit sich.«

»Diejenige«, wiederholte ich nachdenklich. »Dann denkst du also, dass es ein Mädchen war?«

»Es klang jedenfalls so«, erwiderte Josie. Ihr Blick wirkte abwesend, so als würde sie die Szene noch einmal vor ihrem inneren Auge ablaufen lassen. »Aber sicher bin ich mir nicht. Ich meine, wie könnte ich das auch sein?«

Ich schüttelte den Kopf. Ich hatte keine Ahnung.

»Weißt du«, fügte sie dann hinzu und wirkte furchtbar hilflos und aufgewühlt, »unter anderen Umständen würde ich einfach versuchen, es abzuhaken und mich selbst davon zu überzeugen, dass ich nur paranoid bin. Dass es ein Versehen gewesen sein muss. Aber Versehen ignorieren einen nicht, wenn man gegen die Tür hämmert. Und sie lachen auch nicht.«

»Nein, tun sie nicht«, stimmte ich ihr zu. »Ich glaube, du hast recht, das Ganze nicht einfach als Versehen abzutun.«

»Aber wenn es kein Versehen war, Archie«, fragte sie und ihre braunen Augen weiteten sich, »was war es dann? Wer hat mir das angetan?«

Ich wünschte, ich hätte eine Antwort darauf.

Edgar Evernever:

Läuft alles nach Plan?

Evelyn:

Das versichert mir zumindest meine Quelle.

Edgar Evernever:

Wunderbar. Ich bin dir so dankbar, dass du dafür sorgst, dass alles so glattläuft, mein Schatz.

Evelyn:

Natürlich. Wir arbeiten schließlich alle auf unser gemeinsames Ziel hin. Aus vielen wird eins.

Edgar Evernever:

Ganz genau.

Das Erste, was ich höre, ist das Lachen.

Hoch und klar, wie das Lachen eines Kinds. Oder eher vieler Kinder, voller Freude ... ausgelassen.

Voller ausgelassener Freude auf das, was kommt.

Als der Augenblick der Auswahl für mich kam, hatte ich keine Angst. Ich bin mir sicher, dass das schwer zu glauben ist. Aber dieses Land ist mein Zuhause und seine Rituale sind meine Traditionen. Ich kann nicht behaupten, dass ich wüsste, wie genau die Auswahl getroffen wird, aber als Mutter mir mitteilte, dass ich erhoben worden war, aus der Herde herausgepickt, erwählt?

In dem Moment schwoll meine Brust vor Stolz an.

Jetzt warte ich, versteckt in einer kleinen Höhle im Wald. Drei Tage der Einsamkeit und Besinnung, um mich emotional und spirituell auf die nächste Phase der Transzendenz vorzubereiten.

Die finale Phase.

Die anderen sollen mich verlassen, um mir den Raum und die Privatsphäre zu geben, diese Zeit auf meine eigene Weise zu verbringen, so, wie ich es für richtig halte. Aber die Kinder können nicht anders. Neugier überwiegt alles andere, natürlich, und sie haben so viele Fragen.

Ich kann ihre Fragen nicht beantworten. Ich wage es nicht, die Höhle überhaupt zu verlassen, abgesehen von jenen Momenten, wenn die Ältesten mir meine spärliche Nahrung bringen.

Die Kinder werden kühner. Sie kommen näher und schwatzen mit immer lauteren Stimmen. Die Zeit, der Tag, der Augenblick – er ist schon fast gekommen.

Ich habe Hunger, ich bin müde ... und ja, obwohl es sich für jemanden in meiner Position nicht gebührt, es zuzugeben ... ich bin einsam. Aber eins ist wahr: Ich habe keine Angst.

Denn heute feiern wir.

KAPITEL 14

Reggie:

Hey – nach der Schule Lust auf ne Spritztour in ner geilen Karre?

Archie:

Klar. Aber kannst du mich im Pop's abliefern? Ich treff mich mit meinem Dad. Wir müssen ein paar Kulissen für Cocktails und Kanapees am Freitag aufladen. Sie müssen vom Pop's ins Rathaus.

Reggie:

Kein Problem.

Archie:

Was ist es denn für ne Karre?

Reggie:

Oh, das wirst du schon sehen.

VERONICA

Nach dem Unterricht setzten Betty und Jughead ihre Spurensuche fort. Betty hatte mir geschrieben, dass sie den verzweifelten Versuch unternehmen wollte, mit ihrer Mom zu reden und wenigstens einen winzigen Informationsfetzen über die Geschichte der Revels aus ihr herauszubekommen. Dadurch bot sich Kevin und mir die perfekte Gelegenheit, für den Schönheitswettbewerb zu proben. Wie es schien, stimmte uns dabei allerdings die komplette Schülerschaft zu. Unsere lieben Mitschüler strömten in Scharen in die Aula, um sich so umfassend wie möglich auf die Interviewrunde des Royal Maple vorzubereiten.

Wir besorgten uns einen Snack am Automaten und verließen das Schulhaus, um ein bisschen frische Luft zu schnappen, während wir darauf warteten, dass wenigstens ein Teil des Wettbewerbsansturms abflaute.

»Erinnere mich doch bitte noch mal daran, warum wir wild entschlossen sind, gegen diese Massen anzukämpfen«, bat ich ihn. »Und du weißt schon, dass wir uns auch ein paar Zwiebelringe schmecken lassen könnten statt diesen minderwertigen Fraß.« Ich wedelte mit der traurigen kleinen Zellophanverpackung vor seiner Nase herum. »Die Aula ist auch in einer halben Stunde noch hier.«

»Zeit ist Geld.« Kevin lachte, als er mein Gesicht sah. »Okay, vergiss es. Aber Übung macht den Meister«, fügte er hinzu und trank einen Schluck Cola. »Und auch wenn Perfektion ein unrealistischer Standard ist, der noch dadurch untermauert wird, dass wir in unserer von den sozialen Medien bestimmten ›Influencer-Kultur‹«, er zeichnete beim Sprechen Anführungszeichen in die Luft, »von anderen gesteuerte Erfahrungen machen, würde ich trotzdem wirklich gern auf diesen Standard hinarbeiten. Wenn wir das Schulgelände verlassen, schwindet die Chance, dass wir auch wieder zurückkommen. Dazu haben sie sogar Studien durchgeführt.«

»Wer?«, wollte ich wissen.

Er zuckte mit den Schultern. »Irgendwer hat irgendwo garantiert diese Studie durchgeführt. Zwing mich jetzt nicht, das zu recherchieren. Aber, was soll ich sagen?« Er lächelte mich schüchtern an. »Ich gehöre nun mal zum Typ ›starkes Bedürfnis nach Bestätigung‹. Positive Verstärkung ist meine Droge der Wahl.«

»Na, zu deinem Glück, mein Lieber«, erwiderte ich, »ist deine Managerin –«

»Ich betrachte dich eher als meine Mentorin«, unterbrach er mich.

»Ganz wie du willst«, sagte ich. »Jedenfalls ist es heute

unsere Priorität, deine Antworten auf die Interviewfragen lückenlos vorzubereiten.«

»Das ist der beste Tag aller Zeiten«, trällerte Kevin glücklich.

Ich lachte. Kevins Begeisterung für … sagen wir, spektakuläre Auftritte war irgendwie ansteckend, das musste ich zugeben.

Wo wir gerade von spektakulären Auftritten sprechen …« Was ist das?« Ich zeigte auf ein glänzend silbernes Cabrio, das über den Schulparkplatz auf uns zurollte.

»Das ist ein Auto«, antwortete Kevin ernst. »Ein sehr schickes Auto.«

Ich zwickte ihn. »So viel ist mir auch klar. Jerry Seinfelds Haus in Amagansett ist nicht allzu weit von Lodgehampton entfernt. Ich hatte deshalb besseren Einblick in seinen Fuhrpark als die Hälfte dieser Comedians, mit denen er Kaffee trinken fährt.«

Kevin seufzte. »Du machst mich fertig.«

Der Wagen rollte vors Schulhaus und blieb stehen. Zwei freundliche Gesichter strahlten Kevin und mich aus dem Inneren an. »Reggie?«, stieß ich aus. »Und Archie?« Reggie saß hinter dem Lenkrad, Archie lässig auf dem Beifahrersitz. Er schien sich in dem Auto sichtlich wohlzufühlen. Sein Haar war vom Fahrtwind jetzt schon ganz entzückend zerzaust.

»Hey«, rief er. »Und, was denkst du?«

»Ich denke … der Wagen ist wirklich nett – auch wenn die Wahrscheinlichkeit, dass er auf eine Midlife-crisis oder einen Napoleon-Komplex hindeutet, bei ungefähr zehn Prozent liegen dürfte.«

»Oh, Veronica, du verletzt mich«, jammerte Reggie theatralisch. Er schob die Pilotenbrille auf seine Stirn und präsentierte mir seinen besten »verletzten« Blick.

»Ich bin sehr zuversichtlich, dass du es verkraften wirst«, erwiderte ich. »Aber was zur Hölle macht ihr zwei bitte am Steuer dieses schicken Gefährts?«

»Das Baby ist ein echter Oldtimer, ein Datsun Z«, antwortete er und fuhr liebevoll mit einer Hand über die Tür.

»Das erklärt auch meine Unkenntnis«, sagte ich leise und wandte mich an Kevin. »Mein Vater bevorzugt eindeutig deutsche Hersteller.«

»Selbstverständlich«, erwiderte Kevin, »wie wir alle.«

»Die Leute denken nicht unbedingt an Oldtimer und Sammlerstücke, wenn sie ›Mantles Gebrauchtwagen‹ hören, aber wir haben ’ne Menge von diesen Schönheiten in unserer Privatgarage. Nur für unsere anspruchsvolleren Kunden, natürlich.«

»Natürlich«, ahmte Kevin ihn ironisch nach.

»Wie dem auch sei, mein Dad war so großzügig, ein paar unserer Lieblinge für den Autokorso zur Verfügung zu stellen. Ich helfe ihm dabei, sie in die Werkstatt zu bringen, um sie durchchecken zu lassen, damit alles rechtzeitig fertig wird. Dein guter Archie hier hat einfach nur die Chance ergriffen, mal was Cooleres zu fahren als seine alte Schrottkarre.«

»Seine alte Schrottkarre versprüht jede Menge klassischen amerikanischen Charme«, gab ich zurück. »Aber wenn ihr zwei Spaß daran habt, dann genießt ruhig eure kleine Spritztour.«

Ich ging um den Wagen herum auf Archies Seite und lehnte mich hinein, um ihm einen Kuss zu geben. »Rufst du mich später an? Wir sind hier bald fertig – nicht, dass ich dich drängen will«, fügte ich an Kevin gewandt hastig hinzu, um seinen potenziellen Protest im Keim zu ersticken.

»Na klar«, sagte Archie. »Hast du irgendwas von Betty gehört?«

Ich schüttelte den Kopf. »Irgendwas Neues von Jughead?«

»Noch nicht.«

Ich lächelte. »Na«, sagte ich, »das klingt ja fast so, als hätten wir heute Abend Zeit für uns.«

»Gut«, erwiderte er. »Ich hab … na ja, vorhin ist was Seltsames passiert. Ich erzähl's dir später.«

»Seltsam? Muss ich mir Sorgen machen?«

»Mir geht's gut«, versicherte er mir. »Es ist nicht mir passiert. Und ich bin mir noch nicht mal ganz sicher, ob es überhaupt Grund zur Sorge gibt. Aber hier in der Stadt kann man schließlich nie wissen.«

»Na, jetzt bin ich auf jeden Fall sehr gespannt. Du musst mir alles erzählen.«

»Mach ich.«

Wir küssten uns erneut. Als wir uns voneinander lösten, fuhr sich Archie mit einer Hand durchs Haar und zerzauste es noch mehr. »Ich drück uns die Daumen, dass wir uns später noch sehen können.«

»Daumen drücken ist unnötig«, erwiderte ich. »Wir kriegen das hin. Sei vorsichtig«, sagte ich und drückte seine Hand noch ein letztes Mal zum Abschied.

In Wahrheit gab es in dieser Stadt eine Menge Gründe, die Daumen zu drücken.

Veronica:

B, du bist schon den ganzen Nachmittag verschwunden! Kev und ich sind in der Schule. Hier ist die HÖLLE los.

Betty:

Recherchen mit Jug. Erzähl dir später alles.

Veronica:

Gut. Archie meinte auch, dass er mir später irgendwas »Seltsames« erzählen muss.

Betty:

Seltsam, ja? Ich kann noch nicht mal so tun, als ob mich das überrascht.

Veronica:

Er schwört, dass es ihm gut geht. Ich erzähl dir alles, wenn ich mehr weiß.

Betty:

O. k. Ich dir auch, falls ich noch was höre.

KEVIN

»Antoinette Topaz, könntest du der Jury bitte erklären, warum du es vor all den anderen würdigen Teilnehmern dieses Wettbewerbs am meisten verdient hast, den Royal-Maple-Titel zu gewinnen?«

Veronica und ich betraten die Aula und sahen, dass die Bühne mit unzähligen Stühlen vollgestellt war, damit die Wettbewerbsteilnehmer – war das wirklich Peaches 'N Cream, die einen verblüffend begeistert wirkenden Fangs Fogarty befragte? – in einem Rollenspiel mit Partner für die Interviewrunde üben konnten. Unter anderem hatten auch Cheryl und Toni freudig diese Chance ergriffen und arbeiteten die Fragen durch.

Korrektur: Cheryl hatte freudig diese Chance ergriffen. Toni sah eher aus, als würde ihr demnächst der Geduldsfaden reißen.

Das kann ich nachfühlen, Süße, dachte ich. Cheryl verfügte über eine Menge großartiger Eigenschaften ... aber sie war anstrengender als ein Schlussverkauf in Barneys Warehouse – zumindest nach allem, was Veronica mir beschrieben hatte. Wir gingen zu den beiden hinüber, um Hallo zu sagen, aber sie waren so in ihr Interview vertieft, dass sie unsere Anwesenheit kaum wahrnahmen. Also blieben wir am Bühnenrand stehen, während Toni offensichtlich ihre Gedanken sortierte und Cheryl geduldig mit im Schoß gefalteten Händen abwartete.

»Na ja«, sagte Toni schließlich, holte tief Luft und gab sich sichtlich Mühe, aus dem Zwerchfell zu atmen, »ich denke, dass ich vor allem im vergangenen Jahr meine innere Ausgeglichenheit und Widerstandsfähigkeit bewiesen habe. Als die Southside High geschlossen und wir Schüler in die Riverdale High integriert wurden, habe ich die neue Schulkultur ganz offen angenommen und meine Mit-›Southies‹ ermutigt, dasselbe zu tun. Außerdem hatte ich als Southside Serpent Gelegenheit, meine Führungsqualitäten zu verbessern und meine Loyalität unter Beweis zu stellen.«

»Piep!« Cheryl gab einen Laut von sich, der wie der Falsche-Antwort-Ton bei einer Quizshow klang. Sie verschränkte die Arme vor dem Gesicht zu einem X. »Oh, mon dieu! An dieser Stelle muss ich dich unterbrechen. Tut mir leid, TeeTee, aber wir müssen noch mal von vorn anfangen. Du gehst vollkommen falsch an die ganze Sache heran.«

Toni hob eine Augenbraue. »Tue ich das?«

Auch ich war ein wenig überrascht. Ich fand Tonis Antwort ziemlich solide, wenn auch vielleicht nicht perfekt ausformuliert. Aber natürlich bemerkte Cheryl den sarkastischen Unterton in Tonis Stimme nicht oder ließ sich davon zumindest nicht aus der Ruhe bringen.

»Ja, tust du, ma chérie«, antwortete sie. »Auch wenn wir beide wissen, dass dir die Southside Serpents eine unvergleichbare und bedingungslose Loyalität entgegenbringen, mit der es noch nicht einmal Blutsverwandte aufnehmen könnten, bleibt dennoch die unglückliche Tatsache, dass sie für viele unserer sittenstrengen und engstirnigen Mitbürger in Riverdale vor allem eine Motorradgang sind und bleiben – und damit nicht unbedingt Ausbunde an Tugend und Bewunderungswürdigkeit.«

»Cher«, entgegnete Toni behutsam, »willst du damit etwa sagen, dass du die Serpents für ... asozial hältst? Oder das meine Beziehung zu den Serpents etwas ist, wofür ich mich schämen sollte?«

»Ganz und gar nicht, meine Liebste!« Cheryl wirkte allein aufgrund der Unterstellung aufrichtig entsetzt. »Ich trage meine Serpent-Jacke mit ungetrübtem Stolz. Ich sage dir nur, was die Jury vermutlich denken wird.« Sie biss sich auf die Unterlippe. »Bitte, mach den Boten nicht für die Nachricht verantwortlich.«

Veronica knuffte mich in die Seite. »Hier könnte gleich die Stimmung umschlagen.«

»Glaube ich auch«, flüsterte ich zurück. »Die Frage

ist nur: Sollen wir uns das wirklich anschauen? Ich meine, hier könnten nicht nur gleich die Fetzen fliegen, diese Unterhaltung ist ehrlich gesagt auch ziemlich privat. Und sie wird definitiv nicht gut ausgehen.«

»Ähm, genau«, erwiderte Veronica mit glänzenden Augen. »Was bedeutet, dass wir nirgendwohin gehen, bis sie vorbei ist. Ich mag zwar ein geläutertes kleines Biest sein, aber du weißt doch, wie sehr ich ein gutes Drama liebe. Vor allem, wenn es dabei nicht um mich geht.«

»Damit ist meine Frage beantwortet. Schrecke niemals vor einem Drama zurück, ist das nicht dein Motto?«, erwiderte ich. »Ehrlich, das bewundere ich so an dir.«

Auf der Bühne war die Diskussion der beiden natürlich noch nicht beendet. Toni verschränkte die Arme vor der Brust und dachte über Cheryls Worte nach. »Okay. Und was schlägst du vor?«

»Ich hätte da ein paar Ideen. Aber ich vermute, dass sie dir nicht gefallen werden. Sie könnten ein bisschen schwer zu schlucken sein, auch wenn sie der reinen Wahrheit entsprechen.«

»Jetzt geht's los!«, raunte ich Veronica zu und packte sie am Arm.

»Das hier ist ein inklusiver Schönheitswettbewerb, TeeTee«, fuhr Cheryl fort. »Und diese Tatsache können wir nicht übergehen. Eine Göttin wie du ist die schiere Verkörperung der Inklusion.«

Toni kniff die Augen zusammen. »Wie bitte? Das musst du mir näher erklären.«

»Du bist eine dunkelhäutige Frau und du bist bisexuell! Du bist die reine Essenz der Vielfalt. Denkst du nicht, es obliegt dir, das auch in dein Interview einfließen zu lassen?«

Oh, Cheryl. Sie wollte auf »Vielfältigkeitspunkte« setzen? So unerlässlich es auch war, bunte Vielfalt zu repräsentieren – niemand kam sich gern wie ein kulturelles Statement vor. Ich wusste, was Toni dazu sagen würde, noch bevor sie den Mund aufmachte.

Toni atmete angestrengt aus und gab sich offensichtlich alle Mühe, nicht die Beherrschung zu verlieren. »Cheryl, ich weiß, dass du es gut meinst, und vielleicht liegst du damit ja auch gar nicht so falsch –«

»Oh, sie liegt damit definitiv nicht falsch«, flüsterte ich Veronica zu. »Aber das ist nicht der Punkt.«

Veronica nickte.

Cheryl wirbelte mit funkelnden Augen zu uns herum. »Auf den billigen Plätzen: Wenn ihr uns schon belauscht, könntet ihr dann wenigstens so viel Anstand zeigen, die Klappe zu halten?«

Ich tat, als würde ich in dramatischer Zeitlupe den Reißverschluss an meinem Mund schließen.

»Vielleicht liegst du damit ja gar nicht so falsch«, wiederholte Toni, »aber ich werde sicher nicht versuchen, den Royal-Maple-Schönheitswettbewerb zu gewinnen, indem ich irgendeine ›Minderheitenkarte‹ ausspiele. Ich war sowieso nicht besonders scharf darauf, hier mitzumachen – wie du sehr wohl weißt –, aber du hast mich dazu überredet und mich davon überzeugt, dass es Spaß machen könnte. Spaß. Das ist alles, was ich mir davon erhoffe. Und meine Hautfarbe oder meine sexuelle Identität zur Schau zu stellen, kommt mir wie das genaue Gegenteil von harmlosem, unschuldigem Spaß vor.« Ihre Stimme zitterte, als sie das Wort Spaß zum letzten Mal aussprach. Dann erhob sie sich und ihr Stuhl schabte über den Holzboden. Das Geräusch ließ uns alle zusammenzucken.

»Toni –«, sagte Cheryl, und Tränen traten in ihre Augen. »Du weißt, dass ich dich nicht beleidigen wollte. Es ist nur … ich bete dich an und will, dass du jeden möglichen Vorteil bei diesem Wettbewerb nutzt.«

»Wenn ich allein aufgrund gewisser Eigenschaften, die ich mir noch nicht einmal selbst ausgesucht habe, einen ›Vorteil‹ besitze, dann lass sie doch einfach … vorteilhaft sein. Ich muss sie sicher nicht auch noch ausnutzen.«

»Warum denn nicht, verflucht noch mal?«

»Weil«, antwortete Toni schlicht, »es sich anfühlt, als würde ich ausgenutzt.«

Autsch. Ich zuckte zusammen und konnte sehen, dass Cheryls Reaktion ganz ähnlich ausfiel. In diesem Fall waren ihre guten Absichten leider ziemlich unklug.

»TeeTee«, begann Cheryl mit zitternder Stimme und streckte eine Hand nach ihr aus.

»Nein – nicht«, sagte Toni und wich zurück. »Es ist

schon okay. Ich verstehe, was du tun willst, was du sagen willst, aber … aber ich brauche kurz eine Minute.«

»Toni –«, versuchte es Veronica, als sie an uns vorbeirauschte.

Ich legte eine Hand auf ihren Unterarm. »Gib ihr eine Minute. Das wird schon wieder. Sie braucht nur ein bisschen Zeit, um das alles zu verarbeiten.«

Dann blickte ich in die Richtung, in die auch Veronica starrte.

Ich wusste nicht, ob sie sah, was ich sah, aber sie schien sich eher Sorgen um Tonis Gefühlszustand zu machen. Mir blieb allerdings ohnehin nicht viel Zeit, um darüber nachzudenken. Mein Herz begann zu rasen und mein Pulsschlag hämmerte in meinem Hals.

»TONI!«, schrie ich.

»Im Ernst, Kevin?«, fragte Veronica verwirrt. »Wie war das mit ›ihr Zeit zum Verarbeiten geben‹?«

»Nein!«, platzte ich heraus. »Schau doch!«

Ich zeigte auf die Tür, über der ein gigantischer Bulldoggenkopf aus Pappmaché aufragte. Er hing schon dort, solange ich mich erinnern konnte. Ein paar ehemalige Schüler hatten ihn in einem Anfall von Enthusiasmus für irgendeine Homecoming-Feier gebastelt. Jetzt wackelte er allerdings bedrohlich und ich fragte mich, wie lange er tatsächlich schon dort oben hing und wie er all die Jahre gesichert worden war.

Denn im Augenblick sah er eindeutig nicht besonders gut gesichert aus.

Er wird runterfallen, dachte ich, und ein winziger Teil meines Gehirns registrierte die Gefahr, noch bevor der Rest meines Körpers kapierte, was los war. Ohne bewusst darüber nachzudenken, rannte ich los, stürmte zur Tür, warf mich auf Toni und stieß sie im selben Augenblick aus dem Weg, in dem der Kopf zu Boden knallte. Er zerschmetterte, wirbelte eine kleine Wolke aus Staub und Trümmern auf und vernebelte die Luft so sehr, dass mir Tränen in die Augen traten und wir beide zu husten begannen.

»Was zur Hölle?«, stieß Toni verdutzt aus.

»Die Bulldogge … Sie ist hin und her geschwankt.« Ich war selbst ziemlich erschrocken, versuchte jedoch für Toni, Ruhe zu bewahren. »Ich meine, ich hab noch nie vorher gesehen, dass sie das macht. Es sah … einfach so aus, als würde sie gleich auf dich stürzen.« Mein Herz galoppierte förmlich in meiner Brust und dröhnte so laut in meinen Ohren, dass ich mir sicher war, dass es auch alle anderen im Saal hören konnten. Eine kleine Menschentraube versammelte sich um uns. Alle versuchten mit offen stehenden Mündern zu begreifen, was gerade passiert war.

»Das wäre sie auch, wenn dein heldenhafter Einsatz nicht gewesen wäre«, sagte Cheryl, die ebenfalls zu uns geeilt war. »Tausend Dank. Du hast dir deine Pfadfinderpunkte für deine gute Tat heute mehr als verdient.«

»Auf jeden Fall. Ehrlich, Kevin, danke«, sagte auch Toni und schaute mich dankbar an.

»Geht's dir gut?«, erkundigte sich Cheryl und untersuchte Toni auf potenzielle Verletzungen.

»Alles okay«, versicherte Toni ihr. »Ich bin nur … ein bisschen durch den Wind. Wenn du nur einen Sekundenbruchteil später gekommen wärst …« Sie verstummte, sah mich wieder an und schüttelte nur den Kopf.

Ich erschauderte bei dem Gedanken, setzte jedoch ein fröhliches Lächeln auf. »Na, das bin ich ja nicht«, erwiderte ich heiter. »Also konzentrieren wir uns einfach darauf.«

»Dem kann ich nur zustimmen«, sagte Cheryl. »Es sei denn … du brauchst immer noch deine Minute?«

Toni lächelte schüchtern. »Ehrlich gesagt glaube ich, ich brauche jetzt sogar zwei Minuten.«

Cheryl küsste sie auf die Stirn und hinterließ einen perfekten knallroten Lippenabdruck. Sie wischte ihn sanft wieder weg. »Du kannst so viele Minuten haben, wie du willst. Wir können den Rest des Interviews auch zu Hause üben. Oder gar nicht!«, fügte sie hastig hinzu, als Toni mit einem stummen »Ist das dein Ernst?« den Kopf neigte.

Ich sah den beiden nach, als sie die Aula verließen. Cheryl hatte in den vergangenen Jahren schwere Zeiten durchgemacht, und ich war froh, sie in einer glücklichen, gesunden Beziehung zu sehen. Toni war gut für sie, daran bestand kein Zweifel.

»Na«, sinnierte Veronica, »das war doch ein überraschend glückliches Ende für eine Szene, die auch ganz anders hätte ausgehen können.«

»Ja«, stimmte ich zu, noch immer abgelenkt und aufgewühlt.

»Was ist denn?«, fragte Veronica.

»Es ist nur … diese Bulldogge …«

»Hätte mit Bolzen in der Wand verankert sein sollen, wenn man sie schon über der Tür aufhängt«, beendete sie den Satz empört.

»Nein, Veronica, du verstehst nicht. Moose hat mir mal erzählt, dass ihm die Oberstufenschüler, als er es in die erste Footballmannschaft geschafft hat, als Initiationsritual einen dieser dämlichen Streiche aufgebrummt haben und er dieses Maskottchen klauen sollte.«

Veronica wurde sofort blass. »Und ich nehme an, er konnte es nicht.«

»Nein.« Ich schluckte. »Es war zwar nicht mit Bolzen verankert, aber so gut wie. Ich glaube, seine genauen Worte waren: Das Ding geht nirgendwohin, es sei denn, es will jemand unbedingt.«

»Also, wenn die Bulldogge abgestürzt ist …«

»Dann nur, weil es jemand wollte.«

KAPITEL 15

An: Direktor Weatherbee
Von: Cheryl Blossom

Direktor Weatherbee,

ich komme direkt zum Punkt: Ich komme gerade aus der Schulaula, wo ich mit meiner geliebten Antoinette Topaz für den Royal-Maple-Schönheitswettbewerb geübt habe. Als Toni den Saal verlassen wollte, wäre sie beinahe von dem Maskottchen der Bulldogs aufgehalten worden, das immer über der Tür hing.
Zur Verdeutlichung wiederhole ich mich gern noch mal: das Maskottchen, das immer über der Tür hing. Soll heißen: Es hat sich gelöst und liegt als ein Haufen aus Scherben und Trümmern in der Tür der Aula.
Und auch wenn allein die Möglichkeit einer Körperverletzung Grund genug für eine saftige Klage wäre, können Sie versichert sein, dass ich in Antoinettes Namen zu keinerlei juristischen Mitteln greifen werde. Nichtsdestotrotz schlage

ich vor, dass Sie den Hausmeister und das Reinigungspersonal informieren, damit dieses unschöne Durcheinander schnellstmöglich entfernt wird. Und dürfte ich ebenfalls anregen, dass Sie eine umfassende Untersuchung einleiten, um zu gewährleisten, dass die Schülerschaft unter Ihrer Obhut nicht von einer weiteren Tragödie heimgesucht wird?
Ich danke Ihnen.
Cheryl Blossom

An: Cheryl Blossom
Von: Direktor Weatherbee

Cheryl,

ich danke Ihnen für Ihre besorgte E-Mail. Man hatte mich bereits über das heruntergefallene Maskottchen in Kenntnis gesetzt, bevor Sie an mich herangetreten sind, aber die zusätzlichen Details sind selbstverständlich sehr nützlich. Ich versichere Ihnen, dass wir diesen Vorfall sehr ernst nehmen. Sollten wir irgendwelche Hinweise auf eine kriminelle Handlung entdecken, werden wir die entsprechenden Maßnahmen ergreifen. In der Zwischenzeit freue ich mich zu hören, dass Miss Topaz keinen Schaden davongetragen hat, und bitte Sie und all Ihre Mitschüler/innen, wachsam zu bleiben, bis ohne jeden Zweifel feststeht, dass es sich bei dem Unfall in der Aula um einen Einzelfall handelt.

Mit besten Grüßen,
Direktor Weatherbee

An: [Verteiler: alle Vixens]
Von: Cheryl Blossom

Liebste Vixens,

es schmerzt mich sehr, dass ich euch diese düstere, erschreckende Nachricht zukommen lassen muss, aber ihr solltet wissen, dass meine geliebte bessere Hälfte, Toni Topaz, heute Nachmittag einem bösartigen und alles andere als komischen Streich zum Opfer gefallen ist. Während der Vorbereitung für die Interviewrunde des Royal Maple Wettbewerbs wäre Toni in der Aula beinahe von einem herabstürzenden Maskottchen erschlagen worden. Ich erschaudere bei dem Gedanken an die Verletzungen, die meine Liebste hätte davontragen können, wenn Kevin Keller nicht auf so heldenhafte Weise eingegriffen hätte.
Direktor Weatherbee hat mir zwar versichert, dass die Schule diesem Vorfall nachgehen wird, aber ich habe daran so meine Zweifel. Er wirkte nicht überzeugt, dass es sich dabei um absichtliche Sabotage handelt.

Was ich damit sagen will, ist: Seid wachsam!

CHERYL

»Sie mussten dich mit einer Geburtszange aus meinem Bauch holen.«

Diese Platte lief bei meiner unmenschlichen Mutter in Dauerschleife. In Thornhill war es eine Art gruselige Gutenachtgeschichte, eine elegische Betrachtung der unzähligen Arten, auf die ich sie allein durch die Bürde meiner Existenz enttäuscht hatte. Nur dadurch, dass ich nicht mein Bruder Jason war, der Über-Blossom und auserwählte Erbe. Der strahlende, rot gelockte gute Junge. Wir waren Zwillinge, ja – aber an einer Tatsache bestand kein Zweifel: In den Augen meiner Eltern waren wir niemals gleich.

Als hätte ich um diese elende Herkunft gebeten. Tief in mir wusste ich, warum sie Jason bevorzugten. An den dunklen Orten meiner Seele, über die ich bei Tageslicht nicht zu sprechen wagte, empfand ich genauso.

Und dennoch schien es, als seien sie am Ende die Angeschmierten. Sie hatten ihr ganzes Herzblut darauf verwendet, Jason auf seine Aufgabe vorzubereiten, ihn verhätschelt und verwöhnt und zu einem Abklatsch ihrer selbst geformt. Und dabei nie auch nur einen Gedanken daran verloren, dass er sich, trotz all ihrer Bemühungen, vielleicht nach mehr sehnte und seinem schändlichen Geburtsrecht den Rücken zukehren könnte.

Sie waren nicht bereit gewesen, dieses mögliche Szenario zu akzeptieren, selbst wenn die Alternative so unwiederbringlich war wie der Tod.

Haha.

Und jetzt? Unser dramatischer Sturz in Ungnade war endgültig vollzogen. Jason war tot, Daddy war tot – vielleicht das Einzige, was er richtig gemacht hatte, nachdem mit JJ alles so grauenvoll falsch gelaufen war. Der einzige gleichmäßige Rhythmus, der uns dennoch immer weitertrieb, war Mutters anhaltendes Echo: Du bist ein Ungeheuer. Man kann dich nicht lieben.

Das hatte sie zu mir gesagt. Mit solcher Überzeugung und Beharrlichkeit, dass es schwer für mich war – beinahe unmöglich, ehrlich gesagt –, sie auszublenden.

Antoinette war der erste Mensch, der es mir wirklich leichter machte.

»Du bist nicht lieblos«, sagte sie. »Du bist nicht abartig. Du bist sensationell.«

Sensationell.

Kein Wunder, dass ich im Klang dieses Wortes schwelgte. Das tue ich immer noch, bei jeder Gelegenheit. TeeTee ist selbst ein wahres Wunder, und ich hätte ihre Worte auch dann gierig aufgesogen, wenn sie mich nicht von jahrelanger Vernachlässigung und einer elterlichen Gleichgültigkeit befreit hätten, die an Bösartigkeit grenzte.

Natürlich war es anfangs nicht leicht, meine Verteidigungsmauern einstürzen zu lassen. Im Laufe der Jahre hatten sie gigantische Ausmaße angenommen, erbaut mit tiefen Gräben der Distanziertheit und unerschütterlicher Entschlossenheit, mit der unnachgiebigen Weigerung, es irgendjemandem zu erlauben, hinter meine bonbonrosa, aber deswegen nicht weniger undurchdringliche Fassade zu blicken. Aber aus welchem wundervollen Grund auch immer, Toni war gewillt gewesen, zu warten, bis ich dazu bereit war. Auszuharren, bis der Zeitpunkt gekommen war, an dem ich mich selbst akzeptieren konnte. An dem ich ihre Liebe akzeptieren konnte. An dem ich sie akzeptieren konnte.

Und nun war dieser Zeitpunkt gekommen. Ich war bereit. Von ganzem Herzen.

Ich wusste mit Sicherheit, dass Toni mich in diesem Sommer verändert hatte – unwiderruflich, zum Besseren. In der Vergangenheit hatte ich mich vor der Welt jenseits von Riverdale gefürchtet und es vorgezogen, in der Nähe von zu Hause zu bleiben, bequem eingerichtet in meinem eigenen kleinen Königreich. Doch als TeeTee mich zu einem Trip quer durchs Land auf ihrem Motorrad eingeladen hatte, hatte ich keine Sekunde gezögert und sofort Ja gesagt.

»Ich bin die Thelma zu deiner Louise«, sagte ich vor lauter Aufregung über ihren Vorschlag.

»Äh …« Sie blickte mich misstrauisch an. »Die zwei sind am Ende des Films tot, Cher.«

Ich zuckte mit den Schultern. Eine unbedeutende Kleinigkeit, vollkommen irrelevant für uns. Nichts würde meine Laune jetzt noch dämpfen. Wir würden unseren Plan in die Tat umsetzen. »Wir müssen ja nicht genau wie sie sein, Tee«, erwiderte ich. »Stell dir einfach ein ungezügeltes Abenteuer vor. Wundervolle, übermütige Gesetzlosigkeit.«

Sie legte die Stirn in Falten, entzückend besorgt. »Bist du auch mit halb ungezügelt zufrieden? Mehr Bikini Kill und weniger Rage Against the Machine? Das ist in etwa das ausschweifende Niveau, mit dem wir für den Anfang klarkommen, denke ich.«

»Meine liebe Antoinette«, erwiderte ich und schüttelte meine rote Mähne über die Schultern. »Erstens: Es gibt nichts, womit wir beide nicht klarkommen. Und zweitens: Was musikalische Einflüsse betrifft, bin ich zu einhundert Prozent Velma Kelly. Du kannst meine Roxy Hart sein. Und jetzt«, ich warf ihr einen mit schwarzen Pailletten verzierten Rucksack zu, »lass uns packen.«

Eine Woche später rauschten wir über den Highway I-80, umgeben von saftigem Grün, geradewegs auf die in der Ferne aufragenden Berggipfel zu, den Wind im Gesicht, unsere Herzen unter dem Serpent-Leder wie wild pochend. Ich saß hinter Toni, die Arme um ihren Oberkörper geschlungen, und atmete den Jasminduft ihrer

Seife und den Geruch von Meersalz ein, den ihre Haut angenommen hatte.

»Auf nach Westen!«, schrie ich in die unendliche Weite. Meine Worte wurden vom Dröhnen der vorbeirasenden Autos verschluckt, aber ich konnte mich einfach nicht zurückhalten.

Als das legendäre WILLKOMMEN-IN-KALIFORNIEN-Schild zu sehen war, fuhr Toni auf den Seitenstreifen, und wir kamen in einer aufwirbelnden Staubwolke zum Stehen. Atemlos betrachteten wir beide die hohen weißen Buchstaben vor dem blauen Metall.

»Ah, der Mythos des Wilden Westens«, sagte ich. »Endlose Weite. Dominanz. Einzigartigkeit. Der amerikanische Eroberungswahn. So … aggressiv. So ausufernd. So …« Ich suchte nach dem richtigen Wort. »So entsetzlich maskulin, TeeTee.« Ich erschauderte ein wenig. Nein, danke. »Aber zum Glück sind wir ja jetzt hier und verleihen diesem alten Klischee ein wenig Femme-fatale-Flair.«

Sie zog mich in eine klassisch-dramatische Umarmung und küsste mich wie in der letzten Einstellung einer alten Hollywood-Liebesschnulze.

»Du hast auch sonst jede Menge Flair, du Traumfrau«, sagte sie mit leuchtenden Augen.

Unser erster Zwischenstopp stand ohne Diskussion fest: Der grellgelbe Pfeil auf dem In-N-Out-Burger-Schild lockte uns verführerisch zu sich. Toni ließ den Motor aufheulen, als wir durch den Drive-in fuhren. »Zwei Double-Doubles mit Pommes Frites«, bestellte sie.

Eine gedämpfte Stimme ertönte in der knisternden Gegensprechanlage, vermutlich mit der Bestätigung unserer Bestellung. Wir verstanden zwar kein Wort, entschieden uns aber für die Hoffnung und fuhren zur Essensausgabe weiter. Dann setzten wir uns an einen der Picknicktische vor dem Laden und schlugen genüsslich zu.

»Mit dem Pop's können sie sicher nicht mithalten«, sagte ich und nahm eine Fritte aus der Pappschachtel, »aber man soll sich schließlich den örtlichen Gepflogenheiten anpassen.«

Toni schlang die Hände um den riesigen Burger und biss zur Antwort herzhaft hinein. Sie verdrehte vor nahezu ekstatischer Begeisterung die Augen. »Ich weiß nicht, Cheryl«, sagte sie, nachdem sie geschluckt hatte. »Ich meine, erzähl keinem, dass ich das gesagt hab – vor allem nicht Jughead, weil er mir wegen Ketzerei sonst vermutlich meine Serpent-Jacke abnehmen würde –, aber wenn es jemand mit Pop Tate aufnehmen kann …«

Sie hatte nicht ganz unrecht. Es fiel uns nicht schwer zu verstehen, wie die Fast-Food-Kette zu ihrer treuen Fangemeinde gelangt war. Die Pommes Frites waren perfekt knusprig und gesalzen, die Burger köstlich gebraten. Ein paar Minuten lang konzentrierten wir uns in seliger Stille voll und ganz auf unser Essen.

Es dauerte nicht lange, bis wir alles verschlungen hatten. Pappsatt drehte ich mich zu Toni um und strich ihr eine pinke Haarsträhne aus dem Gesicht. »Wenn ich ehrlich bin, kann ich gar nicht richtig glauben, dass wir wirklich hier sind, Tee. Dieser Trip war genau das Richtige. Das war bisher deine beste Idee, ma chérie.«

Toni trank einen langen Schluck von ihrem Milchshake. »Danke, Süße. Ich kenne ein paar Serpents, die vor einer Weile nach L. A. gezogen sind – sie liegen mir schon seit Ewigkeiten in den Ohren, dass ich sie endlich mal besuchen soll. Ich hoffe nur, dass sie es auch wirklich so gemeint haben.«

Ich hielt meine gedrückten Daumen hoch. Der knallrote Nagellack auf meinen Fingern glänzte grell in der Mittagssonne. »Das hoffe ich auch.«

Ich sammelte unseren Abfall zusammen, warf alles in die Mülltonne und kehrte dann zu meiner im wahrsten Sinne des Wortes besseren Hälfte zurück. Jedes Mal, wenn ich sie ansah, und sei es auch noch so flüchtig, begann mein Herz zu flattern. Manchmal konnte ich immer noch nicht glauben, dass wir wirklich zusammen waren.

»Gut«, fragte ich dann mit leicht verschmitztem Unterton, »was machen wir als Erstes?«

Es war unmöglich, sich nur für eine Sache zu entscheiden, deshalb machten wir stattdessen von allem ein bisschen.

Erster Stopp war das Griffith-Observatorium. »Ich komm wir vor wie in … *Denn sie wissen nicht, was sie tun*«, sagte Toni, steckte die Hände in die Jackentaschen und demonstrierte ihre beste James-Dean-Pose inklusive desillusioniertem leerem Blick.

Ich holte mein iPhone heraus und knipste ein Foto. »Komisch, ich hab eher an La-La-Land gedacht.«

»Emma Stone?« Toni zuckte mit den Schultern. »Stimmt, ich weiß, was du meinst. Auch nicht schlecht. Aber mit dir kann sie es nicht aufnehmen.«

Später, als wir über den Hollywood Walk of Fame schlenderten, machten wir ein Selfie an Rita Hayworths Stern. »Ich stehe total auf Rotschöpfe«, gestand Toni. »Aber, du weißt schon, vor allem auf einen.«

Vor dem Chinese Theatre postete Toni eine Insta-Story, wie ich vor Marilyn Monroes Handabdrücken in die Hocke ging und meine eigenen Hände hineindrückte. »Traumfrau trifft Traumfrau«, trällerte ich in die Kamera. Auf der Terrasse des Chateau Marmont stießen wir an und schossen mit einem freudestrahlenden »Sag Vixen!« ein Selfie.

Am Ende des Tages waren wir unfassbar erschöpft und unfassbar glücklich. Toni schickte ihrer alten Serpent-Freundin eine Nachricht, die uns sofort zu sich nach Hause einlud. Wir besorgten unterwegs etwas zu essen und fuhren für einen gemütlichen Abend zu ihr.

Das Warwick – es war genau wie in all den Filmen über L.A., die den Rest von uns immer mit Bildern dieser unglaublich eleganten und trendigen Stadt verhöhnten. Es war definitiv meilenweit vom Whyte Wyrm entfernt, aber vermutlich standen die L. A. Serpents trotz ihres düsteren, rauen Images hin und wieder auf einen Hauch von Hollywood-Glamour.

Delia, ihre unangefochtene Anführerin und unsere eigentliche Gastgeberin, war ein spindeldürrer Hitzkopf mit geisterhaft weißem Haar und eisig grauen Augen. Ihre Gang in L. A. bestand aus Lenny – »die Kurzform von Lena, aber nicht wie in Lena Dunham. Ernsthaft, sie bringt dich um, wenn du das auch nur andeutest«, hatte Delia erklärt, als sie uns vorstellte – und einer zierlichen Brünetten mit Kurzhaarschnitt à la *Rosemarys Baby*, die – wenig logisch, aber durchaus passend – Teeny hieß, »die Kurzform für Rochelle«.

Das Innere versprühte puren Luxus, mit samtenen Sitzmöbeln und schummriger Beleuchtung, vergoldeten Kronleuchtern, Seidenkissen und Cocktails, die heller und hübscher schillerten als Juwelen. Ohne Tischreservierung kam hier niemand rein, aber Delia »kannte diesen Typen«, der rein zufällig der Manager war – Glück für uns. Trotz der strengen Reservierungspolitik erstreckte sich eine Schlange verzweifelter Hoffnungsvoller an einem Samtseil vorbei die Straße hinunter, aber wir stolzierten bestens gelaunt an den Wartenden vorbei.

»Aus dem Weg, Pöbel«, zischte ich und blieb direkt vor dem Türsteher stehen.

Hinter mir hörte ich Delia kichern. Teeny murmelte Toni zu: »Ist die Kleine immer so?«

»Das war noch gar nichts«, gab Toni zurück. Ich grinste.

»Find ich irgendwie gut.«

»Das war noch gar nichts«, wiederholte Toni. Mir ging das Herz auf und ein reines, unverfälschtes Lachen platzte aus mir heraus.

TeeTee und ich verschwendeten keine Zeit und stürmten auf die Tanzfläche. Der Laden war proppenvoll, der Geruch von Pheromonen und teurer Kosmetik erfüllte die Luft. Wir waren von Models, Schauspielerinnen und anderen Stars und Sternchen in spärlichen Tops und engen Jeans umgeben, aber Antoinette und ich stachen selbst umringt von all dem Glanz und Glamour L. A.s aus der Menge heraus. Wir gaben uns der Musik hin und bewegten uns mit glückseliger Unbekümmertheit.

»Ich bin im Paradies!«, musste ich regelrecht schreien, damit Toni mich über den dröhnenden Drum 'n' Bass hinweg hörte, aber es war eine willkommen Ausrede, um mit meinen Lippen über ihr Ohrläppchen zu streichen.

Sie nahm meine Hand und zog mich von der Tanzfläche zur Bar. Ihre Stirn glänzte, ihre Augen leuchteten. Wie sich herausstellte, kannte Delia auch den Barkeeper – diese Serpents waren wirklich beeindruckend gut vernetzt. Er platzierte sofort zwei üppig dekorierte Drinks vor uns auf dem Tresen.

Wir stießen an und tranken einen Schluck. Es schmeckte nach Maracuja und Kräuterlikör. Und nach Freiheit.

An ihrem Lächeln erkannte ich, dass Toni mir zustimmte. »Schön, mal aus Riverdale rauszukommen, oder?«, fragte sie.

Ich atmete tief ein, schloss die Augen und saugte alles in mich auf. »Oh, TeeTee«, sprudelte es dann aus mir heraus. »Ich kann dir gar nicht sagen, wie befreiend das ist. Ich bin jahrelang der vergeblichen Hoffnung nachgejagt, mir die Anerkennung meiner Eltern zu verdienen, und jetzt hier zu sein und einfach … loszulassen …«

»Das will ich hören«, erwiderte Toni. Sie machte einen Schritt auf mich zu und nahm mein Gesicht in beide Hände. Ihre Lippen hatten die meinen kaum berührt, als sie ausrief: »Warte mal, was?«

Ich zog mich zurück, sah ihre verdutzte Miene und folgte ihrem Blick.

Ein paar Plätze weiter, ganz am Ende der Bar, plauderten Delia und Lenny mit einem furchtbar ordinär und primitiv wirkenden Partytypen. Wir schlichen uns näher und reckten die Hälse, um sie besser hören zu können.

»Ich meine, die meisten Leute wollen sich nur einen Scherz erlauben, aber ich bin tatsächlich 'ne ziemlich große Nummer.«

»Oh, natürlich«, erwiderte Lenny und schob sich so nahe an ihn heran, dass er sich sichtlich anspannte.

Toni verzog das Gesicht und tat, als würde sie sich einen Finger in den Hals stecken. Ich nickte. Wer war dieser schleimige Widerling mit dem fliehenden Kinn und warum vergeudeten unsere Mädels wertvolle Atemzüge an ihn?

»Ähm …« Toni knuffte mich in die Seite.

Ich beobachtete, wie Lenny ihn mit ihrem Körper förmlich zu hypnotisieren schien, während Delia geschickt eine Hand in seine Gesäßtasche steckte und … seine Brieftasche herauszog? Trogen mich meine Augen?

Ich war völlig perplex.

»Böse Mädchen«, sagte ich zu Toni, konnte die Bewunderung in meiner Stimme jedoch nicht verbergen. Vielleicht war das der Grund, warum die Serpents dieses spezielle, extrem exklusive Etablissement frequentierten?

Der Einfaltspinsel trollte sich mit dem unaufgeforderten Versprechen, in einer Minute mit seinen Zechkumpanen zurückzukehren – so ungefähr das Trostloseste, was ich mir vorstellen konnte. Toni und ich ergriffen die Gelegenheit, der kompletten Geschichte auf den Grund zu gehen.

»Delia!«, rief Toni und stupste sie spielerisch an. »Was war das denn?«

»Was war was?«, fragte Delia zurück und stellte sich dumm, grinste jedoch hämisch.

»Komm schon, wir haben es gesehen. Ihr habt dem Typen die Brieftasche geklaut?«

»Verdammt richtig«, antwortete Lenny. »Der Volltrottel hat den Barkeeper total angebrüllt. Wie einer dieser typischen gelackten Fieslinge aus einem Achtzigerjahre-

Film. Aber James Spader ist so was von out. Bei uns Serpents ist er damit echt an der falschen Adresse.«

»Regt euch deswegen nicht auf«, fügte Delia beschwichtigend hinzu, obwohl wir überhaupt nichts gesagt hatten. »Wir verwenden es für einen guten Zweck. Eine unserer Serpent-Schwestern spart für ein eigenes Tattoo-Studio und könnte die Finanzspritze gut gebrauchen.«

War die Sache ethisch gesehen fragwürdig? Absolument. Ich stieß ein leises unfreiwilliges Quietschen aus.

Lenny drehte sich zu mir um. »Bist du entsetzt?«

»Au contraire«, erwiderte ich und lehnte mich zu ihr. Meine feinen Nackenhaare stellten sich kribbelnd auf. »Ich bin fasziniert.«

So fühlte sich glückselige Unbekümmertheit also wirklich an.

Unser ungezügeltes Abenteuer hatte offiziell begonnen.

Dreißig Minuten später saßen wir hoch über der Tanzfläche in der Lounge auf der Empore und betrachteten die komplette Szene mit einem gewissen Gefühl der Distanziertheit von oben herab, was, wenn ich ehrlich war, nicht nur mit unserem tatsächlich erhöhten Blickwinkel zu tun hatte.

»Potenzielles Ziel erfasst«, sagte ich und konzentrierte mich auf den nächsten ungehobelten Trottel, der sich auf eine Art an sein nichts ahnendes Opfer heranschlich, die beinahe an strafbares Verhalten grenzte. Innerhalb kürzester Zeit war es Toni jedoch auf sehr elegante Weise gelungen, seine Aufmerksamkeit von der von der Herde getrennten Gazelle abzulenken und ihn um ihren schlanken kleinen Finger zu wickeln.

»Ein Instagram-Influencer?«, fragte sie mit weit aufgerissenen Augen. Ihre vorgetäuschte Bewunderung wirkte erschreckend glaubhaft. »Erzähl mir mehr.«

Selbstverständlich kam er dieser Bitte liebend gern nach. »Es geht einzig und allein um die Likes«, erklärte er mit nasaler Stimme selbstzufrieden. »Weißt du«, er lehnte sich zu ihr und legte eine Hand auf ihren Ellenbogen, »ich könnte dich ganz groß rausbringen. Meine Insights sind mega.«

»Likes und Insights«, säuselte Toni. »Mega. Alles klar.«

Währenddessen schlich ich mich langsam hinter ihn – selbst wenn er bemerkte, dass ich mich an ihn heranpirschte, würde er sich über sein unglaubliches »Glück« sicher nicht beschweren – und folgte Delias Vorbild. Seine Hose war eng – diese Hipster in L. A. hatten eben alle denselben strikten Kleidungsstil – und es dauerte einen Moment, bis ich meine Finger in der Tasche versenken konnte. Sie streiften die Kante seiner Brieftasche – und er zuckte zusammen. Hatte ich mich verraten?

Ich reagierte blitzschnell, täuschte ein Stolpern vor, presste mich, so fest ich konnte, an ihn – und nutzte den Moment, um unerschrocken zuzuschlagen. Sobald ich die Brieftasche hatte, richtete ich mich wieder auf.

»Entschuldige, Honey«, sagte ich. »Jemand hat mich gestoßen und ich hab das Gleichgewicht verloren.«

Er setzte ein schmieriges Grinsen auf. »Ist ja nichts passiert, Püppchen.«

Die Barkeeperin – eine Nymphe mit glatt rasiertem Schädel und Tattoo-Ärmeln an beiden Armen – blickte mich mit erhobener Augenbraue an. Ich beachtete den Typen nicht weiter und stellte mich an die Bar.

Ich hielt die Brieftasche hoch, holte ein paar der dickeren Scheine heraus und fächerte sie auf dem Tresen vor ihr auf. »Für Ihre Mühen, Madame.»

»Du bist mir ja ein ganz süßes Früchtchen«, sagte sie wohlwollend. »Und hier jederzeit herzlich willkommen.«

Ich warf ihr eine Kusshand zu und Toni packte mich im selben Moment am Arm.

»Okay, Catwoman«, flüsterte sie und zerrte mich trotz meiner Proteste mit sich. »Du bist gut. Warum überrascht mich das nicht? Aber wir sollten unser Glück auch nicht herausfordern.«

»Ganz im Gegenteil«, sagte jemand hinter uns.

Wir drehten uns um. Delia, Lenny und Teeny grinsten uns hämisch an. Sie standen Arm in Arm da, wie drei perfekt frisierte Musketiere.

»Man hört nicht einfach auf, wenn man eine Glückssträhne hat«, beendete Delia ihren Satz.

Ich verstand ihn als die Herausforderung, die er ohne Zweifel war.

Toni warf mir einen Blick zu und fragte sich offensichtlich, wie ich darauf reagieren würde.

Ich quietschte erneut, diesmal völlig absichtlich. Dann klatschte ich aufgeregt in die Hände.

»Das ist so erfrischend!«

Wir stolperten über den Parkplatz auf Teenys Wagen zu, als wir ihn sahen: einen Jaguar F-TYPE in Batmobilmäßigem Obsidian. Er hatte ein personalisiertes Nummernschild mit der Aufschrift MR BIG DEAL. Mir wurde richtig übel.

»Ich wette, ich weiß, wem dieser kleine Minderwertigkeitskomplex gehört«, sagte ich und warf Toni einen Blick zu. »Unserem allerersten Zielobjekt an diesem Abend.«

»Hmm«, brummte Lenny und lugte durchs Fenster. »Sollen wir ihn auch zu unserem letzten machen?«

»Oh«, stieß Teeny aus und sah ebenfalls durch das Fenster an der Beifahrerseite. »Ich sehe was, was ihr nicht seht, und das ist eine Birkin Bag. Dieser Volltrottel hat eine Freundin?«

»Eine Freundin mit teurem Geschmack«, ergänzte Lenny.

»Das ist doch echt das Letzte«, sagte Toni mit angewiderter Miene.

»Die Liebe spielt eben nicht fair. Aber wir können unseren Teil dazu beitragen, das Spiel wieder ein bisschen auszugleichen.« Ich betrachtete die Handtasche interessiert. Wer immer diese Freundin war, sie hatte einen guten Geschmack, wenn auch einen sehr exklusiven. Vielleicht nicht unbedingt, was ihren Partner anging – ihr Liebster war unbestreitbar ein dreckiger Mistkerl –, aber ihr Stilbewusstsein war tadellos. »Limitierte Auflage. Straußenleder in Kobaltblau. Sehr begehrenswert.« Mumsie hatte zwei davon – in verschiedenen Blossom-Rottönen, natürlich.

»Mit dieser Tasche könnten wir ein ganzes Jahr lang unsere Miete bezahlen«, sagte Teeny mit einer Mischung aus Verbitterung und Sehnsucht in der Stimme.

Ein Kribbeln huschte an meiner Wirbelsäule hinauf und löste einen vibrierenden Schauer aus, der durch meinen ganzen Körper jagte. Es war impulsiv, gefährlich. Das Spiel wieder ausgleichen, dachte ich und empfand ein Gefühl der wilden Erregung.

Der Macht.

»In dem Fall ist die Sache eindeutig«, sagte ich. »Wenn sie dir gefällt, holen wir sie uns.«

Ich ging an der Bordsteinkante in die Hocke und suchte nach einem Stein in der passenden Größe. Damit ich dein Fenster besser einschlagen kann, Mr Große Nummer. »Ich brauche einen richtig schweren, Mädels.«

»Okay, ich liebe diese Kleine«, lachte Teeny.

»Oh, Süße, das war noch gar nichts …«, erwiderte Toni. Allmählich entwickelte sich der Satz zum Motto dieses Abends. Ihre Stimme klang weit entfernt, wie aus einer anderen Welt.

Ich spürte, wie sich ihre Finger um mein Handgelenk schlangen. Sie zog mich wieder hoch und vom Bordstein weg. »Ich werde nicht zulassen, dass du dich in die nächste Rächerin aus Riverdale verwandelst, die am Ende im Gefängnis landet.«

Sie lehnte sich so nahe zu mir, dass ihre Lippen beinahe die meinen berührten. »Cher, du bist absolut liebenswert … und absolut unmöglich. Tu das nicht.«

Ich japste nach Luft, erschrocken darüber, so abrupt aus diesem Moment gerissen zu werden. Ich blickte auf meine Hand hinunter, die sich um einen großen Stein schloss. Das Adrenalin verschwand urplötzlich wieder aus meinen Adern.

War ich … gerade wirklich kurz davor gewesen … ein Auto aufzubrechen?

Das Hochgefühl meiner vage Robin-Hood-artigen Begeisterung löste sich ebenso schnell wieder auf, wie es gekommen war, und plötzlich war mir die ganze Sache furchtbar peinlich. Was war nur mit mir los? Ein ungezügeltes Abenteuer war eine Sache – aber das hier war ein Verbrechen. Und alles andere als ein Spaß.

Ich war weder Thelma noch Louise – und das wollte ich auch gar nicht sein. Wie hatte Toni so richtig bemerkt? Die beiden waren am Ende des Films tot, aber ich hatte noch so viel, wofür es sich zu leben lohnte. Vor allem Toni.

»Ich bin so dämlich«, jammerte ich. »Und kein Stück besser als die widerlichen Abgründe moralischer Schändlichkeit, aus denen ich stamme.« Tränen traten mir in die Augen.

Toni legte einen Arm um meine Schulter und strich mir mit ihren Fingern durchs Haar. »Schon wieder falsch, Süße«, flüsterte sie. »Du bist nicht besser. Du bist die Beste. Und du musst mir nicht erst beweisen, wie cool und tough du bist. Ich hab dich vom ersten Moment an durchschaut. Was glaubst du wohl, warum ich mich so in dich verknallt hab?«

Ich drehte mich zu ihr um, meine Augen immer noch feucht vor Tränen, mein Herz von Dankbarkeit erfüllt. Ich konnte mich nicht daran erinnern, wann ich mich in meinem Leben jemals so wertgeschätzt gefühlt hatte, so wahrgenommen. »Antoinette Topaz«, sagte ich mit zitternder Stimme, »was würde ich nur ohne dich tun?«

Sie legte beide Arme auf meine Schultern und faltete die Hände hinter meinem Kopf, direkt in meinem Nacken. Sie zeichnete mit den Fingern kleine Kreise auf meine Haut. »Was hältst du davon«, fragte sie, »wenn wir es gar nicht erst herausfinden?«

Statt ihr zu antworten, gab ich mich voll und ganz dem Kuss hin. Ich wusste, dass sie genau verstand, was mein Herz ihr zu sagen versuchte.

Toni war der erste Mensch – abgesehen von JJ, natürlich, aber das ist etwas völlig anderes –, der mich wirklich sah. Der mich sah und mich so liebte, wie ich war.

Der heutige Unfall machte mir eine Sache ein für alle Mal klar: Wenn irgendjemand da draußen versuchte, ihr auch nur eins ihrer wundervollen rosa Haare zu krümmen, dann würde er es mit moi zu tun bekommen.

KAPITEL 16

JUGHEAD

»Und? Was jetzt?« Ich stand auf der Treppe vor der Schule und zitterte ein bisschen in meiner Serpents-Jacke. Es kam mir vor, als sei das Wetter über Nacht von herbstlich in beinahe eisig umgeschlagen.

»Ich schätze … wir müssen irgendeinen Weg finden, den zerrissenen Artikel aus der Bibliothek mit den Revels in Verbindung zu bringen«, sagte Betty mit hilfloser Miene. »Allerdings hab ich keine Ahnung, wie wir das anstellen sollen, Juggie. Ich meine, ich weiß wirklich nicht, wonach wir im Internet nach Anhaltspunkten suchen sollten oder wo wir sonst noch Informationen zu alten Zeitungsartik-« Sie verstummte abrupt, als ihr ein Licht aufging. Ein Lächeln breitete sich auf ihrem Gesicht aus. »Nein, warte mal. Ich weiß doch, wo wir Informationen zu der alten Zeitung finden können.«

Ich nickte, als auch ich es begriff. »Weil du erstklassige Beziehungen in der Branche hast. Deine Mutter hat früher beim Riverdale Register gearbeitet.« Ich sah Betty an und konnte nicht fassen, dass es so lange gedauert hatte. »Warum sind wir darauf nicht schon viel früher gekommen?«

»Weil meine Mutter verrückt ist und die Chancen, dass sie uns tatsächlich weiterhelfen kann, praktisch gegen null gehen«, antwortete sie prompt. »Und davon abgesehen waren wir ziemlich beschäftigt.«

»Kann sein« erwiderte ich. »Wenn die Chancen, dass wir irgendwas von ihr erfahren, wirklich bei null liegen, dann ist es nun mal so. Falls wir hinterher weiter mit leeren Händen dastehen, sind wir eben immer noch genau da, wo wir angefangen haben, stimmt's?«

»Stimmt«, antwortete Betty finster. »Wir wären genauso am Ende wie jetzt.«

»Oh, Süße«, neckte ich sie, »dein Optimismus ist wirklich eine Inspiration.«

Damit brachte ich sie immerhin zum Lachen, auch wenn es hohl klang.

Wir fuhren mit meinem Motorrad direkt zum Haus der Coopers. Als wir dort ankamen, entdeckten wir jedoch ein Auto in der Einfahrt, das wir nicht erkannten.

»Irgendeine Ahnung, wer das sein könnte?«, fragte ich Betty.

Sie schüttelte den Kopf. »Was allerdings unsere Chancen erhöht, dass es jemand ist, den ich nicht sehen will.«

Sie meinte: jemand von der Farm. »Brauchst du kurz

'ne Minute, um dich, du weißt schon, innerlich zu wappnen?«, bot ich ihr an, weil ich wusste, wie sie sich fühlen musste.

»Was?« Sie drehte sich zu mir um und sah mich an, zuerst beinahe so, als hätte sie bis eben gar nicht bemerkt, dass ich hinter ihr stand. Dann, nachdem sie meinen Vorschlag verarbeitet hatte, starrte sie mich an, als hätte ich vollkommen den Verstand verloren. »Nein, Juggie, ich hab kein Problem damit, da reinzugehen. Ich bin zwar stinksauer auf Mom und Polly – und du kannst darauf wetten, dass ich noch wütender werde, wenn ich auch nur die Nähe irgendeines Farmies ertragen muss –, aber mir geht's gut. Versprochen. Aber bevor wir ins Haus gehen, musst du dir noch das hier anschauen.«

Sie hielt mir ihr Handy nur wenige Zentimeter vors Gesicht.

Kevin:

911, Nancy Drew. Zwischenfall beim Wettbewerb. Maskottchen auf Toni gestürzt.

Betty:

Das Maskottchen in der Aula? Ist sie verletzt?

Kevin:

Ja und nein. Aber sie hätte verletzt werden können. Und wie es aussieht, wollte jemand genau das.

Betty:

Es war ein gezielter Angriff?

Kevin:

Keine Ahnung, ob es gezielt um Toni ging. Aber irgendjemand hat sich definitiv an dem Maskottchen zu schaffen gemacht. Ich hab gesehen, wie das Ding runtergekippt ist. Ich hab sie selbst zur Seite geschubst.

Betty:

Gut gemacht, Kev! Aber sei bloß vorsichtig!
Es hätte auch dich erwischen können.

Betty:

Warte mal – Veronica meinte, Archie und Josie sei auch irgendwas passiert. Hängt beides zusammen?

Kevin:

Vielleicht? Ich kenne nur ein paar grobe Details. Josie saß im Schrank im Musikraum fest oder so. Sie glaubt, jemand hätte sie eingesperrt.

Betty:

Vielleicht gibt's da ja wirklich eine Verbindung. Und das alles könnte durchaus mit der Leiche in der Zeitkapsel zusammenhängen. Mist.

Kevin:

Nicht die unplausibelste Theorie.

Betty:

Okay, aber wie schon gesagt: SEI VORSICHTIG. Und halte Augen und Ohren nach weiteren Hinweisen offen. Ich bin zu Hause und will versuchen, irgendwelche Infos zu der Zeitkapsel aus Mom rauszukriegen.

Kevin:

Oh, Betts ...

Betty:

Ich weiß. Das entscheidende Wort ist: VERSUCHEN. Aber wir glauben, dass wir eine winzige Spur gefunden haben, und meine Mom ist vielleicht die Einzige, die uns helfen kann, ihr zu folgen. Gott steh uns bei.

Kevin:

Ich wünsche dir jedenfalls viel Glück, Betty Cooper.

Ich las die Nachrichten zu Ende und hob den Blick. Betty starrte mich ungeduldig an und wartete darauf, dass wir uns endlich gemeinsam auf diese neue Spur stürzen konnten.

»Und?« Ihre Augen weiteten sich bedeutungsschwanger. »Irgendjemand treibt in der Schule sein Unwesen, während sich alle auf den Schönheitswettbewerb vorbereiten – eins der Events bei den Revels. Josie wurde angeblich in einem Schrank eingesperrt. Und Kevin hat Toni vor einem abstürzenden Maskottchen in der Aula gerettet.«

»Okay. Das könnte … an ein Muster grenzen.«

»Ja.« Ihre Augen wurden noch größer. »Und obendrein enthielt die Zeitkapsel, mit der wir die Eröffnung der Revels feiern wollten, menschliche Knochen.« Sie bedachte mich mit einem »Du musst nur die einzelnen Punkte verbinden«-Blick.

»Ich meine …« Ich seufzte und dachte darüber nach. »Die Theorie eines Zusammenhangs zwischen einer Leiche in einem Fass und verschiedenen Unfällen im ganzen Schulgebäude ist … ein bisschen dürftig? Wir wissen schließlich nicht, ob dieses Bulldogs-Maskottchen nicht schon manipuliert wurde, lange bevor das heute passiert ist. Vielleicht hat der dämliche Streich einfach viel länger gedauert, als der Übeltäter es geplant hatte.«

»Erst passiert diese Sache mit Josie und dann auch noch der Unfall mit Toni? So dürftig finde ich das gar nicht. Und auch wenn die Verbindung zu den Revels vielleicht nicht so offensichtlich ist … ich weiß auch nicht … Zwei mehr als dubiose Zwischenfälle, noch dazu ungefähr zum selben Zeitpunkt?« Betty sah mich mit hochgezogener Augenbraue an. »Diese Unfälle hängen irgendwie mit dem Schönheitswettbewerb zusammen. Und der Schönheitswettbewerb und die Zeitkapsel hängen mit den Revels zusammen. Das ist mehr als nur eine dürftige Verbindung.«

»Stimmt. Und wie oft ist ein Zufall in Riverdale wirklich nur ein Zufall?«

»Was bedeutet, dass wir zumindest über die Möglichkeit nachdenken müssen, dass wir es hier mit zwei dubiosen Seiten einer noch viel größeren, megadubiosen Medaille zu tun haben.«

»Stimmt auch«, bestätigte ich und nahm ihre Hand. »Und ich bin hier, an deiner Seite, und denke genau darüber nach.«

Betty spannte den Kiefer an und in ihren Augen funkelte ein entschlossener Glanz. »Wenn meine Mutter irgendetwas über diese ganze Sache weiß, dann kannst du darauf wetten, dass ich es aus ihr herausbekommen werde, so oder so.«

»Oh, ich würde niemals gegen dich wetten, Betty Cooper. Ich bin schließlich kein Narr.«

Ich drückte ermutigend ihre Hand und wir gingen ins Haus.

Natürlich – typisch unser Glück – war Evelyn Evernever die erste Person, die uns begegnete, als wir das

Haus betraten. Betty hatte jedenfalls vollkommen richtiggelegen, was die Gäste ihrer Mutter betraf.

Evelyn saß im Wohnzimmer vor dem Couchtisch auf dem Boden und packte, wie es aussah, mit großer Sorgfalt Geschenktüten. Vor ihr lag ein riesiger Haufen aus weißen Organza-Säckchen neben einer überdimensionierten Dose mit einzeln verpackten Pralinen und mehreren halb abgerollten Rollen mit sich kräuselndem Geschenkband.

»Was hab ich vorhin über unsere Chancen gesagt?«, flüsterte Betty mir zu.

»Betty! Jughead!« Evelyn blickte auf und winkte uns begeistert zu sich heran. »Deine Mom hat gar nicht erwähnt, dass du mit Jughead vorbeikommst.«

Als ich aus dem Augenwinkel sah, wie Betty so angespannt die Fäuste ballte, dass sie damit eine Glasscheibe hätte zertrümmern können, schnappte ich nach Luft.

»Ja«, erwiderte Betty mit dem Anflug eines angestrengten Grinsens, »es war eine ganz spontane Entscheidung. Tut mir leid, wenn wir hier so reinplatzen. Ist das gerade ein ungünstiger Zeitpunkt?« Ihre Stimme triefte vor Sarkasmus. »Ich hatte schließlich keine Ahnung, dass du hier bist. Bei mir zu Hause. Einfach so.«

»Natürlich ist das gerade kein ungünstiger Zeitpunkt!«, versicherte Evelyn. »Das hier ist und bleibt dein Zuhause, Betty. Ganz egal, wie es zwischen dir, deiner Mutter und deiner Schwester und deinen Vertrauensproblemen steht.«

Ich streckte einen Arm vor Bettys Bauch aus. Ruhig. Evelyn versuchte nur, sie zu provozieren, und es würde uns überhaupt nicht helfen, wenn sie darauf ansprang.

Betty holte tief Luft und brachte ein angespanntes Lächeln zustande. »Da hast du recht, Evelyn. Da hast du … so was von recht. Und wie es aussieht«, sie blickte auf den glitzernden Haufen Verpackungsmaterial auf dem Tisch, »fühlst du dich hier auch schon ganz wie zu Hause.«

Evelyn lachte kurz. »Deine Mutter hat darauf bestanden. Sie ist so ein Schatz. Einfach wundervoll. Ich habe nur die Geschenktüten für Cocktails und Kanapees am Freitag zusammengestellt«, sprudelte es aus ihr heraus. »Deine Mutter ist draußen im Garten. Sie schneidet ein paar hübsche Blumen für die Tischdekoration.« Sie zuckte mit den Schultern. »Bürgermeisterin Lodge hat ihr ein Budget zugeteilt, damit sie die Blumen im Laden bestellt, aber du kennst ja deine Mom – sie wollte dem Ganzen eine persönliche Note verleihen. Und etwas ganz Besonderes erschaffen.«

Ein weiteres angestrengtes Lächeln. »Wie schön. Und wo wir gerade von meiner entzückenden Mutter sprechen«, erwiderte Betty, »gehe ich direkt mal nach draußen und unterhalte mich kurz mit ihr. Wenn du nichts dagegen hast.«

»Oh, Betty.« Evelyn lachte erneut, aber diesmal klang es ein wenig gezwungener. »Du bist wirklich zum Schießen. Natürlich habe ich nichts dagegen. Aber ich bin hier drin, falls sie mich braucht.«

Bettys angespannter Kiefer zitterte. »Ich werde es ihr ausrichten.«

»Was genau willst du von mir wissen, Betty?«

Alices Stimme klang platt. Wir waren im Garten, vor einem Beet mit Schnittblumen hinter der Terrasse, neben dem sich auch der Grillplatz befand. Betty und ihre Mutter saßen auf einer kleinen Steinbank. Neben Alice lag eine große, zerkratzte Gartenschere, die schon entschieden bessere Zeiten erlebt hatte. Dort auf der Bank, die Klingen wie zu einem leichten Gähnen geöffnet und in Bettys Richtung zeigend, sah das Gartenwerkzeug mehr als nur ein bisschen unheilvoll aus.

»Mom«, sagte Betty. Ich konnte hören, dass ihr langsam, aber sicher die Geduld ausging. Es war bereits das dritte Mal, dass sie versuchte, ihrer Mutter irgendwelche Informationen zu den Zeitungsarchiven zu entlocken, aber ihre Antwort wurde mit jedem Mal weniger vielversprechend – und weniger höflich. »Ich hab's dir doch schon gesagt: Juggie und ich haben versucht, in der Bibliothek mehr über die Geschichte der Riverdale Revels herauszufinden. Wir wollten einen … historischen Kontext für unseren Artikel im Blue and Gold. Aber dort war nichts. Überhaupt nichts.«

»Und?« Bettys Mom neigte den Kopf zur Seite, als wollte sie sagen: Und was soll ich deiner Meinung nach deswegen unternehmen?

»Und? Ist das denn nicht zumindest eigenartig?«, warf ich ein. »Angeblich war das Festival eine Riesensache und wurde über ein Jahrhundert lang jedes Jahr gefeiert. Und dann, urplötzlich, puff! Weg! Schluss, aus, vorbei. Niemand feiert es mehr und auch in der Lokalpresse wird es mit keinem einzigen Wort erwähnt!«

»Nein, das stimmt nicht ganz, Jug«, widersprach mir Betty. »Eine Aufzeichnung gab es.« Alice riss die Augen auf. »Ja, Mom, du hast richtig gehört – wir haben genau einen Zeitungsbericht über den ursprünglichen Miss-Maple-Schönheitswettbewerb gefunden. Oder zumindest dachten wir das. Aber als wir den Artikel aus dem Mikrofiche-Archiv holen wollten, war er nicht da. Irgendjemand hatte sich an dem Film zu schaffen gemacht.«

»Tja, ich fürchte, dann steckt ihr wohl in einer Sackgasse, Elizabeth«, erwiderte Alice knapp. »Und ich hoffe, das bedeutet, dass ihr mich jetzt wieder in Ruhe lasst, damit ich mich meinen Farmpflichten widmen kann.« Sie verdrehte die Augen. »Oder ist das zu viel verlangt?«

Betty traten Tränen in die Augen. »Mom, warum bist du denn so?«, fragte sie. »Das ist doch genau die Art von Vertuschungsskandal, für die du normalerweise lebst. Warum willst du dieser Sache denn nicht auf den Grund gehen?« Sie funkelte ihre Mutter an. »Was versteckst du?«

Alice stieß ein Schnauben aus und verschränkte die

Arme vor der Brust. »Zum millionsten Mal, Betty, ich verstecke gar nichts. Ich bin mit der Farm beschäftigt. Und ich weiß wirklich nicht, warum du mich unbedingt als die große Verschwörerin darstellen willst.« Ihre Stimme wurde weicher. »Ich hab's verstanden: Du magst die Farm nicht.«

»Ich vertraue der Farm nicht.«

»Ja, das hast du mehr als deutlich gemacht«, erwiderte Alice. »Und auch wenn es mir nicht gefällt, werde ich es – zumindest für den Moment – wohl oder übel akzeptieren müssen.«

»Ich … Es tut mir leid, Mom.« Betty klang, als meinte sie es aufrichtig – und Alice schien aufrichtig verletzt zu sein. Hier draußen herrschte ein wahrer Sturm der Gefühle.

»Du musst dich nicht entschuldigen, Betty – du musst cleverer sein«, sagte Alice. »Wenn die Bürgermeisterin sagt, dass es ein Streich war und der einzige Artikel, den ihr finden konntet, beschädigt wurde, dann steckt ihr in einer Sackgasse.« Sie wedelte mit ihrem behandschuhten Zeigefinger vor unseren Nasen herum. »Wenn es eines gibt, was ihr beide inzwischen hättet lernen müssen, dann, dass man, wenn man in dieser Stadt nach Schwierigkeiten sucht, auch immer welche bekommt. Wollt ihr das wirklich?«

Ich ging einen Schritt auf sie zu. »Nicht in einer völligen Sackgasse«, stellte ich klar. »Wer immer auch versucht hat, diesen Artikel verschwinden zu lassen, hat einen Teil eines Fotos zurückgelassen. Und irgendwann wird es uns gelingen, dieses Foto seiner Quelle zuzuordnen.«

Alice erhob sich, ihre Wangen knallrot, die Augen glänzend. Sie war sichtlich beunruhigt. »Okay, hört mir mal gut zu, ihr zwei –«, begann sie.

»Es war eine Leiche, Mom!«, platzte Betty ungläubig heraus und schnitt ihr das Wort ab. »Ich hasse es ja, dir das sagen zu müssen, aber die Schwierigkeiten sind längst da.«

»Es war ein Streich«, widersprach ihr Alice mit dünner Stimme. »Oder besser gesagt, der unmenschliche Versuch eines Streichs. Mögen die falschen Knochen in Frieden ruhen.«

»Dafür ist es zu spät«, konterte ich. »Schließlich haben wir sie bereits mit der Zeitkapsel ausgegraben. Die Katze ist aus dem Sack. Oder besser gesagt, aus dem Fass.«

»Jughead Jones.« Alice warf mir einen ihrer patentierten vernichtenden Blicke zu. Aus ihrem Mund klang mein Name immer wie die schlimmste aller Beleidigungen. Ich glaube, es lag an dem offensichtlichen Mangel an Respekt. »Du hältst dich für so unglaublich schlau. Wühlst auf der Suche nach irgendeiner dämlichen, uralten Geschichte, die im Hier und Jetzt niemandem etwas nützt, einfach alles auf.«

»Mom –« Betty streckte eine Hand nach ihr aus und versuchte, sie wieder zu beruhigen. Ich schluckte. Vielleicht hatten wir sie zu sehr bedrängt. Alice war willensstark und geradeheraus, aber sie war auch verletzlich – und in gewisser Weise sehr zerbrechlich. Das war schließlich der Grund, warum sie überhaupt auf die Farm hereingefallen war.

»Ich glaube, du hast schon genug angerichtet, Betty.« Die Stimme hinter uns klang entschlossen und klar. Wir drehten uns zu ihr um. Polly Cooper durchbohrte uns mit einem Ausdruck in den Augen, den man nur als offene Boshaftigkeit bezeichnen konnte.

»Polly«, versuchte es Betty, »wir wollten nur –«

»Mir ist egal, was ihr wolltet«, spuckte sie aus. »Was immer ihr auch wolltet, Mom ist deswegen jetzt fix und fertig. Ich weiß nicht, was für Spielchen du und dein Sherlock Holmes für Arme eigentlich spielt, aber ihr habt kein Recht, einfach in unser ruhiges, friedliches Zuhause zu platzen und irgendwelche Fragen zu stellen, die andere Menschen ganz offensichtlich aufwühlen.« Ihre Stimme zitterte, klang beinahe hysterisch.

»Schon okay, Polly«, sagte Alice, die sich wieder ein wenig gefangen hatte. »Mir geht's gut. Bettys und Jugheads Fragen haben nur meine persönliche seelische Frequenz gestört.« Sie funkelte uns an. »Eure Energie ist wirklich ziemlich vergiftet, wisst ihr das?«

»Klar, unsere Energie«, erwiderte Betty trocken. »Natürlich.«

»Tut uns leid wegen der … Frequenzstörung«, sagte ich, konnte die Worte jedoch selbst kaum begreifen, die mir über die Lippen kamen.

Alice richtete sich auf und klopfte sich ein wenig Erde von der Hose. »Entschuldigung angenommen«, erwiderte sie schnippisch. Dann richtete sie den Blick auf Betty. »Elizabeth, ich kann nur hoffen, dass nächstes Mal reinherzigere Gründe dahinterstecken, wenn du dich entschließt, uns einen spontanen Besuch abzustatten. Dieser ganze Stress und diese Hinterlistigkeit können unmöglich gut für deine Verdauung sein.«

Betty schoss ihrer Mom einen »Soll das ein Witz sein?«-Blick zu, bevor Alice davonstolzierte und uns Auge in Auge allein mit Pollys Zorn zurückließ.

Polly baute sich so dicht vor Betty auf, dass sich ihre Nasen beinahe berührten. Es war ein erbittertes Schwesternduell, und allem Anschein nach waren beide wild entschlossen, als Siegerin daraus hervorzugehen.

Zu dumm, dass es nur eine geben konnte.

»Mom mag eure Entschuldigung vielleicht annehmen«, zischte Polly, »aber ich nicht. Noch nicht. Wenn du es wirklich aufrichtig meinst und wieder ein Teil unseres Lebens sein willst –«

»Das will ich, Pol, natürlich will ich das. Das weißt du«, unterbrach Betty sie. »Aber das kann nicht passieren, solange ihr euch weiter von dieser Möchtegern-Manson-Familie einer Gehirnwäsche unterziehen lasst. Ich meine, komm schon!«

»Komisch«, erwiderte Polly, klang jedoch nicht im Geringsten so, als würde es sie amüsieren. »Weil ich nämlich gerade genau das Gegenteil sagen wollte. Wie ich das sehe, kann es nicht passieren, solange du die Farm nicht akzeptierst und ihr eine Chance gibst. Auch wenn du vielleicht selbst nie eine Farm-Schwester wirst, musst du damit klarkommen, dass Mom und ich es sind.«

»Ich weiß«, antwortete Betty traurig. Sie schien zu irgendeiner Erkenntnis zu gelangen, denn ihre Züge entspannten sich ein wenig. Sie ging auf Zehenspitzen und gab Polly einen zärtlichen Kuss auf die Wange.

»Was machst du denn da?«, stammelte Polly und wich zurück.

»Bis dann, Polly«, sagte Betty leise.

Polly wirkte aufgebracht, aber nicht minder entschlossen. Sie spannte die Schultern an und beugte sich dann nach unten, um die Gartenschere aufzuheben, die Alice auf der Bank hatte liegen lassen. Als sie sich bewegte, sah ich etwas Silbernes auf ihrem Schlüsselbein aufblitzen. Mein Puls begann so zu rasen, dass er sich beinahe überschlug.

»Polly«, fragte ich und versuchte, ruhig zu klingen, neugierig, »wo hast du denn die Halskette her? Die ist wirklich ungewöhnlich.«

»Die?« Sie strich gedankenverloren mit den Fingern darüber. »Sie war ein Geschenk von Nana Rose. Damals, als Jason und ich ihr erzählt haben, dass wir heiraten wollen. Ich habe versucht, sie abzulehnen, weil sie uns doch schon ihren Ring gegeben hatte. Aber sie hat darauf bestanden. Sie meinte, ich könnte sie als Verlobungsgeschenk betrachten.« Einen Moment lang sprach nichts als Sehnsucht aus ihrem Blick. »Sie ist so ein lieber Mensch. Ich sehe sie gar nicht mehr.«

»Ja«, stimmte ich ihr zu, »sie war auch immer sehr nett zu Betty und mir, wenn wir sie getroffen haben. Und sie hat wirklich einen einzigartigen Geschmack. Ich glaube nicht, dass ich vorher schon mal irgendwo so ein Kreuz gesehen habe. Es ist so filigran.«

Aber das hatte ich. Es schon einmal gesehen. Dieses Kreuz. Ganz sicher.

Ich betrachtete den an Pollys Halskette baumelnden Anhänger und mir wurde bewusst …

Unser »Foto« war zwar verschwommen und schlecht zu erkennen, aber mich sollte der Teufel holen, wenn …

Ich würde mich freiwillig als neuer Konvertit der Farm anschließen, wenn dieses Kreuz nicht ein und dasselbe war wie das in dem herausgerissenen Miss-Maple-Artikel.

Edgar Evernever:

Bist du mit den Geschenktüten fertig?

Evelyn:

Alles eingepackt und bereit für Freitagabend. Sie sind in Schwester Alices Garage.

Edgar Evernever:

Ausgezeichnet. Aus einem werden viele und aus vielen wird eins. Das schafft nur die tiefe, transformative Kraft der Zusammenarbeit für ein gemeinsames Ziel.

Evelyn:

Ganz genau. Ich freue mich immer, wenn ich das tun kann, was das Beste für die Farm ist.

KAPITEL 17

Cheryl:

Liebste Cousine, es hat sich noch ein Unfall ereignet. Oder hast du von Archie schon alles gehört?

Betty:

Kevin hat mir nur in groben Zügen von den beiden Zwischenfällen erzählt. Josie steckte im Schrank fest und Toni ist nur knapp diesem Maskottchen in der Aula entkommen?

Cheryl:

Genau. Deine Züge sind weniger grob, als du vielleicht glaubst. Toni ist heute wirklich nur knapp an einer schrecklichen Verletzung vorbeigeschrammt. Wir hätten es wahrscheinlich nur als Einzelfall – als Unfall mit beinahe tragischem Ende – abgetan, aber nachdem wir gehört haben, was mit Josie passiert ist, sind wir anderer Ansicht.

Cheryl:

Beiden Beinahe-Opfern geht es gut, Gott sei Dank. Aber ich denke, du stimmst mir darin zu, dass wir nicht länger so tun können, als ginge hier nichts vor sich. ZWEI zufällige Zwischenfälle?

Betty:

Zusammen sehen sie nicht besonders zufällig aus, da stimme ich dir zu.

Cheryl:

Treffen wir uns in Thistlehouse zu einer beruhigenden Tasse Kamillentee? TeeTee und ich sind schon mit Josie hier. Wir können dir alles erzählen.

Betty:

Wir rufen V und Archie an und sind dann sofort bei euch.

BETTY

Liebes Tagebuch,

die Lage spitzt sich zu.

Als wir in Thistlehouse eintrafen, saßen Cheryl, Toni und Josie vor dem brennenden Kamin, Josie mit einer kuschlig aussehenden Decke über den Schultern. Archie und Veronica waren schneller gewesen als wir und ebenfalls bereits da. Kevin nutzte den Adrenalinrausch seiner jüngsten Heldentat offensichtlich, um ein paar Überstunden bei seinen Vorbereitungen für den Wettbewerb zu machen – auf Josies und Vs Drängen hin allerdings so weit wie möglich von der Schule entfernt. Auf dem Couchtisch stand ein Tablett mit Tee und einer köstlich aussehenden Auswahl an Keksen. Jughead verschwendete keine Zeit und schnappte sich sofort eine Handvoll.

Cheryl konnte allem Anschein nach nicht anders, als deswegen zumindest eine kleine Spitze auszuteilen. »Komisch«, sagte sie und blickte Jug mit erhobener Augenbraue an. »In so aufwühlenden Augenblicken vergeht den meisten von uns der Appetit.«

Jughead ließ sich von der Bemerkung nicht im Geringsten beeindrucken. »Ja, so was in der Art hab ich auch schon mal gehört.« Er wackelte ebenfalls mit den Augenbrauen in ihre Richtung. »Echt krass.«

Ich schüttelte nur den Kopf über ihre Sticheleien und setzte mich in einen dick gepolsterten Sessel schräg gegenüber von Toni und Josie, die abwesend ins Feuer starrte. »Zunächst mal: Geht's euch beiden gut?«

Toni zuckte mit den Schultern und nickte. Ich sah, wie Cheryl ihre Hand drückte. Josie drehte sich zu mir um. Die Flammen des Feuers ließen Schatten über ihre Wangenknochen tanzen, als sie sprach. »Ich meine, in körperlicher Hinsicht geht's mir gut. Ich wurde eingesperrt, aber nicht verletzt. Es war nicht wie bei Toni. Es war einfach nur total unheimlich.«

»Natürlich. Und du glaubst, ein Mädchen hätte das getan?«, fragte Jughead.

Sie zuckte mit den Schultern. »Ich habe eine Mädchenstimme lachen gehört. Bedeutet das, dass es auf jeden Fall ein Mädchen war? Keine Ahnung. Aber wer hätte es sonst sein sollen?« Sie wurde von einem Schauder geschüttelt und zog sich die Decke noch enger um die Schultern.

»Ich …« Archie wirkte ziemlich mitgenommen, als er sich die Szene wieder ins Gedächtnis rief. »Ich hab nichts oder niemand Ungewöhnliches bemerkt. Ich war … ganz offensichtlich nicht besonders aufmerksam.«

»Archiekins«, warf Veronica ein, »wieso hättest du das auch sein sollen? Du wusstest schließlich nicht, dass etwas vor sich ging, also wonach hättest du dann Ausschau halten sollen?«

»Zweifellos nach demselben schwachsinnigen Schurken, der auch meine TeeTee mit diesem grauenvollen Bulldogs-Maskottchen beinahe für ihr ganzes Leben entstellt hätte«, zischte Cheryl wütend.

»›Zweifellos‹ geht möglicherweise ein bisschen zu weit«, erwiderte Jughead. »Aber ja, Betty und ich sind im Prinzip zu demselben Schluss gekommen: Zwei ›zufällige‹ Sabotageakte können kein Zufall sein … oder nicht nicht miteinander zusammenhängen. Ich sage nur: Ockhams Rasiermesser – die offensichtlichste Antwort ist in der Regel die korrekte.«

»Die Frage ist also: warum?«, ergänzte ich. »Warum ihr beide? Fällt euch irgendein Grund ein, warum jemand – ein Mädchen, vielleicht, wenn wir an das Lachen denken – es auf eine von euch abgesehen haben könnte?«

»Auf euch beide?«, korrigierte mich Jughead.

Die beiden zuckten nur mit den Schultern. Josie rutschte auf ihrem Sessel hin und her und wirkte einen Moment lang, als sei ihr die ganze Sache unbehaglich. Sie sagte jedoch nichts.

»Aber ... was ist, wenn die Angriffe doch nicht gezielt gegen euch gerichtet waren?«, warf ich in die Runde. »Ich meine, es wäre doch auch möglich, dass jemand die Revels sabotieren will. Vielleicht waren Toni und Josie ja nur zur falschen Zeit am falschen Ort. Beziehungsweise an den falschen Orten. Plural.« Ich sah die beiden an. »Ist euch vielleicht doch irgendjemand Verdächtiges aufgefallen, kurz vor oder nachdem diese ... na ja, nennen wir sie erst mal ... Unfälle ... passiert sind?«

Sie schüttelten beide energisch den Kopf. »Wir waren in der Aula. Alle haben für die Interviewrunde des Wettbewerbs geübt«, sagte Toni. »Ich will damit sagen: Alle waren dort.«

»Okay, prima, das grenzt die Zahl der Verdächtigen doch ein«, scherzte Jughead.

Cheryl funkelte ihn an. »Entschuldige bitte, du Möchtegern-Philip-Marlowe, aber wenn du den Attentatsversuch auf meine Freundin nicht ernst nimmst, dann kannst du auch gleich wieder verschwinden.«

»Wir nehmen ihn ernst«, versicherte ich ihr. »Ich denke immer noch, dass wir von der Annahme ausgehen sollten, dass zwischen der Sabotage des Royal Maple und der Leiche in der Revels-Zeitkapsel ein Zusammenhang besteht.«

»Na dann – haltet euch auch an diese Annahme«, blaffte Cheryl uns frustriert an. »Ich meine, worauf wartet ihr denn noch, Nick und Nora?«

Ich blickte Jughead an. Er hatte auch keine bessere Antwort als ich. Worauf wir noch warteten? Die Antwort darauf war ebenso einfach wie entmutigend.

Wir warteten auf den nächsten Hinweis.

Nur leider sah es nicht so aus, als ob wir in nächster Zeit noch einen finden würden.

DONNERSTAG

KAPITEL 18

Betty:

Hey, V – bist du da? Ich würde gern ein paar Theorien mit dir durchgehen. Bringst du Archie auch mit?

Veronica:

Bin gerade auf dem Weg in die Schule. Wir wollen Kevins Make-up für den Wettbewerb testen. Können wir uns in einer Stunde treffen?

Betty:

Kein Problem.
Bis dann.

VERONICA

Ich blickte mich in der kleinen Umkleide hinter der Bühne um, die bereitgestellt worden war, damit sich die Schüler auf den Wettbewerb vorbereiten konnten. Es sah alles so ähnlich aus wie bei unserer Carrie-Musicalaufführung: amateurhaft, aber – zur Not – machbar. Dennoch warf es einen gewissen Schatten über das ganze Event. Wenn mich meine Erinnerung nicht täuschte, dann war Carrie das letzte Mal gewesen, dass wir in Riverdale eine Show mit allem Drum und Dran auf die Bühne gebracht hatten – abgesehen von den Darbietungen in meinem Club, natürlich –, und sie hatte in einer unbegreiflichen Tragödie geendet.

Und bei dem Tempo, das wir notgedrungen vorlegten, schien der Schönheitswettbewerb – und ehrlich gesagt auch der Rest der Revels – für das gleiche Schicksal bestimmt zu sein. Ich hoffte, dass sich wenigstens eine der Theorien, die Betty und Jughead aufgestellt hatten, als korrekt erweisen würde.

»Also, wenn du mich fragst, kommt mir diese Umkleide weniger wie Miss Galaxy und mehr wie Toddlers and Tiaras vor. Aber wie sagt Tim Gunn, unser weiser alter Lieblingsmodeonkel, immer so schön? Da können wir was draus machen.«

»Ja, ja«, erwiderte Kevin grinsend, »wir wissen alle, dass du unsere Fashionqueen aus der Großstadt bist, Veronica, aber für unsere Zwecke tut es das völlig. Und jetzt komm und setz dich hin.« Er klopfte auf den Drehstuhl neben seinem, die beide vor einem riesigen beleuchteten Schminkspiegel standen. Der Schminktisch war praktisch völlig unter Make-up und Schminke begraben, die für die komplette Besetzung von Wicked für zwei Aufführungen täglich während der gesamten Spielzeit am Broadway gereicht hätten.

»Ich muss zugeben, ich freue mich wahnsinnig auf mein neues Gesicht. Aber vergiss nicht: Es sollte dramatisch genug sein, dass die Jury es aus der ersten Reihe in der Aula sieht, aber trotzdem – und ich zitiere – ›frisch und natürlich‹. Das sagen jedenfalls alle ViewTube-Videos.«

»Videos? Du bist so süß«, neckte ich ihn. »Keine Sorge, liebster Kevin. Oder muss ich dich erst daran erinnern, dass eine junge Frau vor dir sitzt, die für besondere Anlässe Gwyneths persönlichen Stylisten auf Abruf bereitstehen hat? Veronica Lodge ist mit sämtlichen Tricks der Branche vertraut.« Ich zog eine Augenbraue hoch. »Ich verspreche dir: Deine persönliche Stylistin steckt mit dem Konturenstift selbst Kim Kardashian in die Tasche.«

Kevin drehte sich auf seinem Stuhl zu mir herum, streckte das Kinn nach vorne und präsentierte mir sein Gesicht als Leinwand. »Forme mich nach deinem Willen, meine Meisterin.«

»Mit Vergnügen«, erwiderte ich, drehte die Beleuchtung des Schminkspiegels auf die hellste Stufe und schnappte mir einen marmorierten Silikonschwamm. Ich drückte ein wenig Foundation darauf, die einen Ton dunkler war als Kevins natürliche Haut, und begann, sie aufzutupfen. Es war ein seltsam beruhigendes Gefühl.

»Das ist wie ›Verbinde die Punkte‹, nur auf deinem Gesicht«, sagte ich lächelnd und begann, die Grundierung nahtlos zu verteilen. »Und können wir bitte mal über deine Knochenstruktur sprechen? Ab heute bist du meine ganz persönliche Ken-Puppe.«

»Schmeicheleien bringen dich bei mir überallhin. Da bin ich nicht wählerisch.«

»Ich kann dir versichern, dass das ganz bestimmt nicht die letzte war, keine Sorge.«

Nachdem die Foundation eingezogen war, griff ich nach einem übergroßen Puderpinsel. Ich tauchte ihn in eine Dose mit losem Puder und begann, damit über sein Gesicht zu streichen. »Diese Wangenknochen, Kevin«, sagte ich. »Es ist wirklich ein Wunder, dass du noch nicht von einem vor Neid zerfressenen Konkurrenten ermordet wurdest.« Es brach einem das Herz, dass unser liebenswürdiger Kevin seinen Seelenverwandten noch nicht gefunden hatte. Abgesehen davon, dass er ein unglaublicher Mensch war, sah er auch noch verflucht gut aus. Wie lautete das alte Sprichwort? Gott gibt nicht mit beiden Händen – aber Kevin Keller war die Ausnahme, die diese Regel bestätigte.

»Na, toll. Jetzt hast du uns garantiert mit einem Fluch belegt«, sagte er und rollte mit den Augen. »Vor allem, wenn man bedenkt, dass es hier sowieso schon zwei beinahe tragische Zwischenfälle gegeben hat. Und aller schlechten Dinge sind schließlich drei.«

»Ja, ja«, murmelte ich. »Ich kenne Bettys Theorie zu den Revels. Und sie basiert durchaus auf einer gewissen verstörenden Logik. Ganz davon zu schweigen, dass unsere Süße mit ihrer Intuition für gewöhnlich richtigliegt. Aber ich glaube trotzdem, dass wir für den Moment in Sicherheit sind. Vergiss nicht, das hier ist ein Schönheitswettbewerb, nicht ›das schottische Stück‹. Und ich glaube auch nicht, dass es wirklich so etwas wie eine ›verfluchte Produktion‹ gibt.«

»Nicht verflucht«, entgegnete Kevin, »eher –« Er verstummte abrupt und begann zu husten.

»Alles okay?«, fragte ich. Es sah aus, als würde der Hustenanfall eher schlimmer werden, anstatt abzuklingen. Seine Augen begannen zu tränen. »Ich hol dir ein Glas Wasser.« Ich wollte von meinem Stuhl aufstehen, aber er packte mich am Arm.

»Was ist denn?«, fragte ich mit steigender Panik.

Kevin konnte mir jedoch nur mit einem Kopfschütteln antworten. Seine Wangen verfärbten sich beängstigend rot und seine Augen wurden ganz glasig. »Kann … nicht … atmen …«, brachte er keuchend hervor.

»O mein Gott, Kevin!« Ich sprang auf, schnappte mir mein Handy, wählte den Notruf und schickte ein Stoßgebet zum Himmel, dass es noch nicht zu spät war.

»Halte durch«, flehte ich ihn an, während das Telefon in meiner Hand klingelte. »Halte einfach durch, okay?«

Seine Augen sagten mir, dass er es versuchte. Er versuchte es wirklich. Aber in jenem Moment war ich alles andere als zuversichtlich, dass alles wieder gut werden würde.

TEIL III:
VORBEREITUNGEN

KAPITEL 19

Veronica:

B, komm SOFORT her. Es ist Kevin.

Betty:

Was ist passiert?

Veronica:

HEFTIGE allergische Reaktion gegen sein Make-up. Anaphylaktischer Schock. Wir sind im Krankenhaus.

Betty:

O mein Gott! Wird er wieder gesund?

Veronica:

Jetzt schon. Aber ich bin mir nicht sicher, worauf er reagiert hat. Kev wusste selbst nicht, dass er allergisch ist.

Betty:

Gott sei Dank ist er außer Gefahr. Wir sind unterwegs. Mach dir keine Sorgen, wir kommen schon dahinter.

Veronica:

Archiekins, kannst du ins Krankenhaus kommen? Es ist Kevin.

Archie:

Natürlich – Betty hat mir schon Bescheid gesagt. Ich bin sofort da.

VERONICA

Archie, Betty und Jughead mussten die Geschwindigkeitsbegrenzung gnadenlos überschritten haben, denn sie schienen schon Sekunden, nachdem ich meine letzte Nachricht abgeschickt hatte, in Kevins Krankenzimmer zu stürmen. »Kevin!«, platzte Betty sofort heraus, als sie ihn sah. »O mein Gott, du siehst –«

»Ich weiß«, unterbrach Kevin sie kläglich. »Mein Gesicht ist aufgedunsener als Kylie Jenners Lippen. Das ist … der neueste Look?« Er lächelte uns durch seine grotesk geschwollenen Züge an. Seine Lippen konnten es in der Tat mit denen der jüngsten Kardashian aufnehmen und auch seine Augen waren praktisch komplett zugeschwollen. Sein Hals war von roten Flecken übersät. »Ich werde bis Samstag auf keinen Fall wieder so weit hergestellt sein, dass ich am Wettbewerb teilnehmen kann.«

»Bitte, wir wollen nichts mehr davon hören«, wies ich ihn zurecht. »Heute ist erst Donnerstag, also … wer weiß? Außerdem solltest du im Moment zuallerletzt an den Wettbewerb denken. Ich bin jedenfalls einfach nur erleichtert, dass es dir gut geht. Einen Moment lang sah es wirklich aus, als ginge es um Leben oder Tod.« Tränen traten mir in die Augen. Ich versuchte, sie zurückzuhalten, weil ich nicht wollte, dass Kevin oder die anderen sahen, wie besorgt ich tatsächlich gewesen war oder wie sehr ich daran gezweifelt hatte, dass er ohne ernste körperliche Schäden davonkommen würde. »Im einen Moment warst du noch völlig okay und dann plötzlich dieser heftige Anfall …« Meine Stimme brach. So viel zum Thema stoische Ruhe.

»Und du hattest vorher wirklich noch nie eine allergische Reaktion?«, erkundigte sich Archie.

»Nesselausschlag, hin und wieder, wenn ich das falsche Waschmittel benutzt habe. Aber nichts Vergleichbares, nichts Lebensbedrohliches. Der Arzt meinte, wenn die Rettungssanitäter nur fünf Minuten später bei mir gewesen wären …« Er verstummte und ich erschauderte.

»Hat einer von euch vielleicht irgendjemanden hinter der Bühne herumlungern sehen, nachdem du die allergische Reaktion hattest?«, wollte Jughead wissen und ging aufmerksam vor Kevins Bett auf und ab.

Ich sah ihn an. »Nein, überhaupt nicht. Und nach allem, was gestern passiert ist, war ich in höchster Alarmstufe.«

»Okay«, begann Kevin vorsichtig. »Aber, ich meine, woher hätte denn überhaupt irgendjemand wissen sollen, dass ich eine allergische Reaktion haben würde? Wenn ich vorher noch nie in meinem Leben auf irgendetwas allergisch reagiert habe?«

»Er wusste es nicht. Derjenige, der sich an deinem Make-up zu schaffen gemacht hat, wusste nicht, dass das passieren würde.«

Wir drehten uns alle zur Tür um, und uns klappten synchron die Kinnladen herunter, als wir sahen, wer dort stand.

»Ethel?«, stieß Betty aus. »Ähm, hi.« Wir alle mochten Ethel Muggs, aber wir waren ziemlich überrascht, sie in diesem Moment zu sehen.

»Ethel!« Archie klang definitiv mehr als nur überrascht. Er klang, als würde er den perfekten Heureka-Moment erleben. »Du bist mir vor der Aula in der Schule begegnet, als ich mich mit Josie im Musikraum treffen wollte.«

»Und hat Josie nicht gesagt, sie hätte ein Mädchen vor der Schranktür lachen hören?«, fragte ich und setzte ebenfalls eins und eins zusammen. Mein Magen verkrampfte sich, als die einzelnen Puzzleteile an ihren Platz rückten.

Archies Gesicht lief vor Wut knallrot an, während er die Erkenntnis sinken ließ. »Ja, hat sie. Und … ich hab dich gesehen! Wir haben uns unterhalten! Ich hab dir zugewinkt, du hast zurückgewinkt.« Aus irgendeinem Grund schien dieses Detail Archie besonders aus der Fassung zu bringen. »Kurz bevor ich Josie im Wandschrank eingesperrt gefunden habe. Du hast so getan, als sei alles … bestens und völlig normal!«

»Zu ihrer Verteidigung: So was wie ›normal‹ gibt's in dieser Stadt gar nicht«, scherzte Jughead, ließ sich dann jedoch hastig und mit ziemlich verlegener Miene auf einen Stuhl sinken, als ihm bewusst wurde, dass im Augenblick niemand in der Stimmung für seine sarkastischen Bemerkungen war.

»Ich weiß«, gestand Ethel leise. Sie wirke richtig verlegen und viel gedrückter, als ich es von ihr gewöhnt war. »Es tut mir leid.« Und dann brach sie mit einem lauten Seufzen in heftiges, hässliches Schluchzen aus. Es wirkte aufrichtig, und Betty und ich eilten zu ihr, tätschelten ihr tröstend den Rücken und setzten sie neben Kevins Bett auf einen Stuhl.

Betty warf Jughead einen Blick zu. »Könntest du Ethel bitte ein Wasser holen?«

Er hob die Hände, als wollte er sagen: sorry, mea culpa. »Sicher, kein Problem. Wird sofort erledigt.«

Nachdem er gerade das Zimmer verlassen hatte, hörten wir einen kleinen Zusammenstoß. Dem empörten Gekeife nach zu urteilen, das darauf folgte, war es ein Zusammenstoß Mensch gegen Mensch. »Entschuldige du dich lieber, du Flohhotel!«

Während Jughead sich schweigend auf der Suche nach einem Getränkeautomaten trollte, platzte Cheryl in den Raum, Josie und Toni dicht auf ihren Fersen.

Toni betrachtete die schluchzende Ethel neben Kevins Bett mit einem sprichwörtlichen Fragezeichen über dem Kopf und ich raunte ihr ein schnelles »Wir erklären euch alles später« zu.

Josie hielt einen Strauß aus Stiel-Luftballons in der Hand, den sie auf Kevins Nachttisch legte, bevor sie ihm zur Begrüßung einen Kuss gab. »Wie fühlst du dich, Süßer?«, erkundigte sie sich. Sie zuckte zusammen, als sie ihn genauer begutachtete. »Ich nehme an, nicht gerade blendend.«

»Deine Annahme ist korrekt. Aber danke für die Ballons, Josie«, erwiderte Kevin. »Ich freue mich schon darauf, sie ausführlich zu bewundern, sobald die Schwellung ein bisschen zurückgeht. Und um deine Frage zu beantworten: Ich fühle mich schon besser, nachdem sie mich an den Tropf gehängt haben.«

Er setzte sich ein wenig auf und versuchte, seinen Blick – oder das, was davon übrig war – auf mich zu richten. »Veronica, ich liebe dich, aber hast du unseren kompletten Jahrgang angerufen?«

»Tut mir leid«, entschuldigte ich mich. »Ich dachte nicht, dass alle gleichzeitig hierherkommen würden, als ich die Nachrichten verschickt habe. Ich schätze, es war vielleicht wirklich ein bisschen zu viel des Guten. Aber mir war klar, dass Josie es wissen wollen würde. Ich meine, ihr musste ich schließlich Bescheid geben, oder?«

»Ich bin jetzt deine Schwester, Kumpel«, erinnerte sie ihn. »Ganz zu schweigen davon, dass ich auch eins der Opfer war.«

»Und da TeeTee dem Sensenmann auch nur ganz knapp entkommen ist«, ergänzte Cheryl, »waren wir alle der Ansicht, dass wir uns zusammensetzen und das Ganze besprechen sollten. Aber wie es aussieht, ist dieses Rätsel inzwischen bereits gelöst.« Cheryl schoss der untröstlichen Ethel einen vernichtenden Blick zu. Offensichtlich hatte sie ebenfalls eins und eins zusammengesetzt.

Toni lächelte Kevin an. »Außerdem wollten wir einfach sehen, wie es dir geht, Kevin. Ich bin froh, dass mit dir alles okay ist.« Sie wirbelte zu Ethel herum. »Was er allerdings nicht dir zu verdanken hat, wie ich annehme?« Sie verschränkte mit einer vage drohenden Geste die Arme vor der Brust.

Ethel widersprach nicht. »Es tut mir so leid – das gilt

euch allen. Es war eine grauenvolle Idee. Aber … es war nicht meine.«

»Wirklich?«, fragte Jughead trocken, als er mit einer Flasche Wasser wieder ins Zimmer zurückkehrte. »Weil es auf den ersten Blick durchaus so aussieht, als sei es deine Idee gewesen. Ich meine, nachdem du hier reingeplatzt bist und gestanden hast, dass du es getan hast.«

»Nein! Ich meine, das habe ich, aber es war –«

»Evelyn!«, warf Betty ein und ihre Augen funkelten wütend.

Ethel nickte erbärmlich. »Ja. Evelyn hat mich dazu angestiftet. Sie wollte den Schönheitswettbewerb sabotieren.«

»Evelyn Evernever? Warum?«, fragte Jughead.

»Jug und ich haben die beiden neulich miteinander tuscheln sehen, als wir aus der Bibliothek kamen!«, rief Betty aus, ebenso entsetzt wie aufgeregt. Sie schaute Jug an. »Erinnerst du dich?«

»Ja«, antwortete er und verzog das Gesicht. »Ich kann nicht glauben, dass wir so lange gebraucht haben, um die Puzzleteile zusammenzusetzen. Wir hätten schon viel früher dahinterkommen müssen.«

»Wir waren das … all diese Sabotageaktionen … gemeinsam«, fuhr Ethel fort. »Na ja, ich hab Josie im Musikraum eingesperrt …« Josie bedachte sie mit einem wütenden Blick. »Und Evelyn hat das Make-up ausgetauscht.«

»Sie hatte neulich abends haufenweise Schminksachen

dabei, nach der Afterparty!«, rief Archie aus. »Mann, ich wusste doch, dass mir daran irgendetwas seltsam vorkam. Aber ich hab nichts gesagt, weil … Ich meine, sie hatte eine Tüte voller Lipgloss dabei, das ist schließlich kein Schwerverbrechen.« Archie runzelte die Stirn. »Wie war das mit die Puzzleteile schon früher zusammensetzen?«

»Keiner von uns hat sofort geschaltet, Arch«, erwiderte Betty, ging zu ihm und streichelte tröstend über den Arm.

»Ja«, erzählte Ethel weiter, »Evelyn hat Unmengen von Zeug gekauft, um zu testen, was sie wie manipulieren konnte. Wir haben an dem Abend nach der Party im La Bonne Nuit verschiedene Ideen ausprobiert. Dann hat sie die Sachen in der Umkleide deponiert. Sie wusste nicht, dass Kevin derjenige sein würde, der sie benutzt! Sie hat nur einen Teil des Make-ups in der Umkleide gegen ihr eigenes Zeug ausgetauscht.«

»Ich kannte die Marke gar nicht«, sagte Kevin. »Ich dachte, du hättest es gekauft, Ronnie.«

»Und ich dachte, es wäre deins«, erwiderte ich und spürte ein Stechen der Schuld, weil ich nicht sofort misstrauischer gewesen war. Noch ein Passagier an Bord des »Ich hätte es wissen müssen«-Zugs.

»Und die Bulldogge, die Toni beinahe zerquetscht hätte?«, keifte Cheryl sie an.

»Die mussten wir gemeinsam sabotieren.« Ethel sah wirklich elend und furchtbar beschämt aus.

»Teamarbeit. Wundervoll«, scherzte Jughead. »Gehört bestimmt zu den wichtigsten Werten unserer bodenständigen Farmies.«

Sie zuckte bei seinen Worten zusammen. »Na ja, das ist es ja gerade. Sie hat gesagt, dass der Schönheitswettbewerb gegen alles geht, wofür die Farm steht – Bescheidenheit, Zusammenhalt, Gleichheit. Ihr Vater hat darauf bestanden, dass sie daran teilnimmt – und auch alle anderen Schüler dazu animiert, mitzumachen. Sie war stinkwütend, aber sie hatte das Gefühl, keine andere Wahl zu haben.«

»Also hat sie stattdessen den Wettbewerb sabotiert und alle anderen in Gefahr gebracht«, erwiderte Betty. »Was meintest du eben noch gleich von wegen ›Zusammenhalt‹?«

Ethel errötete und wandte sich an Kevin. »Ich schwöre dir, Kevin, ich wusste es nicht. Evelyn hat nur gesagt, dass sie Waschmittel in den Gesichtspuder mischen will. Ich habe im Internet gelesen, dass man davon einen leichten juckenden Hautauschlag bekommt. Ich hatte keine Ahnung, dass es einen anaphylaktischen Schock auslösen würde!«

»Es hätte jemand ernsthaft verletzt werden können!«, brüllte ich. Ich konnte mich einfach nicht mehr beherrschen. »Es hätte jemand sterben können!«

»Ich weiß«, erwiderte Ethel und schluckte ein weiteres Schluchzen hinunter. »Glaub mir, das weiß ich. Aber jetzt ist es vorbei. Das verspreche ich euch.«

»Oh, es ist definitiv vorbei«, knurrte ich sie an. »Das verspreche ich dir. Ich glaube nicht, dass du herausfinden willst, was mit dir passiert, wenn diese Sache nicht hier und jetzt endet.«

»Nein, ich hab's verstanden. Ehrlich.« Ethel klang regelrecht demütig. Abgestraft. »Und ich will es wirklich wiedergutmachen, wenn ich kann.«

»Kannst Du Kevins Gesicht entschwellen?«, blaffte Cheryl sie an. »Oder meine Liebste und meine beste Freundin entterrorisieren? Wohl kaum.«

»Okay, Cheryl, du hast ja recht, aber jetzt beruhige dich wieder, Süße«, ging ich dazwischen und versuchte, die Spannung im Raum ein wenig abzubauen. »Sie kann nicht ungeschehen machen, was sie getan hat. Aber ich bin mir sicher, dass wir eine Möglichkeit finden, wie Ethel das alles wiedergutmachen kann.«

»Also«, sagte Betty mit glänzenden Augen, »ich hätte da die perfekte Idee …«

KAPITEL 20

Unbekannte Nummer:

Sehen wir uns beim Autokorso?

Evelyn:

Heute Abend? Ich bin beschäftigt, sorry. Ich muss beim Vorbereiten der Kanapees helfen.

Unbekannte Nummer:

Okay, aber du wirst ja wohl eine Minute Zeit zum Plaudern haben. Schließlich weiß ich, was du in letzter Zeit so getrieben hast. SO beschäftigt bist du auch wieder nicht.

Evelyn:

Na schön.

JUGHEAD

Wie sich herausstellte, hatten wir sogar ein paar Ideen, wie Ethel wiedergutmachen konnte, dass sie unsere Freunde hintergangen und rücksichtslos in Gefahr gebracht hatte.

Das Herzstück unseres Plans? Eine altbewährte verdeckte Operation.

Wir stellten die Falle gemeinsam und Ethel ließ den Köder baumeln. Evelyn hatte gar keine andere Wahl, als zu tun, was Ethel verlangte – schließlich hatte sie als ihre Komplizin einiges gegen sie in der Hand. Und außerdem war es ja auch wirklich kein riesiges Opfer für sie, kurz bei »Motoren und Musik« vorbeizuschauen. Ethel hatte uns erzählt, dass Evelyn von ihrem guten alten Daddy dazu ermuntert worden war, an sämtlichen Feierlichkeiten teilzunehmen, die die Revels zu bieten hatten. Deshalb waren auch nicht mehr als ein paar Nachrichten nötig, um sie zur Rathaustreppe zu locken, pünktlich wie bestellt.

Es war Viertel nach sechs und wie es aussah, war die komplette Stadt erschienen, um Josie und Archie singen zu hören. Ich fühlte mich unwillkürlich daran erinnert, wie wir uns alle das letzte Mal so versammelt hatten – war das wirklich erst vor drei Tagen? – und mit kollektivem nervösen Kribbeln der Öffnung der Zeitkapsel entgegengefiebert hatten. Und wir wussten schließlich alle, wie das Ganze geendet hatte.

Hoffentlich würde der heutige Abend weniger ereignisreich verlaufen. Wenn man allerdings bedachte, was wir geplant hatten, fiel es schwer, wirklich daran zu glauben, dass wir wenigstens dieses festliche Ereignis unbeschadet überstehen würden.

Betty, Veronica, Cheryl, Toni und ich standen unter einem Ahornbaum am Straßenrand. Von hier konnten wir unsere Freunde auf der Bühne sehen und die Musik hören, befanden uns aber auch in etwas verborgener Position, wenn Ethel ihren Teil der Abmachung erfüllte. Bis es so weit war, genossen wird die sprichwörtliche Ruhe vor dem Sturm und wiegten uns gedankenverloren zu Archies und Josies Songs.

Ich hatte sie schon öfter zusammen singen gehört und sie klangen jedes Mal richtig gut – sie hatten schließlich auch beide richtig Talent –, aber heute Abend … Ich wusste selbst nicht, wie ich es beschreiben sollte. Heute Abend strahlten sie etwas ganz Besonderes aus. Sie schienen perfekt aufeinander eingestimmt zu sein – und ich meine damit nicht nur ihre Instrumente und Stimmen. Es ging über die musikalische Ebene hinaus. Ihre Harmonie stimmte auch im übertragenen Sinne perfekt.

Archie strahlte eine Art … keine Ahnung, inneren Frieden aus, während er auf seiner Gitarre spielte und sich ans Mikro lehnte. Seit seiner Verhandlung hatte Archie nicht sonderlich viel Ruhe und Frieden erlebt. Wahrscheinlich fiel es mir deshalb ganz besonders auf.

Ich hoffte allerdings, dass es Veronica nicht ebenso auffiel.

Ich meine, Archie liebt Veronica, mit riesigem Herzaugen-Emoji. Daran besteht überhaupt kein Zweifel.

Aber die Chemie zwischen den beiden auf der Bühne ließ sich nun mal auch nicht leugnen.

Glücklicherweise blieb uns jedoch nicht allzu viel Zeit, darüber nachzudenken. Plötzlich hörte ich Schritte hinter mir. Wir drehten uns alle um und sahen, wie Ethel und eine sehr genervt wirkende Evelyn auf uns zukamen.

Als sie uns entdeckte, blieb Evelyn abrupt stehen. Die Erkenntnis spiegelte sich auf ihrem Gesicht wider, wurde dann jedoch schnell durch einen angespannten Ausdruck des Misstrauens ersetzt. Ethel gab ihr einen Schubs und Evelyn schlurfte widerwillig auf unsere kleine Gruppe zu. Ethel nickte uns zu und verschwand in die andere Richtung. Sie hatte ihre Pflicht erfüllt.

»Komm ruhig näher«, forderte Betty sie auf. »Wir beißen schon nicht.« Sie lächelte zuckersüß.

»Na ja, jedenfalls beißen wir nicht, sofern du uns wenigstens einen guten Grund nennen kannst, warum du alles dafür getan hast, die Revels in eine Katastrophe zu verwandeln«, spuckte Cheryl aus. »Und warum du das Leben meiner Liebsten in Gefahr gebracht hast.«

Evelyn besaß wenigstens den Anstand, erschüttert zu wirken: »Es war …« Sie blickte sich verzweifelt nach irgendjemandem um, der sie vor Cheryl Blossom retten konnte. Aber sie war allein.

Au revoir, Evelyn.

»Es war mein Dad«, stammelte sie. »Er wollte unbedingt, dass wir Farmies aktiv an den Revels teilnehmen. Sogar am Schönheitswettbewerb. Obwohl das gegen alles geht, was die Farm uns über Autorität und Gleichheit lehrt.« Tränen bildeten sich in ihren Augen und neben mir stieß Betty ein verächtliches Schnauben aus. »Ich schätze …« Sie sah Veronica an. »Na ja, er hat gesagt, dass es für deine Mutter sehr wichtig ist, dass wir uns einen festen Platz in der Gemeinde sichern.«

»Gib dafür nicht meiner Familie die Schuld«, fauchte Veronica sie an. »Du hast eine schlechte Entscheidung getroffen. Ganz allein.«

»Ich …« Evelyn wirkte völlig verloren. Sie machte den Mund auf, schloss ihn dann jedoch sofort wieder. In ihren Augen glänzten Tränen. »Okay«, brachte sie schließlich hervor. »Ich gebe es zu. Ich hätte … ich weiß auch nicht, widersprechen sollen, als mein Dad mich dazu aufgefordert hat, mitzumachen. Ich hätte ehrlich zu ihm sein und ihm sagen müssen, was ich über die Revels denke. Was ich fühle.«

Betty ging einen Schritt auf sie zu. Sie wirkte selbst in ihrer rosa Wildleder-Bikerjacke Ehrfurcht gebietend. »Hättest du, ja. Das wäre eine Möglichkeit gewesen«, stimmte sie ihr mit ruhiger Stimme zu. »Aber, weißt du, selbst wenn du dazu nicht in der Lage warst, hättest du den Wettbewerb nicht sabotieren und unschuldige Menschen in Gefahr bringen müssen. Das weißt du.

Was du getan hast – was du von langer Hand geplant hast –, war einfach nur krank und abartig. Du hättest auch nur … die andere Wange hinhalten können. Ich meine, geht es bei der Farm nicht angeblich um Liebe und Hilfsbereitschaft? Um Gemeinschaft?«

Evelyn wandte den Blick ab.

»Es mag ja sein, dass der Schönheitswettbewerb oder die Revels oder was auch immer den Prinzipien der Farm widersprechen. Aber erzähl mir nicht, dass das auch dafür gilt, Kevin Keller ins Krankenhaus zu schicken«, fügte Veronica hinzu.

»Du hast recht!«, gab Evelyn kleinlaut zu und brach in lautes, hicksendes Schluchzen aus. »Natürlich hast du recht.« Sie blickte zu Toni hinüber. »Es tut mir leid. Das schwöre ich. Es tut mir wirklich leid. Das musst du mir glauben.«

»Eilmeldung, Schwester: Sie muss überhaupt nichts«, zischte Cheryl sie an.

Evelyns Wangen glühten feuerrot. »Natürlich nicht.«

»Aber ich glaube dir«, sagte Toni und streckte tröstend eine Hand aus. »Und … ich meine, ich werde sicher nicht behaupten, dass es okay war oder so … Aber zwischen uns ist alles okay. Ich verzeihe dir.«

»Du kannst von Glück sagen, dass meine bessere Hälfte sehr viel edelmütiger ist als ich«, sagte Cheryl und warf das Haar über ihre Schulter zurück.

»Ich weiß«, schniefte Evelyn. »Ehrlich. Und ich bin wirklich dankbar dafür.«

»Moment mal«, unterbrach Betty sie. Sie wirbelte herum und schaute jeden von uns direkt an. In ihren Augen loderte noch immer ein wütendes Feuer. »Wir verzeihen ihr – einfach so? Nach allem, was sie getan hat? Nach allem, was ihre Familie getan hat?«

»Betty«, erwiderte ich leise, zupfte sie sanft am Ärmel und zog sie ein paar Meter weg, damit wir wenigstens so etwas Ähnliches wie Privatsphäre inmitten der Menschenmenge hatten. »Evelyn ist nicht ihr Vater. Und so sehr ich es auch hasse, das zuzugeben, scheint das Ganze tatsächlich nichts mit der Farm zu tun zu haben.«

Betty machte den Mund auf, um mich zu unterbrechen, aber ich fuhr fort: »Ich weiß, wie hart die ganze Geschichte mit deiner Mom und Polly für dich ist. Das alles ist dir gegenüber nicht fair. Überhaupt nicht. Aber vergiss nicht: Wir haben uns geschworen, dass wir in dieser Sache methodisch vorgehen und keine voreiligen Schlüsse ziehen, die auf unseren persönlichen Gefühlen für die diversen widerwärtigen Institutionen in dieser Stadt beruhen.«

Betty holte tief Luft und nickte schließlich. »Du hast recht, Jug. Ich hab nur wirklich gedacht – gehofft –, dass das alles miteinander zusammenhängt. Und dass ich endlich konkrete Beweise dafür finde, dass die Farm wirklich so dubios ist, wie es scheint.«

Ich zog Betty in eine Umarmung und drückte sie ganz fest an mich. »Die werden wir schon finden, Betty, das verspreche ich. Aber im Moment sieht es, was dieses Revels-Rätsel betrifft, ganz so aus, als stünden wir wieder am Anfang.«

Betty löste sich aus meiner Umarmung, zog ihren Pferdeschwanz fester zusammen und erwiderte: »Na, dann liegt wohl doch noch ein bisschen Ermittlungsarbeit vor uns.«

Wir gesellten uns wieder zu den anderen, und Veronica und Betty schienen eine kurze, wortlose Unterhaltung zu führen, an deren Ende Veronica in die Hände klatschte und die Führung übernahm.

»Gut, wie es aussieht, ist alles verziehen – wenn auch, wie ich ausdrücklich hinzufügen möchte, nicht vergessen«, begann sie und warf Evelyn einen scharfen Blick zu.

»Aber ich denke, irgendwann werden wir es vergessen. Im Laufe der Zeit. Völlige Vergebung gibt's nun mal nicht von heute auf morgen.« Veronica klatschte erneut in die Hände und fügte dann hinzu: »Aber fürs Erste machen wir einen Haken an die ganze Sache – hier kommt der Autokorso!«

Ich legte einen Arm um Bettys Schulter. »Meine Herrschaften, starten Sie die Motoren«, flüsterte ich ihr ins Ohr.

Sie schaute mich an. »Ich muss zugeben, Juggie, ich bin – und entschuldige bitte das Wortspiel – immer noch auf 180.«

»Ich weiß«, sagte ich, küsste sie auf den Kopf und

musste dabei ihrem hüpfenden Pferdeschwanz ausweichen. »Aber wir kriegen dich schon wieder in die Spur, Betts.«

FREITAG

KAPITEL 21

Reggie:

Hey, Kumpel – du und Josie klangt gestern Abend bei der Autokorso-Show ziemlich gut.

Archie:

Danke, Alter.

Reggie:

Sah auch ziemlich, äh, heiß aus. Hast hinterher sicher erst mal ne Flasche Wasser gebraucht. ☺

Archie:

Du bist doch bescheuert, Mann. Ich bin mit Veronica zusammen.

Reggie:

Wenn du das sagst. Ich sag nur, was ich gesehen hab.

CHERYL

Cocktails und Kanapees – eine entsetzliche Fehlbezeichnung.

Als echte Blossom war ich daran gewöhnt, mich bei Partys und anderen extravaganten Spektakeln hemmungslos zu amüsieren und hatte mich daher tatsächlich auf die im Vorfeld so gehypten Häppchen dieser speziellen Revels-Veranstaltung gefreut. Hatte ich genügend Vertrauen zu Riverdales Pöbel und städtischen Offiziellen, um ihnen die Durchführung eines als ausgesprochen geschmackvoll – Wortspiel nicht beabsichtigt – angekündigten Events tatsächlich zuzutrauen? Selbstverständlich nicht.

Aber trotzdem hätte ich zumindest erwartet, dass es etwas zu essen geben würde.

Mir knurrte bereits heftig der Magen, als mich schließlich die Erkenntnis traf, dass meine Erwartungen offensichtlich zu hoch gegriffen waren. Andererseits war ich leider daran gewöhnt, von anderen Leuten und ihren bescheidenen Visionen enttäuscht zu werden.

»TeeTee«, sagte ich und drehte mich zu meiner strahlend schönen Begleitung an diesem Abend um – und wenn es nach mir ging, blieb sie das auch an allen anderen Abenden und bei allen anderen Gelegenheiten –, »die Behauptung, hier würden Kanapees gereicht, war allem Anschein nach schamlos übertrieben. Ich fühle mich beraubt.«

»Nicht nur du«, stimmte sie mir zu und ließ den Blick auf der Suche nach irgendetwas Essbarem durch den Saal schweifen. »Wir wurden schändlich getäuscht. Ich sehe kein einziges Häppchen, nirgends.« Sie sah zur Bar hinüber und schlug vor: »Ich könnte uns zwei Martinis bestellen und sie bitten, noch ein paar Oliven extra reinzuwerfen?«

Ich lachte. »Sehr süß von dir. Und genial wie immer, meine kleine Rebellin. Aber irgendetwas sagt mir, dass es bei einer offiziellen Rathausveranstaltung gar nicht so einfach sein wird, als Minderjährige an Alkohol heranzukommen. Hermione Lodges Tochter mag vielleicht ein ehemaliges It-Girl mit berüchtigter wilder Vergangenheit sein, aber selbst sie scheint an diesem Abend ausnahmsweise beschlossen zu haben, nüchtern zu bleiben.«

Toni blickte mit hochgezogener Augenbraue zu Veronica, die tatsächlich ein Glas mit ziemlich unschuldigem Lemon Soda in der Hand zu halten schien. Sie erhob es in unsere Richtung und steuerte auf uns zu, offensichtlich dankbar für eine rettende Zuflucht in diesem Meer aus overdressten Erwachsenen in schlecht sitzender Stangenware.

»Ladys«, begrüßte sie uns mit gehauchten Luftküssen, »ihr seht atemberaubend aus.«

»Immer«, stimmte ich ihr zu und zog Toni strahlend

zu mir heran. Die Kleiderordnung für dieses Event war als »festlich« ausgegeben, aber wie üblich hatte ich sämtliche Register gezogen. Ich trug ein maßgeschneidertes Cocktailkleid im tiefsten Blutrot, das die Farbpalette hergab. Der Saum war mit Federn verziert, der tiefe V-Ausschnitt mit Perlen. Antoinette hatte sich für ein Minikleid mit Seidenkorsage entschieden – très McQueen trifft Serpents-Chic –, in dem sie natürlich fantastisch aussah. Veronica selbst, de facto Riverdales First Daughter, setzte auf Noir-Style à la Ava Gardner, mit einem aufreizenden rückenfreien Kleid in Schwarz und einem unglaublichen Quarz-Cocktailring, der schwer genug aussah, um potenziellen unerwünschten Verehrern die Zähne auszuschlagen. »Gleichfalls.«

»Danke«, sagte Veronica und nippte an ihrem Getränk. Ihr Lippenstift blieb makellos, obwohl sie einen deutlichen Kussmund auf dem Rand des Glases zurückließ. »Ich sage nur: Marco sei Dank – meinem Stylisten bei Bendel. Wenn man die nichts ahnende Bevölkerung einer Kleinstadt mit einem mehrtägigen Festival überrascht, muss man ihnen definitiv genügend Zeit geben, um sich entsprechend in Schale zu werfen … und sich, ihr wisst schon, von dem unvermeidlichen Trauma zu erholen, das jedes gesellschaftliche Event in Riverdale so mit sich bringt.«

»Tja, in dieser Hinsicht habe ich sozusagen doppeltes Glück.« Toni grinste. »Nicht was das Trauma angeht, meine ich, obwohl ich mich langsam davon erhole, sondern in Sachen Outfit. Cheryls Kleiderschrank kann es mit jedem Designerladen aufnehmen.«

»Oh, ich bin mir sicher, dass du als ihre Auserwählte auch noch in den Genuss einiger anderer Vorteile kommst«, scherzte Veronica.

»Mais oui. Für meine Liebste ist selbstverständlich nur ein Unlimited-Access-Pass gut genug«, versicherte ich ihr.

Ich blickte mich um. Die Veranstaltung war in vollem Gange, die Rathauslobby platzte beinahe aus allen Nähten und war von der üblichen Partygeräuschkulisse erfüllt: ausgiebiges, gedämpftes Lachen und der gelegentliche laute Ausruf. Dazu das Klirren von Kristall an Kristall, untermalt von einer Stiletto-Synkope und dem Rascheln luxuriöser Stoffe wallender Gewänder. Die Luft war von einer intensiven Mischung aus würzig-blumigen Parfüms, durchdringenden Aftershaves und der beißenden Note diverser Unisex-Kosmetikprodukte erfüllt. Über der eleganten Atmosphäre schwebte der süßliche Schleier von Champagnerduft. Der Großteil der Bevölkerung schien nichts von den Dramen zu ahnen, die sich hinter den Kulissen der Revels in der Riverdale High bereits abgespielt hatten.

»Apropos Auserwählte, Veronica, wo ist deiner?«, erkundigte ich mich.

»Archie ist unterwegs«, antwortete sie. »Er hat seinem Dad noch bei den letzten Feinarbeiten an ein paar Ständen für das Straßenfest geholfen.«

»Ein wahrer Gutmensch, dein Schatz, und süß wie Maracuja-Sorbet«, sagte ich und zwinkerte ihr zu.

Sie nickte und lächelte strahlend. »Unter ›treue Seele‹ findet man im Wörterbuch ein Bild von ihm.«

»Ah, ihr redet bestimmt von Archie.« Jughead gesellte sich zu uns. Er hielt einen kleinen Teller mit Würstchen im Schlafrock vor seiner Brust.

»Wo hast du die her?«, wollte ich wissen.

Er zuckte mit den Schultern und grinste. »Man muss nur wissen, mit wem man reden muss.«

»Weiß ich ja«, konterte ich. »Mit dir.« Ich schnappte mir eins der Häppchen und steckte es mir komplett in den Mund, bevor er protestieren konnte.

»Mein Kind – stets einen gesunden Appetit.« Es war Mumsie, die mich gebieterisch anfunkelte.

»Hallo, Mutter der Verdammten«, schoss ich zurück. »Falls du hier bist, um spitze Bemerkungen über meine Gewohnheiten und meinen Aufzug fallen zu lassen, muss ich dich auf ein andermal vertrösten. Heute Abend fühle ich mich dagegen gestählt.«

»Das liegt wahrscheinlich an den Mini-Hotdogs«, warf Jughead ein. »Aber um ehrlich zu sein, Mrs Blossom, hatten Betty und ich gehofft, wir könnten uns einen Moment lang mit Ihnen unterhalten.«

»Gute Güte, warum?«

»Wir haben nur ein paar Fragen, Tante«, antwortete Betty in ihrem perfekten Mädchen-von-nebenan-Cocktailpartyoutfit. »Zu den Riverdale Revels. Wir hatten gehofft, als Blossom könntest du uns mehr über die Geschichte des Festivals erzählen – dank eurer tief reichenden familiären Wurzeln hier in der Stadt.«

Mumsie erwiderte mit steifer Oberlippe: »Nun, selbstverständlich besteht eine Verbindung zwischen unserer Familie und dem Festival. Wir gehören schließlich zu den Gründerfamilien von Riverdale, wie ihr sehr wohl wisst. Was wiederum bedeutet, dass wir an der Entwicklung der zahlreichen Traditionen, die wir noch heute kennen und lieben, beteiligt waren.« Sie lächelte. »Ihr habt ja selbst gesehen, dass das Zeitkapsel-Fass von Blossom Maple Farms stammte.«

Die tödliche Ruhe, mit der sie erzählte, jagte mir einen eiskalten Schauer über den Rücken. »Ja«, sagte Betty mit leicht zitternder Stimme. »Das Fass – mit der Leiche darin. Hast du … Haben die Blossoms irgendeine Ahnung, wer das gewesen sein könnte, in der Zeitkapsel? Oder wie er oder sie dort hineingekommen ist?«

»Es war nur ein alberner Streich, meine Liebe, das weißt du doch.« Mumsie kniff die Augen zusammen. »Aber ich muss dir ja nicht erst erzählen, dass unsere Familie auch ihr Päckchen zu tragen hatte, ihre eigenen schrecklichen Tragödien.« Tränen traten ihr in die Augen. »Mein eigener Sohn, ermordet durch die Hand seines schwächlichen Taugenichts von einem Vater!«

»Schon gut, du Dramaqueen«, sagte ich. »Vergieß deine Krokodilstränen woanders.«

»Diese Stadt …« Sie blickte uns durchdringend an. »Diese Stadt ist böse, erfüllt von bösartigem Verlangen. Ich weiß das besser als jeder andere. Ist es da ein Wunder, dass selbst ein so freudiges, fröhliches Ereignis wie die Revels irgendwann mit Blut besudelt wurde?«

»Nein, ganz und gar nicht«, stimmte Jughead ihr zu. »Aber wir dachten, Sie wüssten vielleicht irgendetwas Konkretes.«

»Es ist wirklich süß, dass ihr beiden Turteltäubchen so engagiert versucht, die Wahrheit ans Licht zu bringen und der Gerechtigkeit in unserer kleinen, verkommenen Stadt zum Sieg zu verhelfen«, sagte sie, ihre Stimme leise und säuselnd. Gefährlich. War es ein Versprechen? Eine Drohung? Eine spontane Reaktion? Oder alles auf einmal? Es ließ sich unmöglich sagen. Jedes undurchdringliche Lächeln, das über ihr Gesicht huschte, glich einem in Hieroglyphen verfassten Glückskeks-Spruch, dessen Bedeutung sich nicht entschlüsseln ließ. »Aber die Wahrheit ist: Unsere Stadt, so finster und böse sie auch sein mag, gedeiht prächtig.«

»Gedeiht prächtig?«, wiederholte Jughead und schüttelte den Kopf. »Fizzle Rocks. Mord und Totschlag. Gefährliche Spiele mit tödlichen Konsequenzen.«

Sie hob beide Hände. »Ich will damit sagen: So ist Riverdale nun mal. So war es schon immer. Es ist das Vermächtnis unserer Stadt. Verderben und Zerstörung … Und die Menschen hier? Sie weiden sich daran. Also warum lassen wir sie nicht einfach?« Sie lächelte wehmütig. »Es ist doch so viel einfacher, als dagegen anzukämpfen oder gegen den Strom zu schwimmen.«

»Für dich vielleicht«, sagte Betty, ebenso aufrichtig verstört über ihre Worte wie ich selbst. »Ich glaube immer noch an Riverdale. Ich glaube, dass wir besser sein können.« Genau das hatte sie auch vor zwei Jahren bei der Jubiläumsfeier gesagt, und sie schien es wirklich so zu meinen. Sie glaubte daran, jetzt mehr denn je.

Mumsies Miene spannte sich an. »Nun«, erwiderte sie, mit einem Mal furchtbar schroff, »wenn ich ihr wäre, dann würde ich gut darüber nachdenken, was ich tue. Ich habe keine Ahnung, wessen Knochen sich in dem Ahornfass befanden oder wie sie dort hineingekommen sind. Aber ich schlage vor, ihr genießt zusammen mit euren Freunden die Revels und vergesst all diese scheußlichen Dinge. Denn eines solltet ihr nicht vergessen, Kinder: Es spielt keine Rolle, wer diese Leiche in dem Ahornfass vergraben hat. In dieser Stadt gibt es eine Menge Leute, die sofort zu einer solchen Tat bereit wären, wenn ihre friedliche Existenz bedroht wäre. Und dort, wo dieses Ahornfass herkam, warten noch viele andere.«

Ein leises Summen drang aus ihrer Handtasche. Sie holte ihr Handy heraus und warf einen Blick darauf. »Gut, wenn ihr mich jetzt entschuldigen wollt?«

Nachdem sie gegangen war, stieß ich ein erleichtertes Seufzen aus, von dem mir gar nicht bewusst gewesen war, dass ich es zurückgehalten hatte.

»Kam das nur mir so vor, oder hat Penelope Blossom gerade ganz dezent damit gedroht, uns umbringen und in ein Sirupfass stecken zu lassen?«, fragte Jughead ungläubig.

»Ich glaube nicht, dass es nur dir so vorkam«, versicherte ich. »Und wenn man bedenkt, wie viele Mitglieder unserer Familie bereits andere Mitglieder unserer Familie ermordet haben, dann denke ich, du tätest gut daran, ihre Warnung ernst zu nehmen.«

»Da kann ich dir nur zustimmen. Aber, ist das nicht …?«

Wir alle schauten Jughead an. »Was ist denn?«, fragte Betty ihn.

»Pop Tate. Gestriegelt und gespornt.« Er zeigte auf ihn.

Ich folgte seinem Finger. »Entzückend. Na und?«

»Und schaut doch mal, was er anhat. Betty, siehst du nicht, was er in der Hand hält? Denk an das zerrissene Foto. Die Halskette und …«

Betty schnappte nach Luft. »Und die Taschenuhr.«

»So faszinierend Pops modische Entscheidungen auch sein mögen«, warf ich ein, »mir reicht's. Können wir bitte endlich irgendwo nach was zu essen suchen?«

Ich machte auf dem Pfennigabsatz kehrt, zuversichtlich, dass mir alle, die zumindest über ein wenig gesunden Menschenverstand verfügten, auf den Fersen folgen würden.

KAPITEL 22

BETTY

Liebes Tagebuch,

Pops Taschenuhr war ein ziemlich vielversprechender Hinweis. Bei der Cocktailparty wurde Pop jedoch die ganze Zeit von irgendwelchen Leuten umschwärmt, und so sehr Jughead und ich es auch versuchten, es gelang uns einfach nicht, ihn für einen Moment beiseitezuziehen. Es war wirklich frustrierend, aber wir wollten diesen Abend nicht ohne weitere Ermittlungen verstreichen lassen. Vor allem jetzt, da die Revels bereits in vollem Gange waren.

»Und was jetzt, Jug?«, fragte ich, mit meinen brillanten Ideen am Ende.

Er zuckte mit den Schultern, und der Ausdruck in seinem Gesicht verriet mir, dass er sich genauso fühlte wie ich: verloren und verwirrt. Die Sabotage des Wettbewerbs hatte nichts mit der Leiche in dem Ahornfass zu tun und niemand schien irgendetwas über die alten Revels zu wissen – und wenn doch, erzählten sie uns nichts darüber. Was den Mord anging – beziehungsweise die Leiche, bei der es sich aller

Wahrscheinlichkeit nach um ein Mordopfer handelte – waren wir am Ende unserer Spuren angelangt.

Ein Rätsel war gelöst, blieb nur noch das zweite. Warum lief es nur jedes Mal so? Warum ließen sich die losen Enden – ganz anders als im Film – eigentlich nie fein säuberlich miteinander verbinden? Ich wusste, dass Jughead sich dieselben Fragen stellte.

»Keine Ahnung«, antwortete er. »Aber Penelope Blossom ist genauso zwielichtig wie eh und je. Und die Blossoms gehören zu den Gründerfamilien von Riverdale. Wenn wir uns also schon nicht mit Pop über die Taschenuhr unterhalten können …«

»Vielleicht sollten wir uns dann noch mal in Thistlehouse umschauen«, beendete ich den Satz für ihn. »Wenn es je einen Zeitpunkt gegeben hat, dort ungestört herumzuschnüffeln, dann jetzt.«

»Herumschnüffeln? Darum musst du mich kein zweites Mal bitten«, erwiderte Jughead und zog sich die Mütze tiefer über die Ohren.

»Ich weiß«, sagte ich lächelnd. »Darum liebe ich dich ja so.«

Nach unserer Ankunft brauchte ich ungefähr zehn Minuten, um das Schloss mit meiner Haarnadel zu knacken – eine alte, aber immer noch bewährte Methode.

»Es ist, als hätten sich in dir MacGyvers und Nancy Drews Gene zum ultimativen Schnüffler-Schrägstrich-Entfesselungskünstler vereint«, staunte Jughead.

Ich musste lächeln, bedachte ihn jedoch mit einem Augenrollen und legte den Finger zu einem stummen »Psst« an die Lippen.

»Okay«, flüsterte er, allerdings nicht besonders leise, »aber du weißt schon, dass wir hier ganz allein sind? Alle sind bei der Cocktailparty in der Stadt.«

Ich zuckte mit den Schultern. »Die Macht der Gewohnheit?«

Wir schlichen so vorsichtig wie wir konnten die Treppe in den ersten Stock und zu den zahlreichen Schlafzimmern von Thistlehouse hinauf.

»Okay, wir können zwei Spuren folgen, was die Verbindung zu den Blossoms betrifft«, flüsterte mir Jughead über seine Schulter hinweg zu. »Abgesehen von der allgemeinen schändlichen Vergangenheit der Familie, natürlich. Erstens: Der Anhänger an der Halskette auf dem zerrissenen Foto aus der Bibliothek sieht genauso aus wie der, den Nana Rose Polly geschenkt hat – falls es nicht sogar dieselbe Kette ist.

Und zweitens: Die Zeitkapsel des Todes war de facto ein Blossom-Ahornsirupfass. Das könnte zwar nur ein Zufall sein, schätze ich … aber ich denke, ich habe inzwischen mehr als deutlich gemacht, was ich von Zufällen halte.«

»In der Tat«, erwiderte ich. »Und ich kann dir da nur zustimmen.«

Am oberen Treppenabsatz blieben wir stehen und sammelten uns. »Also, Polly hat uns erzählt, sie hätte die Halskette von Nana Rose bekommen …«, begann ich eher zaghaft.

»Deshalb liegt es nahe, in Nana Roses Zimmer anzufangen?«, schlug Jughead vor.

»Ich schätze schon. Wer weiß, vielleicht haben wir ja Glück und auf ihrer Kommode steht ganz offen eine Schmuckschatulle und wir finden darin eins dieser verdammten Kruzifixe.« Einen Moment lang amüsierte mich die unwahrscheinliche Vorstellung. Aber wann hatte Glück hier in Riverdale zum letzten Mal wirklich eine entscheidende Rolle gespielt?

»Womit willst du in Nana Roses Zimmer anfangen, Liebes?«

Ich schnappte erschrocken nach Luft und sah, wie Nana Rose aus ihrem Schlafzimmer auf uns zurollte. Sie fixierte mich mit so durchdringendem Blick, dass mir sofort richtig unbehaglich zumute war. Ihre Haut war ganz pudrig und durchsichtig, so dünn wie Zwiebelhaut. Ich erkannte eine Landkarte aus blauen Adern, die sich wie ein Spitzenmuster über ihre Schläfen schlängelten.

Sie wirkte zerbrechlich, ja – man sah ihr ihr hohes Alter definitiv an –, aber gleichzeitig auch irgendwie stählern. Wie ein Mensch, der gewisse Dinge wusste, entsetzliche Dinge, aber trotzdem vor nichts Angst zu haben schien.

»Nana Rose, was machst du denn hier?«, stammelte ich.

Sie lachte. »Ich könnte dich dasselbe fragen, Liebes. Ich habe deine Besuche vermisst. Aber ich verstehe es, natürlich. Es muss furchtbar schwer für dich sein ... seit wir Jason verloren haben.«

Jughead schaute mich an. Es war offensichtlich, was er dachte: Sie hält dich für Polly.

Es war schon einmal passiert. Er versuchte, sein vielsagendes Lächeln zu verbergen. Das würde uns diese ganze Sache vermutlich entschieden einfacher machen.

»Es ist schon eine Weile her, ja«, erwiderte ich. Ich hatte ein schlechtes Gewissen, weil ich eine arme alte Dame an der Nase herumführte, aber ich konnte mir diese Gelegenheit auch nicht entgehen lassen, wenn sie uns schon auf dem Silbertablett serviert wurde. »Es tut mir so leid. Ich habe dich auch vermisst. Aber ...« Plötzlich kam mir eine Idee. »Aber ich habe das Kreuz, das du mir geschenkt hast, die ganze Zeit getragen.«

Ein warmes Lächeln breitete sich auf ihrem Gesicht aus. »Das Kreuz! Wie schön. Oh, es freut mich so sehr, das zu hören. Das Schmuckstück befindet sich schon seit Generationen in unserer Familie. Wir schenken diesen Glücksbringer allen Blossom-Töchtern, am Abend vor ihrer Konfirmation.«

»Dann gibt es davon also mehr als nur dieses eine?«, fragte ich entmutigt. Damit sank der Wert unseres Hinweises eindeutig, wenn auch nur ein kleines bisschen. Es ließ sich unmöglich sagen, welcher Blossom der Anhänger aus dem Zeitungsartikel gehörte. Waren wir in die nächste Sackgasse geraten?

»Oh, mach dir deswegen keine Sorgen, Polly. Du bist trotzdem einzigartig. Aber erzähl mir, Kind, was hast du in letzter Zeit erlebt?«

Wir hatten jemanden gesucht, der uns mehr über die gemeinsame Geschichte der Blossoms und der Revels erzählen konnte. Andererseits hielt mich Nana Rose jedoch für Polly.

Es stellte sich die Frage, ob sie überhaupt noch bei klarem Verstand war.

Ich hatte keine Ahnung. Das Einzige, was ich mit Sicherheit wusste, war, dass ich nicht den ganzen Weg bis nach Thistlehouse gefahren war, um dann mit leeren Händen wieder abzuziehen, weil ich mich vor einer leicht verrückten alten Dame fürchtete.

Ich blickte Jughead an und wir kamen schweigend überein: Es war einen Versuch wert. Wo sie schon einmal hier war ... Wahrscheinlich würden wir so eine Chance nie wieder bekommen.

»Ich, äh ... na ja, auf der Farm ist natürlich immer viel zu tun. Und ...« Jetzt oder nie, dachte ich. »Und wir haben uns auf die Revels vorbereitet.«

Ihre Miene verfinsterte sich. »Die Revels«, spuckte sie förmlich aus. »Eine weitere Schande in dieser schändlichen Stadt. Sie hätten eine hässliche Fußnote in der Geschichte bleiben sollen, genau dort gehören sie hin.«

»Aber warum?« Jughead konnte sich nicht zurückhalten. Er eilte an Nana Roses Seite. »Angeblich waren die Revels ein wirklich fröhliches Fest, viele Jahre lang. Und trotzdem findet sich in den historischen Aufzeichnungen der Stadt rein gar nichts darüber. Warum will niemand mit uns über ihre Geschichte sprechen? Warum findet sich in keiner Lokalzeitung auch nur ein einziger Artikel darüber? Das Einzige, was wir finden konnten – nach langer Suche – war ein Bericht über den Miss Maple Schönheitswettbewerb. Ein Bericht, der zerstört wurde.«

»Hoffentlich für immer«, schnaubte sie verächtlich.

»Nana Rose, warum wollen alle unbedingt so tun, als hätte es die ursprünglichen Revels niemals gegeben?«, fragte ich und versuchte, ruhig zu klingen.

»Weil die ursprünglichen Revels einfach abscheulich waren!«, keifte sie böse, mit einen Mal von unbändiger Wut erfüllt. »Und dieser Schönheitswettbewerb, von dem ihr gesprochen habt, entwuchs einem Fluss aus Blut und einem Bett aus Knochen.«

Ein eiskalter Schauer jagte mir über den Rücken. Wir waren so nahe dran. Ich musste an den Schädel denken, der aus dem Ahornfass gekullert war. An das lange, zerzauste Haar, von Würmern und Maden durchzogen ... von all den Lebewesen, die sich durch die Erde und den Dreck gruben. »Was soll denn das heißen? Wessen Blut? Wessen Knochen?«

Vielleicht war Nana Rose ja doch genau die Person, mit der wir uns unterhalten sollten. Vielleicht konnte uns nur jemand, der nicht mehr im Vollbesitz seiner geistigen Kräfte war, die ganze grauenvolle Wahrheit erzählen.

Sie seufzte tief. »Wie du weißt, mein Kind, wurde Riverdale vor fünfundsiebzig Jahren gegründet. Aber die Siedler, die diese Stadt erbauten, trafen schon viel früher hier ein.«

»Im frühen 18. Jahrhundert«, warf Jughead ein. »Das hat Weatherbee uns erzählt.«

»Ja«, bestätigte sie, »im Jahr 1701, glaube ich. Es war eine andere Zeit. Primitiv. Unzivilisiert. Die Menschen ... saßen seltsamen Aberglauben auf. Selbst unsere Leute.«

»Die Blossoms, meinst du?«, fragte ich.

Sie nickte. »Den allerersten Grandpappy Blossom zog es damals ans Ufer des Sweetwater River, weil er mit Ahornsirup sein Vermögen machen wollte. Anfangs war es nicht leicht für ihn, aber nach der ersten reichen Ernte wollten er und die anderen Siedler ein fröhliches Fest feiern.«

»Die allerersten Riverdale Revels«, warf ich ein und erinnerte mich wieder an Weatherbees Rede bei der Schulversammlung.

Sie nickte erneut, knapper diesmal. »Das war 1706. Die Siedler waren so dankbar, dass sie beschlossen … nun, sie hatten das Gefühl, irgendetwas tun zu müssen. Sie ersannen schließlich eine Zeremonie, um die höheren Mächte auch in Zukunft zu besänftigen und sicherzustellen, dass der Sirup nicht versiegte, niemals wieder.«

»Was war das für eine Zeremonie, Nana Rose?«, wollte ich wissen. Eine böse Vorahnung breitete sich wie ein Eisblock in meinem Bauch aus. Ich bezweifelte, dass es irgendetwas Fröhliches oder Harmloses war. Unbewusst ballte ich so fest die Fäuste, dass ich sofort ein Brennen spürte, als sich meine Fingernägel durch meine Haut bohrten.

»Wie ich schon sagte, unsere Vorfahren waren … ein abergläubisches Volk. Sie waren der Ansicht, sie bräuchten … ein Opfer.«

Ich klatschte vor Entsetzen die Hände auf den Mund. Tränen brannten in meinen Augen. »Ein Opfer?«, wiederholte ich und konnte die Worte selbst nicht glauben, die aus meinem Mund kamen.

»Um die höheren Mächte milde zu stimmen, wie ich es

euch bereits erzählt habe«, antwortete sie mit knappem, nüchternem Tonfall.

»Lass mich raten«, sagte Jughead. »Sie haben die hübscheste Jungfrau der Stadt ausgesucht?« Er atmete langsam aus. »Spaßige Zeiten.«

»Sie haben eine Art ... Wettbewerb abgehalten.«

Ich bekam kaum noch Luft. »Einen Schönheitswettbewerb.«

»Nun ja, so könnte man es nennen, Liebes. In gewisser Weise, jedenfalls. Alle paar Jahre versammelten sie eine kleine Gruppe von Mädchen aus der Stadt. Die ältesten Siedler – ich nehme an, in modernen Zeiten würde man sie als den Stadtrat bezeichnen – wählten eine der jungen Frauen aus. Die unschuldigste, mit dem reinsten Herzen. Sie war ihr Tribut. Es galt als große Ehre.«

Mir krampfte sich der Magen zusammen. »Als große Ehre?«, wiederholte ich langsam. »Ermordet und in ein Ahornfass gestopft zu werden?«

»Ein Ahornfass? Wie kommst du denn auf diese Idee, meine liebe Polly? Nein, die Mädchen wurden erhängt. An dem großen Ahornbaum in der Mitte der Lichtung, draußen im Fox Forest. Und nachdem sie erhängt wurden, begrub man sie unter dem Baum.«

Ich wusste, welchen Baum sie meinte. Er war atemberaubend und ragte höher und mächtiger auf als irgendein anderer Baum in meilenweitem Umkreis. Mir wurde ganz flau im Magen, wenn ich jetzt daran dachte, wodurch er in all diesen Jahren so üppig gewachsen war. Vor meinen Augen verschwamm alles und dann wurde das Zimmer plötzlich ganz dunkel. Das Blut pulsierte in meinen Ohren.

Ein junges Mädchen ... alle paar Jahre. Zum Tode verurteilt und im Fox Forest an einem Baum erhängt? Wie viele ...?

Es war noch grauenvoller, als ich es mir jemals hätte ausmalen können. »Opfer?«, wiederholte ich wie betäubt. Sie nickte.

»Wie?«, fragte Jughead, als er die Sprache wiederfand. »Ich meine, wir sprechen hier von ... wie vielen? Fünfzig Mädchen, im Laufe der Jahre? Einfach so verschwunden. Wie konnte so etwas passieren, ohne dass jemand in der Stadt etwas unternahm, um es zu verhindern? Wie konnte niemand etwas davon bemerken?«

Nana Rose betrachtete ihn mit offener Neugier. »Bemerken? Sie haben es alle bemerkt, selbstverständlich. Du scheinst eine simple Tatsache gar nicht in Betracht zu ziehen: Sie steckten alle unter einer Decke. All unsere Mitbürger, all unsere Nachbarn. Es gab nichts zu verhindern, verstehst du?«

»Aber ...« Es fiel mir noch immer schwer, das Ganze wirklich zu begreifen. »Diese Mädchen, diese –« Ich musste das Wort förmlich herauswürgen. »Diese Opfer ... sie hatten Familien. Menschen, denen sie etwas bedeuteten. Menschen in ihrem Leben, die es bemerken mussten, wenn sie ...« Ich sprach den Satz nicht zu Ende, weil ich bereits wusste, wohin er führen und wie Nana Roses Antwort lauten würde.

»Mein Kind«, tadelte sie mich sanft, »du stammst aus einer Welt mit ViewTube und SpaceTime. Du kannst dir nicht vorstellen, wie anders damals alles war. In den Anfangsjahren der Revels ließ sich dieser Plan mit Leichtigkeit in die Tat umsetzen, mit der gesamten Stadt als Komplizen. Hexenprozesse gehörten im 18. Jahrhundert natürlich weitestgehend der Vergangenheit an, aber sie waren auch noch nicht völlig aus dem Bewusstsein der Menschen verschwunden. Einige glaubten, dass ganz in der Nähe noch immer mehrere Hexenzirkel hausten. In der Gegend, die wir heute als Greendale kennen. Verborgen unter den anderen Bewohnern. Wie der Wolf im Schafspelz, wenn man so will. Es war damals ein Leichtes, junge Frauen zu verunglimpfen.«

»Manche Dinge ändern sich nie …«, murmelte Jughead.

Aber ich hatte dafür jetzt keine Zeit. »Also, diese Mädchen …«, drängte ich weiter.

»Oh, ja. Unsere Vorfahren erhielten Hilfe – von einem Nonnenkloster. Es hatte mit dem, das du kennengelernt hast, jedoch kaum Ähnlichkeit.«

»Die Schwestern der stillen Gnade«, stieß ich aus.

»Ja, auch wenn ihr Orden damals noch nicht diesen Namen trug. Sie fanden Waisen, Mädchen, die durch das Netz gefallen waren. Mädchen, die niemand vermissen würde. Fromme Mädchen, selbst in Zeiten angeblicher dunkler Magie und Hexerei.«

»Nonnen. Sie haben der Stadt die Menschenopfer zugeführt?«, wollte Jughead wissen.

Nana Rose zuckte kaum merklich mit den Schultern. »Im Laufe der Zeit entwickelte es sich zu einer immer größeren Herausforderung, die Mädchen von der Vision der Stadt zu überzeugen.«

»Darauf würde ich wetten«, warf Jughead ein.

»Aber wir Blossoms hielten diese Tür weiterhin durch unsere finanzielle Großzügigkeit geöffnet – was wiederum dazu führte, dass die Stadt uns freundlich gesonnen war.«

»Wann hat es aufgehört?«, wollte ich wissen.

»Der Brauch wurde direkt vor dem Beginn des Bürgerkriegs abgeschafft, als ein sogenannter fortschrittlicher Bürgermeister das Zepter übernahm – auch wenn er damals nicht als Bürgermeister bezeichnet wurde. Theodosius Little. Ihr habt in der Schule doch gewiss alles über ihn gelernt?«

»Was?«, fragte ich abwesend. »Oh, äh, ja.« Vage Einzelheiten schwammen durch meinen Hinterkopf, schlüpfrig wie Fische. Ich erinnerte mich dunkel wieder an ein ganz spezifisches Detail des Fotos, das wir diese Woche im Pop's gesehen hatten, nachdem uns die Revels gerade erst angekündigt worden waren. Es kam mir vor, als sei es Ewigkeiten her, ein ganzes Leben. Mir wurde ganz schwindlig, wenn ich nur daran dachte, was seit jenem Tag alles passiert war. »Seine Familie und die Familie Tate waren seit Langem miteinander befreundet, nicht wahr?«

»Ja, das ist richtig. Von ihm ging die Initiative aus, diese ›Feierlichkeiten‹ zu beenden, und soweit ich weiß, stieß er dabei nicht auf allzu großen Widerstand. Die meisten in der Stadt hatten das Gefühl, es sei an der Zeit dafür. Die Revels wurden durch einen richtigen Schönheitswettbewerb und ein schlichteres, fröhlicheres Fest ersetzt. Um die Tradition, unsere Ernte zu feiern, am Leben zu erhalten.«

»Moment mal«, erwiderte Jughead. Seine Augen leuchteten, während er sich alles noch einmal durch den Kopf gehen ließ. »Der Miss Maple Schönheitswettbewerb war in Wahrheit nur eine Art Update eines traditionellen Jungfrauenopfers?«

»Ganz genau, mein Lieber. Eine Neuauflage, wie wir es in meiner Generation nennen würden.« Sie lächelte scheu, beinahe mädchenhaft. Es war ein reizendes Lächeln, auch wenn es im Augenblick in krassem Widerspruch zu ihrer allgemeinen Ausstrahlung stand.

Jughead zog seine Mütze aus und fuhr sich mit den Fingern durchs Haar. Er wirkte vollkommen verwirrt und verstört. »Veronica hatte wirklich recht, was den frauenfeindlichen Unterton dieser Veranstaltung betrifft«, murmelte er, eher zu sich selbst als zu uns.

»Aber …« Ich hatte immer noch Mühe, die einzelnen Puzzleteile dieser vollkommen wahnsinnigen Geschichte zusammenzusetzen. »Dieses neue Festival … und der Schönheitswettbewerb … wurden vollkommen aus den lokalen Geschichtsbüchern der Stadt gelöscht. Warum?«

»Hmm.« Nana Rose kniff nachdenklich die Augen zusammen. »Die Revels wurden 1941 abgeschafft, zusammen mit dem Miss Maple Schönheitswettbewerb, bei der offiziellen Gründung der Stadt – ein Verdienst des nächsten dieser sogenannten modernen Bürgermeister, der keinerlei Erinnerungen an die düstere Vergangenheit unserer Stadt wünschte. Dafür war auch die Zeitkapsel gedacht – um die Vergangenheit im sprichwörtlichen Sinne zu begraben. Obwohl es den Anschein hat, als hätte dies jemand sehr wörtlich genommen.« Nana Rose kicherte leise, ein furchtbar misstönendes

Geräusch angesichts des grauenvollen Themas unserer Unterhaltung.

»Und sie überließen es anderen, dieses Rätsel zu lösen, fünfundsiebzig Jahre später. Das nenne ich den Schwarzen Peter weiterreichen«, sagte Jughead.

»Viele waren dagegen, den Schönheitswettbewerb abzuschaffen«, erklärte Nana Rose. »Die Zeitkapsel war eine Art Kompromiss. Wenn wir diese Tradition schon beendeten, dann wenigstens mit einem Knall, wenn ihr versteht. Eine Art Vermächtnis für zukünftige Generationen.«

Ich atmete langsam aus. »Na, das ist euch definitiv gelungen.«

»Die Revels boten von Beginn an Anlass zu furchtbaren Streitigkeiten. Nicht einmal unsere Familie konnte sich ihren giftigen Fängen entziehen.« Sie schaute mich an, das milchige Blau ihrer von Grauem Star befallenen Augen so laserscharf, dass ich unwillkürlich einen Schritt zurückwich.

»Ich selbst hatte nie die Gelegenheit, an dem Schönheitswettbewerb teilzunehmen«, sagte sie und klang bei dem Gedanken furchtbar betrübt. »Aber er war der Quell eines schrecklichen Streits zwischen meinen Cousinen Adelaide und Emmaline Blossom. Sie waren Zwillinge, wahre Schönheiten. Beide galten als haushohe Favoriten auf die Krone. Aber dann ließ sich Emmaline auf eine … Affäre mit einem Handlungsreisenden ein. Als die Sache ans Licht kam, war ihr Ruf unwiderruflich beschmutzt.«

Nana Rose senkte den Blick, offensichtlich sehr aufgewühlt von der Erinnerung. »Die Schwestern gerieten darüber in Streit und auch Adelaide wandte sich schließlich gegen Emmaline. Sie wurde aus der Stadt vertrieben. Die Kluft zwischen den beiden schloss sich danach nie wieder. Es war eine schreckliche Tragödie.«

»Das ist wirklich eine traurige Geschichte«, stimmte Jughead ihr zu. »Trugen die beiden denn auch diese Halskette mit dem Kruzifix? Wie die, die Sie Polly geschenkt haben?«

Nana Rose lächelte. »Natürlich.«

»Das dachte ich mir«, erwiderte Jughead zufrieden. »Trotzdem ist diese Geschichte ein kleines bisschen weniger traurig als die von all den Mädchen, die gehängt wurden, um die Götter der Ahornbäume zu besänftigen.«

Nana Rose blickte ihn verdutzt an. »Aber, mein Junge«, sagte sie, als würde sie einem geistig minderbemittelten Kleinkind etwas erklären, »Adelaide und Emmaline gehörten zur Familie.«

SAMSTAG

KAPITEL 23

Betty:

Wir haben einiges zu berichten! Ihr wart schon weg, als Jug und ich von unserer Unterhaltung mit Nana Rose zurückgekommen sind.

Veronica:

Sorry, Archie hat ne Nachricht von seinem Dad gekriegt und musste zu ihm. Einzelheiten, bitte?

Betty:

Lieber persönlich – das ist zu viel für eine Nachricht. Aber bereite dich schon mal auf einen echten Schocker vor.

Veronica:

Keine Ahnung, wie ich mich darauf vorbereiten soll, aber ich tue, was ich kann.

ARCHIE

»Sag mir, dass du nichts davon wusstest.«

Mein Vater nahm den Blick von dem Schild, das er gerade für Pop's Hamburgerwettessen an diesem Nachmittag aufhängte. Er wirkte überrascht, mich zu sehen. Oder vermutlich eher von der Tatsache, dass ich mit Betty, Veronica und Jug vor ihm stand und wir ihn alle vollkommen perplex und nach Antworten suchend anstarrten.

»Arch? Du bist ja früh dran. Oder bist du hier, um mir zu sagen, dass du deinem alten Herrn bei seinem Berg voller Arbeit doch nicht mehr helfen kannst?«

»Was? Nein. Ich meine, doch, natürlich helfe ich dir, Dad. Aber zuerst … müssen wir uns unterhalten.«

Er hörte auf zu hämmern und schaute mich richtig an, so als bemerkte er erst jetzt den Ausdruck auf meinem Gesicht. Auf unseren Gesichtern. »Weißt du, was?«, sagte er nach einer Minute. »Ich bin hier schon eine ganze Weile zugange und allmählich am Verhungern. Das Hamburgerwettessen ist sowieso erst später. Wie wär's, wenn wir uns ein paar Hotdogs besorgen, ich 'ne Pause mache und du mich fragst … was immer du mich fragen willst.«

Zwanzig Minuten später saßen wir auf der Treppe des Snip 'N Shear in der Main Street. Betty und Jughead hatten Veronica und mir alles über die Geschichte der Revels erzählt – inklusive Menschenopfer und allem Drum und Dran. Jetzt mussten wir einfach herausfinden, wie viel unsere Eltern darüber wussten und warum sie es vor uns verheimlicht hatten.

»Wusstest du es?«, fragte ich erneut, nachdem Jughead meinem Dad in groben Zügen noch einmal alles berichtet hatte.

Dad seufzte und fuhr sich mit einer Hand durchs Haar. »Nein, natürlich nicht! Aber ich will dich auch nicht anlügen, mein Junge. Ich habe verschiedene Geschichten gehört, über den Maple Man, zum Beispiel. Aber für mich war er immer nur … ein Schreckgespenst. Eine Furcht einflößende Geschichte, die man kleinen Kindern erzählt. Ihr wisst schon: Wenn du nicht brav bist, holt dich der Maple Man und begräbt dich unter einem Ahornbaum. Wenn ich gewusst hätte, dass in dieser Geschichte auch nur ein Körnchen Wahrheit steckt … dann kannst du darauf wetten, dass ich dich gewarnt hätte, Archie. Dass ich dich beschützt hätte.«

»Ich glaube dir«, erwiderte ich und meinte es auch so. Aber trotzdem reichte es mir nicht.

»Wirklich rührend«, sagte Jughead und runzelte die Stirn. Auch ihm genügte diese Erklärung ganz offensichtlich nicht.

»Eine Geschichte für Kinder, sagst du? Dagegen sind selbst die Gebrüder Grimm in Höchstform harmlos.«

»Jede Stadt hat ihre eigene Version dieser Sagen«, erwiderte Dad. »Als ich noch klein war, habe ich natürlich daran geglaubt. Aber je älter ich wurde, desto besser habe ich verstanden, dass es sich dabei nur um eine urbane Legende handelt.«

»Aber genau das war sie eben nicht«, widersprach ihm Betty angespannt. »Na ja, in gewisser Weise natürlich schon, aber sie basiert auf grauenvollen Ereignissen, die sich tatsächlich so zugetragen haben. Und niemand spricht jemals darüber.«

»Betty«, erwiderte ich und verstand nur allzu gut, wie frustriert sie war, »sie wussten es einfach nicht. Ich meine, Nana Rose hat die Wahrheit gesagt – also, vorausgesetzt, dass sie sich noch richtig an alles erinnert, natürlich.«

»Das tut sie«, schwor Betty und schüttelte energisch den Kopf. »Sie hat mich für Polly gehalten, okay, aber was die wichtigen Dinge angeht? Die entscheidenden Dinge? Dabei sieht sie immer vollkommen klar.«

»Ich weiß nicht, ob ich so weit gehen würde, zu behaupten, dass das immer der Fall ist … Aber sie klang zumindest ziemlich überzeugend, Arch«, bestätigte Jughead. »Ich war dabei. Betty hat recht.«

»Aber mein Dad wusste nichts davon. Und von euren Eltern wusste es wahrscheinlich auch keiner. Es war für alle nur eine urbane Legende.«

»Wenn ich die Wahl hätte, würde ich diese selige Ignoranz diesem neuen Wissen auch weiterhin liebend gerne vorziehen«, warf Dad ein.

»Genau wie alle anderen in der Stadt«, entgegnete Betty verstört. »Hab ich euch schon erzählt, dass selbst meine Mutter null Interesse daran hatte, wegen der Leiche in dem Ahornfass eigene Ermittlungen anzustellen? Sie ist Nachrichtenreporterin und wir sprechen hier über einen potenziellen Mordfall. Aber sie wollte der Sache nicht nur nicht selbst nachgehen, sie wurde auch noch total wütend auf mich, als ich versucht habe, sie danach zu fragen.«

Dad schaute Betty an. Seine Miene wurde weicher, je länger er darüber nachdachte. »Die Sache ist die, Betty«, begann er schließlich und legte eine Hand auf ihre Schulter. »Jeder, der in dieser Stadt aufgewachsen ist, hat die Dunkelheit gesehen. Wir kennen sie schon unser ganzes Leben lang. Und wenn eine Tradition seit über hundert Jahren besteht und dann – zack! – plötzlich einfach so verschwindet? Tja, diejenigen von uns, die im Unterricht zur Lokalgeschichte aufgepasst haben, wussten es besser, als irgendwelche Fragen zu stellen. Wir wussten, dass es höchstwahrscheinlich einen guten Grund gab, warum diese Tradition nicht weitergeführt wurde – und dass wir höchstwahrscheinlich auch gar nicht wissen wollten, was für ein Grund das war. Ich bin mir sicher, dass deine Mom von denselben urbanen Legenden gehört hat wie ich – und wenn sie mir in dieser

Hinsicht auch nur annähernd ähnelt, dann wollte sie nicht allzu genau über die wahren Ereignisse hinter dieser Legende nachdenken.«

Er drückte Bettys Schulter. »Deine Mom ist weiß Gott nicht perfekt, das will ich ganz sicher nicht behaupten. Aber sie ist auch nur ein Mensch, Betty. Sie macht Fehler. Und egal, was passiert, sie liebt dich. Also sei ein bisschen gnädiger mit ihr, wenn sie nicht das Bedürfnis verspürt, alles stehen und liegen zu lassen und wegen der nächsten Leiche aus Riverdales Keller zu ermitteln.«

»Sie hat dir gesagt, dass sie wegen der Farm alle Hände voll zu tun hat«, erinnerte Jughead sie. »Und das scheint weder eine Lüge noch eine Übertreibung gewesen zu sein. Es könnte durchaus sein, dass sie einfach nur beschlossen hat, die Alarmglocken zu ignorieren, die möglicherweise in ihrem investigativen Journalistenhirn geschrillt haben – weil etwas anderes einfach wichtiger für sie war.«

»Das würde auch das Verhalten meiner Mutter erklären«, fügte Veronica hinzu. »Sie hat schon einige wirklich schreckliche Ereignisse als Riverdales Bürgermeisterin erlebt. Sie wollte unbedingt einen Erfolg, irgendetwas Positives. Und falls sie tatsächlich von diesen grauenvollen Dingen erfahren und aus Versehen die Büchse der Pandora geöffnet hat –«

»Wohl eher die Zeitkapsel der Pandora«, scherzte Jughead.

»Wie auch immer man es nennen will«, fuhr Veronica unbeirrt fort, »ich könnte mir gut vorstellen, dass sie der Ansicht war, irgendein uralter Zwischenfall sei es nicht wert, ihre großen Pläne zu zerstören, die Stimmung in der Stadt wieder aufzupeppen. In Riverdale scheint der Spruch ›So was wie schlechte Publicity gibt's nicht‹ anscheinend nicht zu stimmen.«

»Aber eine Sache ergibt trotzdem keinen Sinn«, widersprach Betty ihr.

»Eine Sache?« Jughead lachte.

Betty lächelte ihn müde an. »Als wir an jenem Tag im Pop's waren, als dein Vater mit uns über die Öffnung der Zeitkapsel gesprochen hat, hat er gesagt, dass es ein paar Leute gab, die regelrecht darauf gedrängt haben, die Revels wieder aufleben zu lassen. Aber weder er noch Pop haben das irgendwie näher ausgeführt.«

»Ich erinnere mich«, stimmte Jughead ihr zu. »Pop war ziemlich schweigsam. Ich meine, das ist zwar nichts Ungewöhnliches, aber …«

»Eben«, unterbrach ich ihn.

»Na, es ist ja nicht so, dass ihr nicht die Möglichkeit hättet, ihn noch mal danach zu fragen«, warf Veronica ein. »Er muss vor dem Wettbewerb heute Nachmittag noch Hunderte Burger braten.«

»Es ist ein ziemlich komisches Gefühl, oder?«, fand Betty. »Die Revels überhaupt zu feiern, meine ich. Jetzt, wo wir die ganze grausige Geschichte kennen. All diese Mädchen, die gestorben sind. Und die ganze Stadt hat einfach dabei mitgemacht, alle. Mehr als ein Jahrhundert lang.« Sie erschauderte richtig, obwohl es nicht besonders kalt war und sie eine Jacke trug.

»Ich verstehe, was du meinst, Betty«, erwiderte Dad. »Aber Riverdale versteckt seine Leichen weiter im sprichwörtlichen Keller der Stadt, ganz gleich, ob wir die Revels feiern oder nicht. Man kann die Vergangenheit nicht mehr ändern. Wir können nur die Zukunft beeinflussen – indem wir die Revels wieder aufleben lassen und ihnen für unsere Stadt eine rein positive Bedeutung verleihen. Für die Zukunft unserer Geschichte.«

»Ich glaube, ›die Zukunft unserer Geschichte‹ ist ein Widerspruch in sich«, sagte Jughead. »Aber ich verstehe, was Sie meinen, Mr Andrews, und ich stimme Ihnen zu. Es ist ein gutes Argument. Wir können diese schreckliche Erinnerung in etwas Gutes verwandeln.«

»Das ist das Einzige, was wir tun können«, fügte Dad hinzu.

KAPITEL 24

BETTY

Liebes Tagebuch,

am Ende war eigentlich alles schon fast zu offensichtlich – auf total verstörende Weise, natürlich. Jughead und mir hätte es sofort klar sein müssen, als Nana Rose uns alles über die Geschichte der Revels erzählte. Aber angesichts all der grauenvollen Schrecken, von denen sie uns berichtete, waren wir verständlicherweise mehr als nur ein wenig abgelenkt.

Als es jedoch endlich klick machte, war ich überzeugt, dass wir uns mit Pop Tate unterhalten mussten, um die Verbindung zwischen der Leiche im Ahornfass und der düsteren Geschichte der Revels voll und ganz zu verstehen. Er besaß die Taschenuhr, und zwischen seiner Familie und dem damaligen Bürgermeister – und den Revels – bestand eine Beziehung. Er musste bei dieser ganzen Sache das fehlende Glied sein.

Rundum war das Straßenfest in vollem Gange. An zahlreichen Ständen wurden Smoothies und andere Leckereien verkauft, Reggies Dad stellte seit dem Ende des Autokorsos stolz seine Oldtimer und Liebhaberstücke aus, und in einem WRIV-Zelt wurden Autoaufkleber verteilt, während Mom sich zufällige Passanten schnappte und sie kurz zu den Revels interviewte. Archie, Jughead, Veronica und ich waren jedoch voll und ganz auf Pop Tate konzentriert und darauf, was er möglicherweise über die düsteren Ursprünge der Riverdale Revels wusste. Immerhin war er nicht schwer zu finden – wir entdeckten ihn hinter dem Grill an seinem Stand.

»Seid ihr vier wegen des Hamburgerwettessens hier?«, fragte er mit leuchtenden Augen.

»Leider nein«, antwortete Jughead. »Ehrlich gesagt müssen wir dringend mit dir reden.«

»Mit mir?« Er wirkte überrascht. »Worüber denn?«

»Pop, wir wissen, dass du über die Revels Bescheid weißt – über die ursprünglichen Revels«, sagte Veronica ernst.

Seine Miene verfinsterte sich. »Ich habe keine Ahnung, was ihr meint.«

»Wir wissen auch Bescheid. Über die Geschichte. Die Opfer.« Ich durchbohrte ihn förmlich mit meinem Blick. »Genau wie du. Und ich würde darauf wetten, dass du auch die Wahrheit über die Zeitkapsel kennst.«

»Betty, wovon sprichst du denn da?«, fragte Pop. Er versuchte, entspannt zu klingen, was ihm jedoch nicht gelang. Ich erkannte es an dem besorgten Schimmer in seinen Augen.

»Es ist schon okay, Pop. Ich verstehe, warum du diesen Teil der Vergangenheit unserer Stadt vor uns verstecken wolltest. Aber die Tatsache, dass unsere Vorfahren im Rahmen der Riverdale Revels unschuldige junge Frauen geopfert haben, erklärt immer noch nicht, wie über fünfundsiebzig Jahre später ein Skelett in einer Ahornfass-Zeitkapsel gelandet ist. Wir brauchen Antworten.«

»Und ihr glaubt, ich hätte sie?«

»Nana Rose hat uns erzählt, dass zwischen deiner Familie und dem ersten Bürgermeister von Riverdale eine Verbindung bestand«, sagte Jughead.

»Und dass Bürgermeister Little die ursprünglichen Revels 1861 abgeschafft hat«, fügte ich hinzu.

»Hast du nicht gesagt, dass zwischen deiner Familie und den Littles damals eine enge Freundschaft bestand?«, hakte Archie nach, obwohl er vermutlich nicht wirklich eine Antwort erwartete.

Jughead blickte Pop gespannt an. »Wir wissen, dass die Stadt 1941, als die mordfreien Revels ein für alle Mal ein Ende fanden, eine Zeitkapsel vergraben hat. Ich nehme allerdings an, dass die Leiche ursprünglich nicht auf der Tagesordnung stand.«

»Wir haben auch ein Foto gefunden, Pop«, sagte ich. »Aus einem Zeitungsartikel – dem einzigen Artikel – über den Miss Maple Wettbewerb. Das Foto wurde beschädigt, aber es zeigt ein Kreuz und ... ich glaube, die Taschenuhr, die du gestern Abend getragen hast.«

Ich schluckte und schaute ihn an. »Deine Familie kann in dieser Stadt auf eine fast so lange Geschichte zurückblicken wie die Blossoms. Und irgendjemand in deiner Familie spielte irgendeine Rolle bei mindestens einem dieser Schönheitswettbewerbe, und zwar eine so prominente, dass immerhin ein

Foto von ihm in der Zeitung erschien. Falls du also irgendetwas weißt ... bitte ... dann sag es uns.«

Pop schwieg einen Moment lang und atmete angestrengt. Offensichtlich überlegte er noch, was er uns erzählen sollte, und wie viel. »Pop«, drängte Veronica ihn, »es ist vorbei. Sag uns ... einfach die Wahrheit.«

Er seufzte tief. »Ihr Kinder wollt die Wahrheit wissen? Sie ist hässlich, das kann ich euch versichern. Aber andererseits könnt ihr euch das wahrscheinlich denken, nach allem, was ihr bereits erlebt habt, hier, in dieser Stadt.«

Wir nickten alle ernst und lauschten seinen Worten aufmerksam.

»Ihr kennt die Geschichte hinter den Revels. Junge Mädchen wurden ermordet, im Fox Forest erhängt. Irgendwann fand dieser spezielle Brauch jedoch ein Ende, Gott sei's gedankt. Trotzdem wussten meine Vorfahren, dass irgendwann der Tag kommen würde, an dem jemand, der genügend Macht besaß, die ganze blutige Geschichte des Festivals einfach auslöschen würde. Und das konnten sie nicht zulassen.«

»Wer sich seiner Vergangenheit nicht erinnert, ist dazu verdammt, sie zu wiederholen«, warf Jughead ein. Pop gab ein zustimmendes Grunzen von sich.

»In dem Jahr, in dem die Zeitkapsel begraben werden sollte – in dem Jahr, in dem sich die Tür zu den Revels für immer schließen sollte –, warteten mein Großvater und sein Bruder, bis es dunkel wurde ... und gruben eins dieser armen Mädchen wieder aus.«

Vor Entsetzen schnappten wir alle synchron nach Luft.

Diese Geschichte hatte soeben die nächste Stufe der Horrorshow erreicht.

»Sie haben sie aus der Erde geholt, das Siegel der Zeitkapsel durchbrochen und sie darin zur letzten Ruhe gebettet. Als die Kapsel ein paar Tage später vergraben wurde, ahnte niemand etwas davon. Seitdem lagen ihre Knochen dort.

Als mein Dad ein wenig älter war, hat ihm sein Vater erzählt, was er damals während der Stadtgründung getan hat. Und später hat es mein Daddy dann mir erzählt. Generationen von Tates haben dieses Vermächtnis weitergetragen, als Hüter dieses Wissens, als Hüter der Maple-Mädchen.«

Jughead war immer noch dabei, das Ganze zu verarbeiten. »Dann war die Zeitkapsel also ...«

»Ich schätze, man könnte es als Vorsichtsmaßnahme bezeichnen«, sagte Pop langsam. »In fünfundsiebzig Jahren kann sich vieles verändern. Die Menschen werden älter, sie vergessen. Grandpa Tate wusste, dass die Revels irgendwann wieder aufleben würden. Er wollte sicherstellen, dass sich die Menschen in Riverdale an ihre wahre Geschichte erinnerten. Und wenn die Zeitkapsel Generationen später geöffnet würde ...«

»Wäre die Katze aus dem Sack.« Archie erschauderte. »Und wir alle müssten uns der Wahrheit stellen.«

»Bei der Jubiläumsfeier«, fügte Jughead hinzu. »Da sollte es eigentlich passieren.«

»Ja. Aber es kam anders. Es folgten finstere Zeiten, nach dem Mord an dem Blossom-Jungen«, sagte Pop, sein Gesicht schmerzverzerrt. »Der Stadtrat beschloss, die Pläne für die Rückkehr der Revels auf Eis zu legen – und mit ihnen die

Zeitkapsel. Alles, was ich tun konnte, war, auf den richtigen Moment zu warten und dann vorzuschlagen, die Revels doch wieder aufleben zu lassen – damit sich alles so zutrug, wie Grandpa Tate es geplant hatte.«

»Und niemand hatte die geringste Ahnung …«, sagte ich.

»Weil praktisch jeder einzelne Zeitungsartikel und sämtliche Aufzeichnungen zerstört worden waren«, beendete Jughead den Satz für mich.

»Ganz genau.« Pop seufzte. »Irgendwann wurde mir jedoch klar, dass es keinen ›richtigen Moment‹ geben würde, um die Wahrheit ans Licht zu bringen. Es schien sich stets irgendetwas Düsteres zusammenzubrauen.« Seine Augen glänzten. »Das liegt in der Natur des Bösen.«

»Und was jetzt?«, fragte Archie.

»Jetzt kommt die Wahrheit endlich ans Licht«, antwortete ich entschlossen. »Selbst wenn sich ihr die Menschen in dieser Stadt nicht stellen wollen.«

»B.« Veronica legte eine Hand auf meinen Arm. »Du weißt, dass ich immer hinter dir stehe, komme, was wolle. Aber …«

»Aber?« Ich schaute sie an. Worauf wollte sie hinaus?

»Was, wenn … die Wahrheit doch nicht ans Licht käme?« Sie ließ den Blick über unsere verdutzten Gesichter schweifen.

»Wir … sollen die Wahrheit begraben?« Ich ließ mir den Gedanken durch den Kopf gehen.

»Wem würde sie zu diesem Zeitpunkt schon helfen?«, fragte Veronica vorsichtig. »Ist diese Stadt … dem Tod in letzter Zeit nicht schon oft genug begegnet? Meine Mutter hat die Revels zurückgebracht –«

»Weil Pop sie dazu überredet hat«, unterbrach Jughead sie.

»Ja, na schön. Aber welche Fehler meine Mom auch immer haben mag – und ich denke, wir sind uns alle darin einig, dass ich die Erste bin, die zugeben würde, dass sie eine Menge Fehler hat –, sie wollte mit dem Festival wirklich etwas Nettes für diese Stadt tun. Etwas, um uns alle zu vereinen, nach … all dieser Dunkelheit.«

All diese Dunkelheit.

Ich dachte an meinen Vater, der in einer Gefängniszelle verrottete. Ich dachte an meine Mutter, die so tief in einem unheimlichen Kult gefangen war, dass sie nicht das geringste Interesse an der verrücktesten Mordgeschichte hatte, die diese Stadt in den letzten zweihundert Jahren gesehen hatte – was an sich schon einiges aussagte. Ich dachte an die Nagelabdrücke, die praktisch permanent meine Handflächen zierten, weil ich schon so lange angespannt die Fäuste gegen genau diese Dunkelheit ballte.

»Wir vergraben sie«, wiederholte ich.

»Ja«, stimmte Veronica mir zu. »So viele unserer Freunde haben so viel für die Revels und diesen Schönheitswettbewerb geleistet und sie freuen sich wirklich darauf. Genau wie der Rest der Stadt.«

»Sie zu vergraben passt ja auch so schön zum Thema«, scherzte Jughead.

»Trotzdem: Ich kann kaum glauben, dass du dich tatsächlich für den Schönheitswettbewerb einsetzt, V«, sagte ich und musste unwillkürlich lachen. »Als deine Mom ihn zum ersten Mal angekündigt hat, warst du absolut dagegen.«

»Oh, ich erinnere mich«, erwiderte sie und lächelte leise. »Aber ich glaube, Pop hat recht. Diese Stadt kennt die Dunkelheit nur allzu gut. Wir haben eine Pause verdient – und eine fröhliche, ausgelassene Feier.«

»Okay«, sagte ich, »wir begraben sie.«

»Wir vertuschen es«, fügte Jughead hinzu. »Zum Wohle der Stadt. Aber wir vergessen nichts.«

Wir nickten alle und ich sah, wie sich zum ersten Mal seit wer weiß wie lange ein Ausdruck der inneren Ruhe auf Pop Tates Gesicht ausbreitete. Ich wusste, dass keiner von uns die Wahrheit jemals hätte vergessen können, selbst wenn wir es versucht hätten.

»Na dann«, riss uns Veronica aus unserem gemeinsamen Tagtraum, »nichts wie los. Wir wollen schließlich den Schönheitswettbewerb nicht verpassen.«

EPILOG

JUGHEAD

Hinter der Bühne in der Aula der Riverdale High war die Atmosphäre so angespannt und die Luft so dick, dass man sie auf einen Pfannkuchen hätte streichen können. Nach Evelyns und Ethels Geständnis hatten die unschönen Zwischenfälle, die die Proben gestört hatten, ein Ende gefunden. Jetzt warteten alle nur noch aufgeregt auf den Beginn des Wettbewerbs. Trotzdem, so viel man auch probte, es kam einem nie so vor, als hätte man sich gut genug vorbereitet. Der unerschrockene jugendliche Reporter eures Vertrauens mochte sich vielleicht entschieden haben, den Feierlichkeiten fernzubleiben, aber ich beobachtete aus der Ferne trotzdem mit aufmerksamen Schriftstelleraugen, wie die Teilnehmer – etwa Fangs Fogarty und Peaches 'N Cream – noch einmal die allerletzten Änderungen ihrer Interviewantworten durchgingen, ihre Instrumente für die Talentrunde stimmten, ihre Stimmbänder mit Gesangsübungen aufwärmten, sich dehnten und streckten und einschmierten. War das wirklich Vaseline? Ja, in der Tat – auf ihren Zähnen! Ich sah, wie Cheryl Toni mit einer Fusselbürste verfolgte, die mit unfassbar hohen Absätzen und noch höherer Frisur durch die Gegend schwankte. Auch Kevin befand sich hinter den Kulissen. Seine Schwellungen waren beinahe abgeklungen, und das, was noch davon zu sehen war, machte er durch das breite Lächeln auf seinem Gesicht mehr als wett. Betty, meine ganz persönliche Königin, stand neben ihrer besten Freundin, knipste hinter der Bühne ein Selfie nach dem anderen und lachte mit jedem Klicken ihrer Smartphonekamera.

Der Konkurrenzkampf des Wettbewerbs war deutlich zu spüren – aber ebenso ein Gefühl der Freude. Des Optimismus. Wir alle weideten uns daran. Wir alle hatten mehr als genug Zeit in der Dunkelheit verbracht.

Pop hatte recht gehabt, das wussten wir. Genau wie Mr Andrews. Diese Stadt verdiente die Wahrheit – aber unsere Freunde?

Sie verdienten diesen Augenblick im Rampenlicht.

Reggie Mantle zupfte die Fliege an seinem Smoking zurecht und setzte sein bestens Herzensbrecherlächeln auf. Dann ließ er den Blick über die aufgeregten versammelten Schüler schweifen und klatschte in die Hände. Er schaute zu Cheryl hinüber, der eifrigen Zeremonienmeisterin des heutigen Abends. Sie nickte ihm anerkennend zu.

»Alle auf die Plätze«, rief er. »Es ist so weit.«

© Jen Painter

Micol Ostow arbeitet als Schriftstellerin und Lektorin und hat über fünfzig Bücher für alle Altersgruppen geschrieben. Dabei hat sie Projekte betreut, die auf *Buffy*, *Charmed* und *Mean Girls* basieren. Als Kind hat sie ihre eigenen *Archie-Comics*-Geschichten erfunden. Sie wohnt mit ihrem Mann und ihren zwei Töchtern in Brooklyn, die ebenfalls von der Popkultur fasziniert sind.

Bei cbj sind ebenfalls von Micol Ostow erschienen:

Riverdale – Der Tag davor (31295, Band 1)
Riverdale – Raus aus der Stadt (31303, Band 2)

Mehr über cbj/cbt auf Instagram unter @hey_reader

Micol Ostow

RIVERDALE –
Der Tag davor

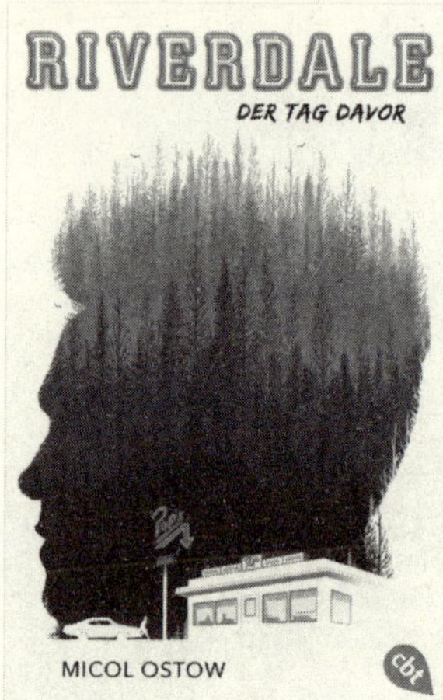

ca. 352 Seiten, ISBN 978-3-570-31295-7

Die Legende nimmt ihren Anfang: Archie, Jughead, Betty und Veronica verraten ihre tiefsten Geheimnisse …
Willkommen in Riverdale – einer Bilderbuchstadt, hinter deren Fassade dunkle Geheimnisse schlummern … Hast du dich je gefragt, was für ein Leben Veronica in New York geführt hat, bevor sie nach Riverdale kam? Warum Jughead und Archie eigentlich zerstritten waren? Und wie lange Betty wirklich schon in Archie verliebt ist? Deine vier Lieblings-Charaktere verraten in dieser Vorgeschichte ihre Geheimnisse und erzählen in ihren eigenen Worten, was passiert ist, bevor RIVERDALE seinen Anfang nahm …

30384

www.cbj-verlag.de

Micol Ostow

RIVERDALE –
Raus aus der Stadt

352 Seiten, ISBN 978-3-570-31303-9

Archie wurde wegen Mordes angeklagt und die Beweislage gegen ihn wiegt schwer. Betty, Veronica und Jughead wissen, dass er zu Unrecht unter Verdacht steht, doch wie sollen sie seine Unschuld beweisen? Die Lösung: Sie müssen zum Tatort zurückkehren, nach Shadow Lake. Also brechen die Freunde zu einem Roadtrip auf und hoffen, dort die nötigen Beweise zu finden – und wieder unversehrt nach Riverdale zurückzukehren ...

30387

cbt

www.cbj-verlag.de

Jay Asher

Tote Mädchen lügen nicht

288 Seiten, ISBN 978-3-570-30843-1

Als Clay Jensen aus der Schule nach Hause kommt, findet er ein Päckchen mit 13 Kassetten vor. Er legt die erste in einen alten Kassettenrekorder, drückt auf „Play" – und hört die Stimme von Hannah Baker. Hannah, seine ehemalige Mitschülerin. Hannah, für die er heimlich schwärmte. Hannah, die sich vor zwei Wochen umgebracht hat. Mit ihrer Stimme im Ohr wandert Clay durch die Nacht, und was er hört, lässt ihm den Atem stocken. Dreizehn Gründe sind es, die zu ihrem Selbstmord geführt haben, dreizehn Personen, die daran ihren Anteil haben. Clay ist einer davon ...

6380

www.cbj-verlag.de